러브 체리 카니발

아인
장편소설

다섬
책방

차례

4월

10일, 날씨는 개같이 흐림.

학원에서 모의고사를 봤다.

게시판에 종이가 붙었다.

1 천사랑

2 최우주

.

.

천사랑은 1등이고, 나는 2등이다. 천사랑은 전부 정답을 썼고 나는 두 개 오답을 썼다. 몰라서 틀리게 쓴 게 아니다. 아는데 실수했다. 멍청한 새끼. 나는 대체 왜 살까.

학교에서도 학원에서도 그놈의 천사랑, 천사랑…….

모두 천사랑을 본다. 모두 천사랑을 원한다. 모두 천사랑을 사랑한다.

개네가 싫은 게 아니다. 천사랑이 싫다. 아니, 내 머리가 제일 싫다.

내 머릿속도 남들과 똑같다. 하루 종일 뇌에 그 녀석이 발을 꽂고 뱅글뱅글 돌아다닌다.

천사랑, 천사랑, 천사랑.

개자식.

쓸모없는 내 머리를 부수고 싶다. 조각내서 천사랑에게 먹이고 싶다. 그럼 천사랑도 내 생각 할까. 나의 반의 반의 반만큼이라도.

그런 생각을 하면 물속에 빠진 것처럼 추워진다.

하늘이 날 감시하는 기분이다. 하늘이 보고 싶지 않다. 하늘이 무섭다. 감히 네가 어떻게 그러냐고, 나쁜 게 뻥 터져서 날 녹여버릴 것 같다.

이런 마음은 누구한테도 들키고 싶지 않다.

절대 들켜선 안 된다.

오늘도 사랑을 저주한다.

최후의 순간 날 버렸던 널.

＊

시험 기간의 하늘은 눈치 없이 청명했다.

무리 지어 등교하는 학생들 사이 홀로 선 소녀가 있었다. 제 몸만 한 가방을 꽉 멘 소녀의 가슴팍에 달린 명찰이 흔들렸다. 최우주.

우주는 서로의 얼굴을 보고 떠드는 아이들 사이에서 제 발끝만 보았다. 혼자 뒤처진 기분이 새삼스럽지 않았다. 다른 사람들의 낮이 우주에겐 밤처럼 깜깜했으니까.

어제는 몰래 숨어 쓰던 일기를 같은 반 양아치한테 들켰다. 그것 때문에 오늘이 시험인데 잠을 설쳤다. 어떻게든 천사랑보다 높은 점수를 받아야 하는데. 벌써부터 머리가 지끈거렸다.

신호등이 초록불로 바뀌었다. 아이들은 앞다투어 길을 건넜다. 우주만이 그대로 서 있었다. 바람에 부스스 흩어지는 짧은 머리는 꼭 발치에 숨긴 꽃 같았다. 우주는 다리 사이를 좁혔다. 두 발 사이에 작은 민들레가 있었다. 보도블록 틈새에 힘겹게 피어 있는. 우주는 민들레를 지켰다. 다른 애들이 뛰어가다 밟지 않게.

옆 블록에서는 비를 묻힌 바람을 모휘가 등으로 막고 있었다. 모휘의 어깨에 가려져 있던 하린이 웃음을 터뜨렸다. 먹구름을 몰고 다니는 우주와 달리 하린은 해처럼 밝았다.

"그렇게까지 안 해도 돼."

"내가 해주고 싶어서 그래."

모휘는 하린이 길을 다 건널 때까지 자세를 유지했다. 바람으로부터 하린을 지키기 위해서기도 했고, 하린이 그 녀석을 못 보길 바라서이기도 했다.

우주도 그 녀석을 보고 있었다. 뒤따라오는 그 애를 보자마자 8초 남은 초록불을 마구 뛰어 횡단보도를 건너갔다. 하늘만 보며 걸어오던 녀석은 안타깝게도 우주를 늦게 보았고, 곧바로 따라가려 했지만, 빨간불로 바뀌자마자 커다란 차가 코를 들이밀었다.

"응? 천사랑. 내 말 들었냐고."

길이 막히자 조용히 욕을 중얼거리는 사랑의 가방을 친구들이 잡아당겼다. 사랑은 달려가는 우주의 등에 시선을 붙인 채 되물었다.

"뭘 봤다고?"

"개끔찍한 크리처 영화. 빠따 휘둘러서 머리 터지고, 막 체리색 피 줄줄 흐르고, 사람이 사람을 먹고 그런 거!"

사랑은 친구의 설명을 끝까지 듣지도 않고 코웃음 쳤다. 그딴 게 세상에 어딨어. 싸늘한 사랑의 반응에 친구들은 화제를 돌렸다. 시험기간, 심화반, 학습 캠프 같은 말들은 사랑의 귓가를 스치고 지나갈 뿐이었다. 사랑의 시선은 발들이 밟고 있는 민들레에 꽂혀 있었다. 우주가 다리를 모으고 있던 게 이것 때문인가 싶었다.

손을 뻗는 순간 꽃이 떨어졌다. 사랑은 쭈그려 앉았다. 죽었나? 죽었겠지. 생각하며 꺾인 줄기를 억지로 세웠다.

"우주가 너 살래."

✦

"난 죽고 싶어."

생지옥 속에서도 하린의 음성은 또렷했다. 사랑이 멈칫했다.

"한 명 구하자고 다 죽을래?"

분노한 모휘가 사랑의 멱살을 잡아챘다. 사랑은 멱살이 잡힌 채로도 할 말을 다 했다. 그때 우주가 일어섰다. 하린의 코앞까지 다가온 괴물이 체리색 눈알을 빛내며 입을 벌린 순간, 우주는 문밖으로 몸을 던지고 말았다.

괴물이 타깃을 바꾸어 우주에게 달려들었다. 하린은 바닥을 더듬거리다 층계 벽면에 설치된 소화기로 괴물을 내리쳤다. 괴물의 머리가 터지면서 하린의 얼굴로 체리색 피가 쏟아졌다.

사랑은 단호한 우주를 돌려세우려 애썼다. 헛손질까지 해가며 황황하게 굴더니 우주의 귓불을 살짝 당겼다. 손이 찼다.

"우주야, 나 먹을래?"

✦

살기 위해 서로를 먹는 핏빛 사육제가 열릴 줄은 꿈에
도 몰랐던, 어느 봄날이었다.

1

"야, 최우주."

우주가 차멀미로 끈적한 침을 삼킬 때였다. 머리에 왁스를 바르고 한껏 멋을 부린 서강호가 등장했다. 눈꼴셨지만, 뭐. 강호는 사복 데이마다 저래와서 익숙해졌다. 게다가 들뜬 사람이 강호뿐은 아니었다. 다들 신이 났는지 교복 또는 체육복으로 제한된 규정 안에서 가능한 최대의 개성을 뽐냈다. 학원이나 독서실에서 하던 공부를 산중 학교에 가서 할 뿐인데 뭐가 특별하다고? 우주만 감흥 없이 평범한 체육복 차림이었다.

"최우주, 나 할 얘기 있다고."

"꺼져."

소매로 눈가를 덮었지만 강호는 끈질기게 걷어냈다. 우주가 몸을 돌려버려도 질세라 우주의 어깨를 몇 번이고 잡아 돌렸다. 팽팽한 공수 대치였다. 우주가 귀찮음에 백기를 들고 나서야 성가시게 굴던 강호가 본론을 꺼냈다.

"너, 사탕 가져왔냐? 그거, ……코코."

그냥 좀 남길래 옆자리 애들에게 몇 개 던져준 게 시초였다. 이후로 소문이 났는지 강호처럼 달라는 애들이 점점 늘었다. 같은 반 애들과도 1년에 한 번 대화를 나눌까 말까였는데, 이제 우주에게 친한 척하는 다른 반 애들도 생겼다. 우주는 대가 없이 나누는 호구 짓엔 흥미 없었다. 사탕을 돈 받고 팔기 시작했고, 수입이 꽤나 쏠쏠했다.

천연물 신약을 연구하는 엄마 덕분에 우주네 집엔 커다란 온실 정원이 있었다. 엄마는 거기서 기른 식물로 사탕을 만들었다. 주로 '코코'라 불리는 코코 캔디는 심신 안정에 도움을 주는 보조제였는데, 어느새 구하기 힘든 약으로 정평이 나 있었다. 공부 잘하게 되는 약으로 학부모들 사이에서 암암리에 소문이 퍼진 이후 공급이 수요를 따라가지 못했기 때문이다. 매일 아침, 점심, 저녁으로 사탕을 받는 우주에겐 남 일이었지만.

하지만 우주도 그 사탕을 먹지 못했다. 먹기 싫은 건 아니었다. 고작 나 따위가 이 좋은 걸 먹고 나아지는 게 아깝달까. 가성비가 별로라 내키지 않았다.

그래서 남아도는 걸 모으다 보니 어느새 41리터 더플백을 거뜬히 채우게 됐다. 최근 온실에 숨어들어 원재료를 100단 가까이 털어 간 도둑놈만 아니었어도 60리터를 채웠을 텐데. 그럼 맡겨놓은 듯 사탕을 요구하는 강호가 덜 거슬렸을까?

"빨리 보여줘. 내 눈으로 보기 전엔 못 믿어."

강호의 등쌀에 못 이긴 우주가 가방 지퍼를 열어 사탕을 내보였다. 강호가 입을 떡 벌렸다.

"내 몫으로 100개, 알지?"

"……."

"표정 풀어라. 비밀 지켜주는 대가야."

신난 강호가 우주의 팔을 툭 치며 덧붙였다.

'하필 저 새끼한테 걸려서.'

욕을 삼키던 우주는 강호가 가자마자 한숨을 쉬었다. 그날의 끔찍한 기억이 떠오르기 전에 어떻게 하면 핸드폰을 안 낼지나 고민하기 시작했다. 명색이 학습 캠프니 전자기기를 걷겠지? 해봐라, 난 절대 당하지 않아. 우주가 가방 아래를 짚을 때였다. 가방 속 두 개의 핸드폰 중 하나가 요란하게 진동했다. 액정에 뜬 발신자는 엄마였다. 우주가 캠프에 간 걸 이제야 알고 전화를 건 게 분명했다. 우주는 핸드폰을 두 개 다 꺼버렸다. 가서 인류를 구하는 대업이나 하시지, 신경 쓰는 척은. 하루이틀도 아닌데 엄마의 뒷북과 가식이 새삼 질렸다. 저렇게 인생을 갈아서 만드는 약이 행복해지는 약이라고 했던가. 어차피 난 평생 안 행복해질 텐데. 사는 게 달콤해질 일은 영원히 없을 텐데. 역시 우주에겐 남 일이었다.

초록빛 그림자가 생각에 잠긴 우주의 볼 위로 일렁였

다. 귓가로는 반 친구들의 잡담이 밀려왔다.

"너도 그 얘기 들었어?"

"어, 당연하지. 가자마자 만져야 돼."

뒷자리에 옹기종기 모인 학생들은 입을 모아 외쳤다.

"운동장에 체리나무!"

열매고등학교는 설립 이래 알음알음 학생부 추천으로 입학생을 받아 산속에서 기숙학원 형식으로 운영했었다. 뛰어난 아웃풋으로 유명해져 지원자가 몰리자 도심으로 지반을 옮겼고 구교는 전통 명물로 남았다. 72시간 학습 캠프는 바로 그 구교에서 진행됐다. 실전 수능처럼 학교에서 공부해 볼 수 있어 참가 희망자가 엄청났으나 교과 성적 상위 30명 심화반에게만 기회가 주어졌다. 명문대 입학사정관을 초빙해 설명회를 연다, 입시 타율이 높은 강사를 암암리에 모셔 온다 등의 소문이 돌았지만 기실 관심의 주인공은 따로 있었다. 바로 교정의 왕벚나무였다. 비범하게 크고 사시사철 색깔을 바꿔가며 365일 꽃이 핀다는 괴담으로 유명한 그 나무를 안고 소원을 빌면 이뤄진다는 설이 애들 사이에서 돌았다. 이렇듯 불투명한 미래에 대한 공포는 종종 인간의 논리를 갈취한다. 우주는 혀를 찼다.

"무슨 소원 빌 건데?"

"당연히 서울대 보내달라고 해야지!"

작년 기수 의대, 치대, 법대 등 명문대 합격생 모두 이 징크스를 빗겨 가지 않았다. 그 영향을 받은 후배들이 침을 튀겨가며 열변했다. 덩치 작은 황래오의 목소리가 특히 컸다.

"그 나무 100년 됐대. 100살 나무가 있는 스터디 캠프. 개멋있어. 일빠로 안고 인스타 올린다."

"되겠냐?"

가만히 듣던 사랑이 핀잔했다. 낮은 목소리는 단 한 마디뿐임에도 위압감이 있었다. 두꺼운 솜이불처럼 소란을 덮어버렸다.

래오는 자기보다 한 뼘은 큰 사랑을 올려다봤다. 밀랍같이 허옇고 이목구비가 또렷한 사랑의 얼굴은 래오를 주눅 들게 만들었다. 래오 말고는 아무도 이 쎄한 기운을 모르는 듯했다. 얼마 안 가 사랑의 손이 굳어 있는 래오의 머리카락을 흩트렸다. 장난스레 싱글대는 사랑에게 여자애들의 타박이 쏟아졌다.

"천사랑 너는 1등이니까 그런 거 신경 안 쓰겠지."

"재수 없어."

하지만 사랑을 대하는 그들의 음성엔 미움이 없었다. 애정만이 가득했다. 분위기에 휩쓸려 기분이 풀린 래오도 함께 웃었다. 그 웃음소리가 동떨어진 우주의 신경을 긁었다.

재넨 좋겠다. 천사랑 얼굴 보고 속없이 웃을 수 있어서. 천사랑이 부럽다. 왜 내 주변엔 사람이 없는 걸까. 오래 머물지 않고 금세 가버릴까. 사탕이 아니면 아무도 내게 말 걸지 않는 걸까. 무심코 생각하던 우주는 이어폰으로 귀를 틀어막았다. 다 나 때문이지. 나 같은 걸 누가 좋아해. 숨에서 비린내가 났다. 울렁거렸다.

2

버스가 산길을 굽이굽이 돌기 시작했다.

"안전벨트 꽉 매고!"

국어 선생 정진우가 밝은 목소리로 학생들을 챙겼다.

"토할 것 같은 사람?"

수학 선생 유새별이 멀미 봉투를 착착 헤아려서 뒤로 넘겼다. 윤리는 입 벌리고 코를 곤 지 오래였고, 교장은 스리피스 슈트 차림새로 맨 앞에 자리했다. 진우와 새별이 흔들리는 버스를 분주히 오가는 동안 단 한 번도 뒤돌아보지 않았다.

잘 닦인 길이 아니라 버스가 심하게 덜컹거렸다. 지대

가 높아지자 장기가 수십 번씩 위치를 바꾸는 것 같았고 귀가 먹먹해졌다. 몇몇은 검은 봉투와 조우를 시작했다. 귀 아래 멀미약을 붙인 우주도 메슥거림에 혀 밑이 끈끈해졌다. 미친 길을 30분이나 내달린 후 버스가 멈췄다. 학교까진 더 걸어야 했지만 일단 버스를 탈출하는 것만으로 여기저기서 감사 인사가 터졌다. 아이들은 앞다투어 버스에서 내렸다. 태반이 네발로 기는 모습이었다.

학교에 진입하는 것만으로도 기가 빨린다던 선배들의 말은 사실이었다. 아이들은 3박 4일 짐을 들고 헐떡거리며 걸었다. 열댓 권씩 짊어진 교재 때문에 어깨가 빠질 듯 아팠다.

"나 여기까지 와서 또 운동하는 기분이야."

배모휘는 체대 준비생인 데다 어른과 견주어도 키나 덩치가 밀리지 않아서 친구들 사이에서 신뢰도가 높았다. 모휘의 말에 우리가 운동 부족이 아니라 객관적으로 길이 힘든 거라며 불만이 여기저기서 터져 나왔다. 그마저도 금세 사그라들고 가쁜 숨소리만 산림에 가득해졌지만.

땀에 젖은 머리를 하나로 묶는 강하린에게 모휘가 다가섰다.

"가방 나한테 줘."

"내가 들 수 있어. 난 괜찮으니까 너 조심해. 여기서 넘어지면 바로 다쳐."

아니나 다를까, 발목을 접지를 뻔한 모휘를 하린이 잡을 때였다. 강호가 키득거리며 하린의 부푼 가방을 때렸다. 정색한 모휘가 강호의 팔을 떨쳐냈다. 거친 반응에 강호가 뒷걸음질 쳤다. 모휘는 유순했지만 깡이 유별나기로 유명했다. 처음 전학 왔을 땐 강제 전학생이라는 소문이 돌기도 했다. 철 지난 루머였는데, 싸움으로 날리는 강호에게 맞서는 모습을 보면 그럴듯했다.

"야, 사람 치겠다?"

자존심이 상한 강호도 만만치 않았다. 혈기 왕성한 두 남학생들 사이로 하린이 끼어들었다. 하린이 모휘를 살짝 잡자마자 모휘의 손에서 힘이 툭 풀렸다. 강호는 한 박자 늦게 씩씩대며 모휘를 데리고 가는 하린과 다른 친구들을 한참 보았다. 우주는 강호가 신기했다. 매번 무시당하면서도 건드리며 관심을 보이는 게 대단했다. 사랑이란 뭘까? 한없이 찌질이가 되는 것? 사유하며 멍청이들을 지나쳐 계속 산을 올랐다.

오르막길이 끝나자 작은 언덕 너머로 평지가 나타났다. 동화처럼 우거진 숲길은 잎들이 두껍게 쌓여 푹신했다. 터덜터덜 걷던 우주는 실수로 나뭇가지를 밟고 우지끈 부러지는 소리에 놀라 넘어졌다. 손을 내밀기에 붙잡았는데 그 손이 다시 우주를 밀었다. 우주는 엉덩방아를 찧고 말았다.

어떤 새끼야. 열받은 우주가 손의 주인을 확인하기 위해 고개를 들었다. 햇빛이라곤 하루에 10분도 쐬지 않을 듯한 허연 얼굴. 짜증 나게 커서 등대 같은 그림자를 드리우고 선, 천사랑이었다.

"자, 잡아."

웃음기를 머금은 사랑이 다시 손을 내밀었다. 적선하는 투였다. 기분이 나빠진 우주가 홀로 일어서 엉덩이를 탈탈 털었다. 사랑에게 흙먼지가 잔뜩 튀길 바랐지만, 사랑은 이미 앞서간 뒤였다. 똥이나 밟아라. 우주가 입안으로 저주했다.

울창한 풀숲 사이로 학교가 모습을 드러냈다. 먼저 교내에 다다른 선두에서 탄성이 터졌다. 궁금해진 우주도 발걸음을 재촉했다.

구교의 외관은 본교와 흡사했다. 다만 크기가 작고 어딘가 음침했다. 큼큼한 벽돌 담장 위로 넝쿨이 제멋대로 자랐고 누런 흙이 깔린 운동장 곁에는 소문의 나무가 있었다.

"저건가 봐! 그 체리나무!"

호기롭게 외친 데 반해 누구도 선뜻 다가가지 못했다.

실제로 보니 나무는 위협적일 만큼 컸고 모양이 기괴했다. 가지가 아래로 뻗치며 땅으로 들어가 뿌리가 됐고 다시 그 속에서 줄기가 나오고 있었다. 내장같이 꾸불대는 줄기 위론 장마철인데도 허연 꽃잎이 부케처럼 피어 있었다. 수상쩍은 풍경이었지만 풍성한 이파리와 아름다운 꽃에 홀린 아이들이 하나둘씩 다가가기 시작했고 나무 아래는 금세 빽빽해졌다. 겹겹이 몰린 학생들은 나무의 밑동을 쓰다듬으며 입시 성공을 빌려 들었다.

"다 꺼져! 내가 일빠야!"

고함친 강호가 나무를 우악스레 껴안았다. 그 서슬에 밀려난 아이들이 소리 죽여 불평했다. 우주는 개판을 관찰만 할 뿐 끼지 않았다. 근거 없는 미신이다. 게다가 오래된 나무라니 영이 주렁주렁 매달린 것 같아 꺼림칙했다. 솔직히 우주는 믿지 않는 게 아니라 너무 믿어서 무서웠다.

그때 누군가 공을 꺼내 들었다. 모휘를 포함한 애들 여럿이 족구판에 끼어들었다. 너덜너덜한 그물망을 오가며 기세가 올랐다. 모휘가 공을 높게 찼다. 하필 할미꽃처럼 웅크리고 지나가던 우주에게 공이 날아들었다. 내 알 바 아니다. 그냥 지나가자. 분명히 그렇게 생각했는데, 얼결에 공을 높게 걷어찼고 환호와 박수갈채를 받았다.

'뭐 하는 거야, 멍청이들.'

귀까지 새빨개진 우주가 뒷걸음질 쳤다. 그러다 시선이 마주쳤다. 그늘에서 시집을 읽던 차분한 눈.

"천사랑."

우주는 그 이름을 잘근잘근 씹어 뱉었다. 들렸을 리도 없는데 여자애의 어깨에 기대 있던 사랑의 입꼬리가 미묘하게 올라갔다. 곧 눈을 내리깐 사랑이 책장을 넘겼다. 책장이 가볍게 팔랑거렸다. 씨근덕대는 우주를 야릇하게 본 여자애가 사랑에게 귓속말을 했고, 사랑은 귀를 내어 준 채 웃었다. 우주는 괜히 불쾌해졌다. 때마침 공이 다시 우주 앞으로 왔다. 사랑의 코를 납작하게 눌러줄 기회였다. 신기술을 보여주겠다 결심한 우주는 배와 등에 힘을 주었다. 우렁찬 발길질에 공이 구름과 닿을 듯 떴다. 포물선을 그리며 날아간 공은 골대를 넘어 교장의 뒤통수를 가격했다.

"망했다."

모휘가 우주의 마음을 대변해 주었다. 운동장은 웃지도 울지도 못하는 애매한 사태에 빠져들었다. 우주가 어렵게 입을 뗐다.

"죄송……"

"최우주! 그만 까불고 당장 와서 줄 서!"

우주가 말을 끝맺기도 전에 교장의 불호령이 떨어졌다. 여기저기서 뒤늦게 폭소가 터졌다.

"전교 2등이 애들 분위기나 흐리고!"

타당치 못한 지적이라 생각했지만, 우주는 줄에 합류했다. 치마가 아닌 바지 교복을 입고 다니겠다 신청했던 우주를 안 그래도 탐탁잖게 여기는 교장이었다. 전교 2등이라 마냥 신경을 끌 수도 없다는 점이 교장을 더욱 열받게 하는 모양이었다. 많고 많은 머리들 중에 하필 교장 머리에 맞냐. 우주는 제 액운이 사무쳤다.

"그러니까 이번에 1등 놓쳤지!"

"그게 무슨 상관이에요……."

우주의 작은 항변은 누구도 듣지 못했다. 실시간으로 부푸는 교장의 뒤통수를 보고 모두 숨죽여 웃기 바빴다.

"사랑이 봐라. 얼마나 얌전하니?"

그놈의 사랑이. 우주의 입술이 튀어나왔다. 사랑은 어느새 교장 곁에 곧은 자세로 서 있었다. 삐뚜름하게 흘러내린 우주의 체육복과 달리 사랑은 넥타이까지 칼각이었다. 재수 없어. 우주는 고개를 돌렸다. 속이 부글부글 끓었다. 다 천사랑 때문이다. 사랑과 눈만 안 마주쳤어도 득점이었다. 한 번 더 환호성을 받을 수 있었다. 분명하다.

3

우주는 손 그늘을 만들었다. 오리엔테이션을 왜 운동장에서 하지. 선크림도 안 발랐는데. 아무튼 다 마음에 안 들었다.

우주만의 불만은 아니었다. 무거운 책가방을 들고 산을 올라야 했던 아이들 모두 운동장 조회를 반기지 않았다. 선생님들도 떡하니 자리한 강당 건물을 흘끗거리며 몰래 땀을 찍어냈다. 안 그래도 정보 유출이 우려된다며 외부인 출입을 엄금한 탓에 관리인도 없어 교직원들의 업무가 과중했는데, 육체적 피로마저 더해졌다.

문제의 원인, 교장도 반질반질한 이마를 브랜드 손수건으로 훔쳤다. 그러면서도 실내에 들어가자는 말은 안 했다. 조회는 원래 야외에서 해왔으니까. 그게 전통이니까. 융통성 없는 꼰대라고, 일부는 속으로 교장을 씹었다. 기어코 구령대로 올라선 교장이 규칙을 전달했다. 아침 6시 기상, 밤 10시 점호. 전자기기는 모두 걷겠다는 내용이었다. 놀라울 만큼 우주의 예상대로였다.

"이거 인권 침해예요!"

학생들 사이에서 원성이 터져 나왔다.

"야, 인마. 툴툴대지 말고 빨리빨리 내라. 다 너희 대학 잘 가라고 그러는 거야.”

윤리가 기강을 잡았다. 핸드폰뿐만 아니라 태블릿, 노트북, 카메라까지 싹 압수당했다. 인터넷 강의용 미디어실은 따로 있다며 학생 친화적인 진우가 회유했다. 국어 선생 아니랄까 봐 청산유수였다. 게다가 전교 회장인 사랑이 주도해 검거율은 100퍼센트에 육박했다. 같잖은 속임수를 죄다 잡아냈다. 너무하다는 친구들의 원망에 사랑은 미안해 보이는 미소로 대응했다. 죄다 연기고 상큼한 무시란 걸 우주만 알았다. 누구도 사랑의 얼굴에 침을 뱉지 못했고 혹시 몰라 폰을 두 개 챙긴 우주만 하나를 제출해 살아남았다.

“왜 내 옆에 서냐.”

“쌤이 이렇게 서래.”

성적순으로 줄을 서자 전교 1, 2등인 사랑과 우주는 나란히 서게 됐다. 사랑의 팔꿈치를 퍽 친 우주가 시비를 걸었다.

“아까 왜 꼬라봤어?”

“웃기게 생겨서.”

사랑도 지지 않고 여유롭게 받아쳤다.

“눈깔 뽑아버린다.”

“해봐.”

우주가 강하게 날려본 도발에도 사랑은 코웃음조차 치지 않았다.

"어, 니 눈 뽑아서 줄넘기 할 거임."

"난 단체 줄넘기 해야지."

"단체는 선 넘었잖아!"

우주는 목소리를 바락 높이다가 교장의 눈총을 받았다. 뒷줄 아이들은 쟤네 또 싸운다며 고개를 내저었다. 한편 줄을 선 아이들의 머릿수를 세던 새별이 의아한 듯 고개를 기울였다. 30명이어야 하는데, 숫자가 맞지 않았다.

"화장실 간 사람 있니?"

"모르겠는데요."

"한 명 부족한데. 정 쌤, 역순으로 명단 체크하셨어요?"

"네, 방금 확인했는데요. 30번 황래오가 없…… 잉?"

진우가 사라진 한 명의 이름을 부를 때였다. 돌연 들려온 헬기 소리에 사랑과 우주가 진우를 쳐다봤다. 둘을 제외한 아이들의 주의는 하늘에 쏠렸다. 머리 위로 커다란 그림자가 드리워지더니 순식간에 해가 진 것처럼 사방이 캄캄해졌다.

제18회 열매고등학교 캠프. 환영합니다!

"뭐야, 저거."

그제야 사랑과 우주도 위를 보았다. 화려한 애드벌룬 비행선이 하늘을 가로지르고 있었다. 우스꽝스러울 정도로 강렬한 원색 풍선 가운데 고정된 작은 스피커에서 교가가 흘러나왔다. 구린 선곡에 당황한 것도 잠시, 뜨거운 태양을 가린 풍선에서 비눗방울이 쏟아졌다. 천국처럼 비현실적인 풍경이었다. 학생들은 사진을 찍으려고 주머니를 더듬다가, 핸드폰을 제출했다는 걸 깨닫고 좌절했다.

"저기 봐!"

화려한 어수선함이 운동장을 뒤덮은 그때, 노래가 뚝 끊겼다. 학생들은 모두 팔을 위로 뻗고 동동 뛰었다. 반이 넘는 인원이 애드벌룬 밑으로 밀집됐다. 교장이 목 터져라 외쳤을 때보다 효과가 백배는 좋았다. 재밌어 보여. 우주도 홀린 듯 이끌리다 사랑에게 가로막혔다. 사랑은 애드벌룬이 하늘에 떠다니든 말든 발길을 돌렸다. 건물 차양막 아래로 도망가려는 모양이었다. 달려드는 애들을 벌레 보듯 하는 시선이 우주는 거북했다.

'선민의식. 개인주의자. 이기적인 새끼.'

어릴 때 성격은 평생 안 변한다. 남이야 물에 빠지든 말든 도망가던 인성 그대로다. 어쩜 인간이 저렇지? 우주는 분했다. 저런 놈한테 성적으로 졌다는 사실이 통탄스러웠다. 기말고사에서 2점 차이로 1등을 뺏긴 이후 하루하루가 얼마나 지옥이었던가. 새삼 분해 어깨를 치고 지나가려는데, 사랑이 우주의 발을 걸어버렸다. 하마터면 바닥에 코를 박을 뻔했다. 화난 우주가 사랑을 쫓았다. 사랑의 보폭이 점점 커지더니 급기야 뛰기 시작했다. 사랑은 달리기가 빨랐다. 우주는 이를 악물었다.

온갖 패턴을 선보이며 빙글빙글 도는 애드벌룬은 계속 보면 최면에 걸릴 듯이 아름답고 혼란스러웠다. 그러나 사랑스러움은 잠시뿐. 비주얼과 대비되는 폭발음이 숲을 흔들었다. 알록달록한 천이 펑 터지더니 죽 찢어진 구멍에서 체리처럼 붉은 점액질이 흘러나왔다. 바로 밑에 있던 아이들은 그대로 액체를 뒤집어쓰고 새빨갛게 젖었다. 당장이라도 코를 박고 싶을 만큼 달콤한 향기가 풍겼다. 먹어도 되나? 의심도 하기 전에 혀가 입 밖으로 늘어졌다. 아이들은 손가락을 쪽쪽 빨며 하나둘씩 헐떡대기 시작했다. 손바닥까지 싹싹 핥아 먹고 나자 바닥에 엎드려 시럽으로 끈적한 모래를 빨았다. 서로의 얼굴과 목덜미를 핥았다. 덜 핀 꽃봉오리처럼 둘셋씩 엉켜들었다. 붉은 거라면 죄다 추잡하게 삼켰다.

조금 떨어진 곳에서 운동장의 살풍경을 관조하던 사랑

과 우주는 빳빳하게 굳었다.

"토 나와……."

우주가 작게 중얼거렸다. 그때 차갑기도 뜨겁기도 미지근하기도 해서 온도를 좀처럼 가늠할 수 없는 게 발목에서 끈적거렸다. 우주의 다리를 타고 올라와 교복 바지를 움켜쥐는, 누군가의 손이었다. 손의 주인은 처절하게 울고 있었다. 그 아이를 부르려던 우주는 멈칫했다. 왜냐면……

얘가 누구였더라?

"어……."

이름을 부를 수 없었다. 처음 보는 얼굴이니까.

"우주야, 도와줘. 나 이상해……."

우주는 빳빳하게 굳었다. 사랑이 우주의 몸을 기어오르는 새빨간 덩어리를 치우고 우주를 제 뒤로 밀었다. 우주는 저도 모르게 그 등 뒤에 숨었다. 힘 들어간 손가락이 사랑의 셔츠를 꽉 쥐었다. 셔츠가 젖어서 제 손바닥이 땀으로 흥건한 걸 알았다. 그제야 이상한 감정의 정체를 자각했다. 우주는 두려웠다.

아이들은 여기저기 어디라도 자신의 얼굴을 비춰 보며 넋이 빠졌다. 언니로, 오빠로, 친구로, 애인으로, 엄마로, 아빠로, 할머니로, 할아버지로 또는 아이로. 누구로 변한 건지, 왜 이 사람인지 당사자는 모를 수 없었다. 비치는 얼굴의 주인. 마음에 앉아 뇌를 장악한 존재. 두려움을 느끼기도 전에 애정 어린 손길로 쓰다듬고 만다. 왜냐하면, 사랑하니까.

사랑하는 너의 얼굴이니까.

4

믿기 힘든 광경이었다. 꿈인가 싶어 우주는 여러 번 눈을 비볐다. 체리색으로 젖은 아이들, 아니 처음 보는 얼굴들이 사방에서 난리였다. 우주와 사랑이 선 곳까지 달콤한 향이 끼쳤다.

"뭐야, 이 냄새는."

사랑이 기분 나쁘단 투로 중얼거렸다. 잔뜩 겁먹은 우주는 헛구역질하며 벌벌 떨었다. 소리 지르고 싶었지만 그래봤자 해결되지 않을 터였다. 독특한 향에서 기시감이 들었다. 그러나 생각을 더 잇지 못했다. 사랑의 등에 이마를 파묻고 있던 걸 깨달았기 때문이다. 우주는 되레 놀라 사랑을 밀쳤다. 닿았던 부분을 바삐 털어내며 들으란 듯 떠들었다.

"웩. 부정 탔다, 부정 탔어."

사랑도 질세라 셔츠를 찢을 기세로 흔들어대며 우주의 기분을 멋지게 잡쳤다.

두 사람은 멀리 서 있는 인영을 발견했다. 마찬가지로 경악한 모휘와 하린이었다. 아무것도 묻지 않은 깨끗한 옷을 보고 모휘와 하린이 변하지 않은 것을 확신한 우주가 그들을 불렀다. 목소리를 용케 알아들은 모휘가 하린을 붙잡아 사랑과 우주 쪽으로 뛰어왔다. 둘의 얼굴도 허옇게 질려 있었다.

"대체 무슨 상황이야?"

"우리도 몰라. 하린이가 무섭다 해서 피해 있었어."

우주와 얘기하던 모휘가 아이들에게 다가가는 하린의 손목을 잡아챘다. 하린은 방심하면 안 되는 인물이었다. 잠깐만 눈을 떼도 곧바로 사고를 쳤다. 지금처럼.

"나 이런 거 웹툰에서 본 것 같아."

하린의 엉뚱한 소리에 우주는 갸웃거렸으나, 모휘는 진지해졌다.

"정신착란이나 시각 이상을 유발하는 환각제가 아닐까. 본드나 가스에 들어 있는 톨루엔 성분은 중추신경계를 억제하는데, 시력 쇠퇴도 증상 중에 하나긴 해. 근데 시각 능력 상실이랑 환각은 다르니까⋯⋯. 아니면 환각제를 가스 형태로 공중에 살포했거나⋯⋯ 일정한 패턴으로 같은 사람을 보게 하는 약물이거나, 또는 여기에 환영의 구가 설치돼 있다거나, 다른 차원의 이야기라든가……."

우주는 잠자코 모휘의 음모론을 들었다. 헛소리 같았지만 안 친해서 대놓고 말할 수는 없었다. 다들 공포로 머리가 어떻게 된 것 같았다.

"선생님들은? 다 어디 갔지?"

하린의 물음에 여태 침묵하던 사랑이 앞서 걷기 시작했고, 우주도 사랑을 쫓았다. 한참 걷던 사랑이 몸을 낮췄다. 뒤따르던 우주도 영문 모른 채 구겨졌다. 벽 뒤에 숨은 넷은 본관 현관으로 이동하는 교사 무리를 관찰했다. 학생들을 통솔하느라 애드벌룬에서 떨어져 있었던 덕분에 얼굴이 변하는 불상사는 면한 모양이었다. 교사들이 건물 안으로 들어가자마자 사랑은 우주의 팔을 움켜잡고 화단을 가로질렀다. 우주는 가타부타 설명도 못 듣고 사랑에게 끌려갔다. 모휘와 하린은 들킬까 봐 일단 그 자리에서 기다리기로 했다.

"어디 가는데?"

사랑은 우주가 성가신지 듣고도 무시했다. 뭐냐고. 답답한 우주가 캐물을 때였다. 사랑이 손을 뻗어 우주의 입을 막았다. 누가 발라줬는지 달콤한 핸드크림 냄새가 났다. 플로랄 향이 섞인 바닐라는 사랑의 취향이 아니었다.

스스로 발랐을 리는 없고, 누가 발라줬구나. 가늠하던 우주의 뱃속이 찌릿거렸다. 그 와중에도 이런 자신이 우주는 좀 싫었다.

우주와 사랑이 숨죽인 곳 너머에서 선생님들의 대화가 들렸다.

"신고해야 합니다."

허리에 손을 올린 진우가 단호하게 주장했다. 병원에 보내고 보호자에게 맡겨야 한다는 입장이었다. 새별도 진우와 같은 의견인지 핸드폰을 들어 바로 전화를 걸려고 했다. 교장은 신고하려는 새별의 손을 쳐냈다. 교장은 진우가 쓴 '신고'라는 단어가 몹시 거슬렸다. 하여간 어린 선생들은 교격을 떨어뜨리는 일에만 유난이었다. 사회를 모르는 철부지들이 주장하는 해맑은 이상주의가 혐오스럽다. 교장은 떨떠름하게 입매를 구겼다.

그가 40대의 젊은 나이로 교장까지 올라간 근간에는 영리한 처세가 자리했다. 교장은 누가 강자고 약자인지 판을 읽는 데에 뛰어났다. 재단 이사장의 통지는 간단했다. 3박 4일간 전원이 학교에 안전히 머무를 것. 척 봐도 묵인이 답이라는 각이 섰다. 후에 학부모회가 쏘아붙일 걸 생각하면 벌써 두통이 일었지만 교장에겐 선택권이 없었다. 합리화를 끝낸 그가 입을 뗐다.

"우선 재단에 보고하고, 지시를 받으면 대응 방안을 도모해 보도록 합시다."

"사람이 죽게 생겼는데 상부 보고가 문제인가요?"

인상을 찌푸린 새별이 쏘아붙였다.

"모든 일에는 절차가 있고 학교 또한 조직이며 조직은 체계가 있기에 유지되는 겁니다. 미꾸라지 하나가 분탕치기 시작하면 시스템이 무너지고 혼란이 야기됩니다."

"그래도요, 교장선생님. 신고부터……!"

정진우 미꾸라지가 절절 애걸했다.

"선생님 두 분, 몇 년 일했습니까?"

새별과 진우는 교장의 맹기에 입을 다물었다. 교장은 둘을 싸늘하게 번갈아 봤다. 끽해야 몇 년 때우고 나갈 기간제 주제에. 임용에 붙는대도 열매고 정도 학군에 오려면 쉽진 않을 테지. 평생 일해도 나만 한 위치도 재산도 못 따낼 건 자명하다. 이력서에서 본 새별의 주소지는 비싼 동네가 아니었다. 진우는 명망 높은 교육자 집안 자식이라는 소문이 신경 쓰여 조심하는 편이었지만, 새별과 깊게 만나는 걸 보니 알 만하다는 판단이 섰다. 주제 모르는 커플이 쌍으로 교장의 신경을 박박 긁어댔다. 아랫사람들이 따박따박 말대꾸하는 상황을 그는 특히 싫어했다.

"일단 학생들을 체크하고 케어합시다."

"그런데 구별이 어렵게 생겼습니다."

학생들은 각양각색으로 변한 데다 교복, 기껏해야 체육복 차림이라 좀처럼 분간이 가지 않았다. 정식 수업이 아니니 명찰 부착은 선택에 맡긴 게 패인이었다. 소심하게 이의를 제기하던 윤리가 교장의 눈치를 보더니 괜히 큰 소리를 냈다.

"마약 테러 아닙니까? LSD 이런 거 있잖아!"

새별이 흥분한 윤리의 주장을 싹둑 잘랐다.

"환각이라면 말이 안 돼요. 저희 다 동일한 걸 보고 있잖아요. 왼쪽에서 세 번째 아이, 누구로 보이세요?"

몰래 가리킨 손가락 끝에는 다희가 있었다. 교사 넷에게서 중년 남배우의 이름이 정확히 나왔다. 진우는 머리를 싸맸다.

"중앙 현관에서 인원 체크부터 시작합시다."

가까스로 분노를 가라앉힌 교장은 슈트 바지에 묻은 먼지를 탁탁 털며 앞장섰다. 교사 셋이 쫓아오는 발소리를 들으며 흐트러진 머리 한 가닥을 뒤로 넘겼다. 담배가 절실했다.

다시 운동장으로 나서는 교사들을 본 사랑이 우주의

입을 막았던 손을 치우더니 그대로 우주의 체육복에 손바닥을 문질러 닦았다.

"으, 써."

우주는 화단에 침을 뱉는 척하며 아까부터 뜨겁던 귓불을 쥐어뜯었다.

"나 아니었음 들켰어. 나 있어서 다행이지?"

짜증 났지만 맞는 말이라 우주는 사랑에게 반박하지 못했다. 그렇다고 인정하긴 싫은데, 사랑은 대답을 요구하듯 빤히 보았다. 우주는 괜히 화단이나 구경했다. 터 자체에 힘이 있는지 손을 탔을 리 없는 나무들의 상태가 좋았다. 이파리가 파릇한 게 병충해 관리도 잘 되는 모양이었다. 둥그런 봉오리는 푹신해 보이기까지 했다.

"저 위에서 여기로 떨어져도 아프진 않겠다."

"밀어줘?"

건물을 올려다보며 무심코 뱉은 우주의 혼잣말을 사랑은 놓치지 않았다. 곧바로 째려보았지만 사랑은 이미 저 멀리 가고 있었다. 우주는 그 등에 대고 가운뎃손가락을 들어 보였다. 엿이나 먹어라.

✦

바람 빠진 애드벌룬은 남은 시럽을 눈물처럼 흘렸다. 끈적해진 건물을 노려보던 하린은 중앙 현관문을 꽉 닫았다. 교사들은 학생들을 달래 집합시키고, 그들끼리 분담해 인원 체크를 시작했다. 명찰을 가져온 학생들은 착용하도록 권고했으나 끽해야 두어 명이었다. 시럽을 맞은 아이들은 외양뿐 아니라 목소리까지 타인으로 변했다. 걸친 옷가지만 빼고 몽땅 남이 되었대도 무방했다. 대부분 제정신도 아니라 교사들이 파악하기가 더욱 어려웠다. 열에 일곱은 울었고 셋은 들떴다.

모휘는 우락부락한 남배우를 맞닥뜨리곤 흠칫 물러섰다. 배우는 커다란 덩치에 눈물을 그렁그렁 매달았다. 새별도 당황했는지, 쓰던 펜을 떨어뜨렸다.

"선생님, 저 다희인데요."

배우는 펜을 줍다 울음을 터뜨렸다. 엉엉 우는 소리가 중후했다. 체육복은 터지기 일보 직전이었다. 그나마 다희가 오버핏을 즐겨 입어 불상사는 피했다. 모휘가 다희를 토닥였지만 등근육이 너무 단단해서 손끝이 자꾸 곱아들었다.

"너무 무서워. 나 두고 가지 마."

셔츠를 잡는 다희의 악력이 엄청났다. 맹수 앞 초식 동물처럼 붙잡힌 모휘는 식은땀을 흘리며 다희를 달랬다.

한참 뒤 지나가던 하린이 뭉개진 모휘를 구출해 너덜너덜해진 셔츠 단추를 채워줄 때까지 그랬다.

진우는 클립보드에 또박또박 글자를 쓰면서도 착잡했다. 좀 전에 교장에게 의견을 강력히 말하지 못한 게 걸렸다. 새별에게 모자란 모습을 보인 것 같았다. 아직도 연애 초반처럼 하나하나가 신경 쓰였다. 멋져 보이는 데에 만전을 기해도 모자란데, 유 쌤이 날 어떻게 봤을까? 권력에 굴종하는 비겁자라고 생각했을까. 아냐, 우리 새별 씨가 그럴 리 없지. 진우는 제 머리를 픽픽 치다 새별 쪽을 힐끔댔다. 새별의 굳은 표정에선 아무것도 읽을 수 없었다. 진우고 나발이고, 아이들에게 온 관심이 쏠린 것 같았다. 설마 싶었지만…… 새별은 그러고도 남았다.

미성숙해 시야가 좁은 아이들을 도와 올바른 길로 인도하기. 그들의 행복한 미래를 위해 함께 고찰하기. 교실 너머 세상에서 좋은 인간으로 살 수 있게 초석을 다져주기. 내면의 정원을 가꿔주기. 새별의 일념이었다. 매주 청소년기 아이들의 발달심리에 대한 강의를 듣고 아동심리학, 교육학 등 해외 논문도 읽었으며 입시 정보에도 밝았다. 새별은 학년 첫날 교실에 들어서면 환호를 받는 교사였다. 스승의날이면 전년도, 전전년도 학생들의 선물까지 높게 쌓여 책상이 모자랐다. 오늘도 새별 앞에 선 학생들의 줄이 제일 길었다.

"이름."

"……."

"이름, 대답하기 싫어?"

"……김유진인데요, 쌤. 저 죽는 거 아니죠. 얼굴 안 돌아오면 어떡해요?"

머리를 빡빡 깎은 남자가 울먹였다. 눈 아래 새긴 눈물 모양 타투 위로 진짜 눈물이 흘러내렸다.

"별일 없을 거야. 선생님 여기 있는데 뭐가 걱정이야."

새별은 유진을 달래며 다음 순서의 이름을 물었다.

"안수진이요."

"수진이 너, 오빠 엄청 사랑하는구나?"

인기 아이돌로 변한 수진이 얼굴을 붉혔다.

"다음."

"최경수요."

"내가 최경수인데!"

여자애가 뒷줄에서 머리를 내밀며 외쳤다. 새별이 재차 이름을 묻자 경수의 얼굴을 한 학생이 사약 받은 죄인이라도 된 표정으로 실토했다.

"……오지영이요."

"오지영 최경수 좋아했음?"

변한 얼굴로 본명을 밝히는 건 마음을 전시하는 꼴이었다. 때아닌 사랑의 작대기에 일각에선 울다 말고 키득였다. 우주는 그들을 보며 마음이 철렁했다. 난 안 변해서 다행이라는 이기적인 생각이 불쑥 솟아올랐다. 연애사는 또래 애들에게 가장 자극적인 주제였다. 순식간에 장내가 들끓었다. 졸지에 합죽이 생성 업무도 수행하느라 바쁜 새별에게 다가온 교장이 경과를 물었다.

"체크한 바로는 지금 없는 학생이⋯⋯."

그때였다. 돌연 울린 종소리가 새별의 말을 끊었다. 아이가 실로폰을 치듯 경쾌한 소리였다.

위기 상황이 발생하여 비상 구조 시스템이 가동됩니다.

안녕하세요, 열매고등학교 캠프에 참가해 주신 여러분.

우주는 종소리의 곡명을 곱씹었다. 음악 시간에 배운 곡이었다. 르 카니발 데 아니모. 동물의 사육제. 죽은 자들이 축제를 연다는 내용의 선율을 인용한 악장이었다.

5

스피커는 연식이 오래됐는지 끼긱대며 고막을 긁었다.

새별과 진우는 등에 매달려 기겁하는 학생들을 안았다.

……에서 안내 말씀……니다……

"다 닥쳐!"

웅성거리는 목소리에 방송이 묻히자 인상을 구긴 류은수가 으르렁댔다. 서슬 퍼런 기색에 일대가 얼어붙었다. 은수는 소심한 여학생이었다. 매일 아침 사랑의 자리에 딸기우유를 갖다 놓던 사람이 은수임이 소문나자 그날로 교실을 뛰쳐나가 이틀을 결석했을 만큼. 성질부리며 주변을 겁주는 행동은 양아치 강호나 할 짓이었다.

"그래, 들어보자."

새별이 겨우 학생들을 얼렀다. 다행히 방송은 다시 반복되었다.

본 건물은 층별로 안전 설계가 되어 있습니다. 조건을 충족하면 각 층의 문이 열려 최종적으로 옥상에서 공중 구조가 이루어집니다. 당사는 구조에 최선을 다할 것을 약속드립니다. 현재 여러분이 계신 위치는 1층입니다.

기계로 변조된 것 같기도 하고, 아예 기계 음성 같기도

했다.

　내일 오전 10시까지 시럽을 맞은 사람과 아닌 사람을 구분해 주십시오. 시럽을 맞은 사람은 층계 옆 가정실, 맞지 않은 사람은 화장실 옆 상담실로 분류를 부탁드립니다. 자체 시스템으로 확인 후 2층의 문이 열립니다. 조건에 부합하지 않을 경우 구조에 어려움이 있음을 알려드립니다.

　묘한 명령 투에 학생들은 반감을 내비쳤다.
"지들이 뭔데 사람을 나누래?"
"왜 나눠야 되는데? 안 나누고 같이 가면 되잖아."
"그럼 문이 안 열린다잖아, 등신들아! 다 죽고 싶냐?"
"우리는 뭐 그냥 뒈지라는 거야?"
　시럽을 맞은 무리가 목소리를 높였다.
"야, 니들이 좋아서 달려 나간 거잖아! 너네 때문에 우리도 구조 못 받으면 책임질 거야?"
　맞지 않은 무리의 항변은 바로 무시당했다.
"닥쳐! 그땐 다 뛰었어. 우리가 좀 빨랐을 뿐이라고!"
　화난 다희가 현관문 옆에 있는 제 키만 한 화분을 한 방에 넘어뜨렸고 그게 스타팅 건이 되었다. 흥분한 아이들이 서로를 밀기 시작했다. 선생들이 힘겹게 인원을 체크해 둔 보람이 없었다. 교장은 내뺐고, 윤리는 새별의 뒤에 숨었다. 진우는 애들을 말리다 옷과 머리를 뜯겼다. 미리 자리를 피한 사랑은 층계에 앉아 개판을 고고히 내려다봤다. 사랑과 달리 재빠르지 못한 우주는 신나게 얻어터지고 있었다. 가운데서 몸빵 중인 모휘와 세트였다.

"저 호구랑 왜 붙어 있어."

사랑이 아수라장 한가운데로 걸어와 팔을 뻗어 우주의 뒷덜미를 낚아챘다. 질질 끌려오던 우주는 울대가 눌려 컥컥거렸지만 덕분에 무저갱에서 구조되었다.

"그만!"

새별이 윗배가 드러난 진우를 다희에게서 떼어내며 소리 질렀다.

"짐승처럼 무작정 싸우지 말고. 다시 해보자, 천천히. 당장 너희를 뭘 어떻게 하겠다는 게 아니야. 규모 파악을 해야 대책을 정하니까, 일단 나누어보자는 거야."

여기저기서 아우성이 치솟았다.

"쌤, 저 가정실 가면 어떻게 되는데요?"

"먹고 싶지 않았는데 입으로 들어왔단 말이에요!"

"저는 안 맞았어요! 운동장에 서 있기만 했어요!"

경수는 억울했다. 운동신경이 좋아 급식도 달리기도 늘 1등이었고 그런 자신에게 만족했는데, 굼뜬 애들이 부럽긴 처음이었다.

"저도요, 저도요!"

"제가 뭘 잘못했다고 이러냐고요!"

"방송만 하지 말고 당장 구하러 오라고 해요!"

"저게 원칙이라잖아, 이 난린데 구해주고 싶겠냐?"

"저기, 얘들아. 싸우지 마⋯⋯."

아직도 난리통에 남아 양측을 적극적으로 말리던 모휘의 등골로 식은땀이 흘러내렸다. 모휘도 분류가 내키지 않긴 했다. 방송도 찝찝했고, 건물도 어딘가 쎄했다. 물론 층별로 잠긴 설계가 말이 안 되진 않았다. 철저히 학습 캠프로 이용되는 건물이니 무단 탈주를 막기 위해서일 테다. 어른들이 하는 일이 그렇지. 놀랍지도 않았다. 하지만 모휘는 육감파였다. 느낌이 나빴다.

✳

돌아온 교장은 전신에서 담배 냄새를 풍겼다. 새별과 진우가 걷는 재떨이를 붙잡고 호소했다.

"교장선생님, 이제 더는 안 됩니다. 신고해야 합니다."

"방송 못 들었어요? 무슨 신고를 합니까. 로마에 가면 로마법 따르란 말 몰라요? 공간의 규칙을 지켜야 가장 안전한 겁니다."

교장은 그들의 사정을 듣는 척조차 안 했지만, 사실 신고를 시도하고 돌아오는 길이었다. 연결음만 이어질 뿐 전화가 걸리지 않았다. 개인 핸드폰은 물론 교내에 구비된 모든 전화기로 걸어봐도 결과는 같았다. 새별과 진우가 신고하려 했을 때가 마지막 기회였을까. 명백한 그의 판단 실수였다. 곧이곧대로 밝힌다면 책임자인 그에게 온갖 책망이 쏟아질 테다. 무능은 티 내서 좋을 게 없다.

겉보기에 성공한 삶일지 몰라도 교장은 하루하루가 빙판 위 깨금발이었다. 재단의 눈에 모난 짓을 해서 밀려나기라도 하면, 억대 연봉뿐 아니라 비밀 부업인 서울 근교 카페까지 자리를 빼야 할지도 몰랐다. 여기까지 오려고 이삼십 대를 갈아가며 얼마나 고생했는데.

"저도 유새별 선생님과 입장이 같습니다. 방송엔 수상쩍은 부분이 너무 많아요. 자칫하다간 우리 아이들 위험해집니다."

세상이 히어로 영화처럼 돌아가는 줄 알아. 예민해진 교장은 분명히 꽃밭일 정진우 선생의 머리를 노려봤다.

"일시적인 해프닝일 뿐입니다. 학교가 주먹구구식으로 운영되는 곳도 아니고, 체계적인 관리 감독하에 있는 거 모르십니까. 애초에 학생들의 수학 능력을 최대로 끌어올

50

리기 위해 층별로 설계된 곳입니다. 여러분도 일전에 숙지했고, 방송도 그 점을 명시하고 있지 않습니까. 학생들의 정신 건강 증진을 위한 목적이겠죠. 다 각 분야 전문가의 검토를 거쳐 건축법, 소방법에 근거해서……."

"정신 건강이요? 죄송하지만 하나도 도움이 안 돼 보이는데요?"

교장이 진우의 문과 감성을 척살하는 그때 대뜸 끼어든 놈이 나긋하게 빈정거렸다.

"천사랑!"

"예, 선생님. 이 건물은 정상이 아니에요. 무슨 감옥도 아니고. 방송 아니었으면 직접 당하기 전까지 모를 뻔했네요."

비꼬는 사랑 때문에 체면을 잃을 뻔한 교장이 헛기침을 했다. 풋내기 선생들에 젖먹이 전교 회장까지 교장의 심기를 후벼 팠으나 참았다. 중앙 현관에선 귀곡산장 같은 울음소리가 들려오고 있었고 귀찮은 10대들을 다스리는 일엔 천사랑만 한 적임자가 없었으니.

"일단은 안내 방송을 따르도록 합시다. 저도 따로 구조 요청 방안을 모색해 보도록 하죠. 천사랑 너도 친구들 진정시키고."

"아니, 선생님."

교장은 이의를 제기하는 진우의 가슴팍을 클립보드로 밀치고는, 울부짖는 미성년들의 앞에 섰다. 아무도 주목하지 않자 교장은 아까 다희가 넘어뜨린 화분을 걷어찼다. 튀는 파편을 피하려던 아이들은 서로서로 밀려 나동그라졌다. 그들이 다쳤을까 걱정되어 튀어 나가려는 새별을 윤리가 잡아 말렸다. 시종일관 무표정하던 교장이 입을 뗐다.

"애드벌룬 터졌을 때 맞은 사람?"

"……"

"대답해."

"선생님, 왜 신고 안 해요?"

손을 번쩍 든 우주가 외쳤다. 사랑이 우주의 팔을 잡아 내렸다. 힘주고 버티는 우주를 억지로 앉혔다. 우주가 일으킨 파문에 잠시나마 조용했던 중앙 현관이 와자지껄해졌다. 고막을 가시로 쑤시는 것 같았다. 한쪽 귀를 막은 교장의 목에 굵직한 핏대가 섰다.

"대답해, 이 애새끼들아. 어서!"

✳

교장의 진두지휘하에 학생 아닌 용모가 골라졌고, 각각

상담실과 가정실로 들어갔다.

모휘는 이 사태가 애드벌룬의 시럽과 관련된 '병'이라 확신했다.

"하린이도 그렇게 생각한대요."

"그래?"

"네, 데이터에 기반한 판단 결과예요."

무슨 데이터인지 모르겠지만, 새별은 내심 모휘에게 동조했다. 오히려 안내 방송을 들은 이후 새별의 의혹은 방향이 확실해졌다. 맞은 사람과 아닌 사람을 구별하라니 시럽에 뭔가 있는 게 분명했다. 새별은 겨우 구한 비상용 구급상자에서 체온계를 찾아 학생들의 열을 쟀다. 시럽에 닿지 않은 아이들 중 하린과 모휘가 새별을 도와 파김치가 된 친구들을 챙겼다.

그때 김보나의 머리가 툭 떨어졌다. 보나가 천식을 앓고 있단 걸 알고 있던 하린이 힐끗 쳐다본 그때, 보나가 그대로 눈을 까뒤집으며 실신했다.

"보나야!"

하린이 쓰러지는 보나를 안았다. 덕분에 머리를 부딪히는 변은 피했으나 사지를 괴기하게 꺾은 보나가 발작하기 시작했다.

"선생님!"

날카로운 하린의 부름에 놀란 새별이 달려왔다. 보나가 천식을 앓고 있다는 건 알았지만 이렇게 발작한 적은 없었다. 애초에 천식 때문이라기엔 너무 기괴했다. 새별은 교장이 뭐라 지껄이든 말든 당장 119에 전화를 걸 작정으로 바지춤을 짚어보다 망연해졌다. 분명 주머니에 넣어뒀던 핸드폰이 없었다. 난리통에 분실한 모양이었다. 학생들도 정직하게 핸드폰을 제출했기에 사정은 마찬가지였다. 내라고 등 떠밀었던 사람이 바로 자신이라서 새별은 할 말이 없었다. 윤리에게 부탁해 봤으나 본인도 잃어버렸다며 고개를 저었다. 진위를 떠나 애초에 윤리는 교장의 눈치나 보느라 바빴기에 쓸모 있는 인물이 못 됐다. 진우의 곁엔 교장이 딱 붙어 있어 불러낼 수 없었다. 새별이 겨우 복도 끝에서 찾은 비상전화는 먹통이었다.

'하필 이럴 때…….'

좌절한 새별은 벽에 머리를 박았다. 침착하자. 애들이 다 핸드폰을 냈을 리 없어. 한 명쯤은 있을 거야. 가지고 있을 법한 애. 새별은 심화반 아이들을 출석 번호순으로 떠올렸다. 기억의 바늘이 째깍째깍 돌아갔다. 한참 째깍거리던 바늘이 붉으락푸르락한 교장에게 맞서 뚱한 표정으로 손을 들던 아이를 가리켰다. 새별은 박수를 쳤다.

"우주!"

6

최우주.

조용하다. 아웃사이더다. 교우 관계 전무. 무슨 생각을 하는지 모르겠다. 어딘가 음침하다. 이것저것 잘하긴 하는데 애가 정나미가 없다— 등등이 선생님들 사이 일반적인 평가였고, 새별의 평은 세간과 좀 달랐다.

확실히 우주는 머리가 좋았다. 특히 어른들 눈을 피해 일을 벌이는 잔머리가 특출났다. 우주는 치즈 가루를 가져와 500원에 뿌려주고, 피부과에서만 쓰는 화장품을 소분해 팔았다. 1회 5천 원으로 방과 후 살롱을 열어 여자애들은 고데기, 남자애들은 왁스로 스타일링을 해줘 인기를 끌었다. 일목요연하고 예쁜 필기 노트 복사본은 장당 300원에 팔렸다. 재주를 피워 창조 경제를 만끽하는 체질이었다. 그러나 친구는 단 한 명도 만들지 않아 새별이 몰래 관심을 쏟는 기묘한 학생이었다. 남다른 가정환경도 신경 쓰였고. 새별은 상담실로 돌아가 우주에게 슬쩍 물었다.

"우주야, 너 핸드폰 있지."

아니나 다를까 새별에게 잡힌 우주의 어깨가 움찔거렸다. 꼼수에 능숙한 우주는 의외로 거짓말엔 젬병이었다.

"벌점 주려는 거 아냐. 쌤 좀 빌려줄래?"

다행히 새별의 구급상자에 흡입보조기구가 있어 급한 대로 천식은 응급처치를 했으나 언제 다시 이유 없이 발작할지 몰랐다. 거기까지 듣자 우주의 마음은 흔들리기 시작했다. 그러나 머뭇거렸다. 학생이 선생을 온전히 믿기란 나름의 결심이 필요한 일이었다. 새별은 원칙주의자로 유명했다. 그 대쪽 같은 성정으로 나중에라도 벌점을 주거나, 핸드폰을 뺏거나, 엄마한테 전화하는 상황이 벌써 상상됐다. 앞의 두 개는 참을 수 있었지만 마지막 가능성은 죽어도 안 될 일이었다.

"생각해 봐."

새별은 재촉하지 않고 자리를 떴고, 남겨진 우주는 주머니에 손을 넣었다. 무언가 손가락에 걸렸다. 버스에서 보나가 준 초콜릿이었다. 스치는 손가락이 따뜻해 우주의 손바닥은 도망갔었다. 보나는 거부하는 우주를 다 알면서도 웃기만 했다. 뒤에서 다른 친구들이 보나를 불렀었다. 애들은 최우주 성질을 왜 또 받아주냐며 답답해했다. 자기들 나름대로 목소리를 낮춘답시고 소곤거렸지만 다 들렸다. 괜찮았다. 우주도 동감했으니까. 따뜻한 성격으로 친구가 많은 보나가 왜 변방의 우주에게까지 제 온기를 미치지 못해 안달인지 몰랐다. 우주는 보나를 등지고 옆으로 누웠다. 기어코 보나는 우주의 손에 초콜릿을 쥐여 주었고. 그랬었다.

혹시나 뭔가 발견할 수 있을지도 모른다는 생각에 우주는 몰래 학교를 돌아보기로 결심했다. 얼마 돌아다니지도 않았는데 1층 중앙 현관 벽면에 부착된 교내 안내도 앞에서 사랑을 맞닥뜨렸다.

"아, 뭐야."

"넌 뭔데."

"전교 회장이라고 꿀 빠네."

"억울하면 너도 되지 그랬어."

사랑과 동선이 겹치자 불쾌해진 우주가 미간을 구겼다. 사랑은 성의 없이 빈정거리곤 보던 걸 마저 봤다.

안내도에 따르면, 각 층엔 교실과 행정실을 비롯한 도서실, 보건실, 과학실 등 특수실이 있었다. 가정실은 1층 층계 쪽에, 방송실은 가정실 옆에, 상담실은 그 반대쪽에 위치했다. 사랑이 꼼꼼히 안내도를 뜯어보는 동안, 우주는 한 번 훑고 말았다. 매뉴얼 백날 보는 것보다 직접 해보는 게 편했다. 뛰어가 방송실의 방음문을 두드렸다. 문고리는 잠겼고 귀를 바짝 갖다 대봐도 기척이 없었다. 그럼 안내 방송은 대체 어디서 나오는 걸까. 이번엔 계단을 올라가 2층 입구로 보이는 두꺼운 철제문을 흔들어봤다.

마찬가지로 잠긴 문에 어깨를 부딪히는데 긴 다리 하나가 옆을 뻥 찼다.

"되겠어? 머리가 달렸으면 생각이란 걸 해."

발 모양대로 일그러진 문을 흘끗 본 사랑이 핀잔했다.

"어쩌라고, 새대가리야. 열려도 넌 안 들여보내 줘."

우주는 쌍욕 없이 험한 말솜씨를 선보이며 자물쇠를 만지작거렸다. 아무래도 이상했다. 1년에 한 번, 캠프 때를 제외하면 사람 손이 닿지 않는 곳일 텐데 녹도 슬지 않았다. 우주가 집착하자 사랑도 미미한 관심을 적선했다.

"잠겼어?"

"응."

우주는 주먹보다 큰 자물쇠를 요모조모 살폈다. 사랑은 출처 모를 머리핀으로 자물쇠 구멍을 쑤시는 우주를 구경했다.

"나는 아까 손도 못 들게 하고 말도 막더니 지는 뒤에서 딴짓하고 있냐, 천사랑 진심 개음침."

우주는 손도 입도 쉬지 않았다. 듣기만 하던 사랑이 헛웃음 쳤다.

"너처럼 요란하게 어그로 끄는 게 멍청한 거지."

"뭐? 멍청?"

사랑의 도발에 자극받은 우주가 머리핀을 떨어뜨렸다.

사납게 돌아봤지만 사랑은 또 자리를 뜬 후였다. 유령이 야? 왜 아까부터 자꾸 없어져! 우주는 분노를 손끝으로 분출했다. 자물쇠에 한참 매달렸지만 휘어버린 핀으로 시도는 결딴났다. 허무했다.

✦

나뉘었다는 데서 오는 좌절감에 경직됐던 각 교실의 분위기는 점점 누그러지고 있었다. 대신 식욕과 배설욕이라는 난관을 당면했다. 날 선 아이들은 쉽게 불안해했고, 금방 신체화 증상이 나타난 탓이다.

"선생님 저 더는 못 참겠어요!"

새우처럼 몸을 꼬던 경수가 비명을 질렀다.

"저런, 지렸니."

다희가 까끌까끌한 수염을 만지며 말했다. 이젠 꽤 익숙해졌을뿐더러 묘한 중독성이 있었다. 혀를 끌끌 찬 진우가 경수를 이고 화장실로 향했다.

가정실의 문제가 배설이라면 상담실의 문제는 허기였다. 모휘는 배를 붙잡고 쪼그라졌다. 책가방 말고 따로 간식 가방을 챙긴 선구안들만 호사를 누렸다.

"야, 넌 배 안 고프냐."

"그냥 그래."

모휘는 옆에 앉은 하린을 팔꿈치로 톡 쳐봤다. 원래도 새침데기인 하린의 밀가루떡 같은 얼굴이 유독 허옇게 질려 있었다. 곱게 자란 아가씨라 세상사의 격변에 소심하기 그지없는 모양이었다. 이래서 험한 세상 어찌 살려나. 하린이 걱정된 모휘는 피 같은 젤리를 나눠줬지만 별 반응이 없었다. 여길 나가 둘만 있으면 나아질 텐데. 모휘는 창밖을 흘끗댔다. 교장과 윤리의 뒤통수가 보였다. 교장은 융통성이라곤 콩만큼도 없었다. 같은 분야로 유명한 새별보다 더했다. 군인처럼 뻣뻣한 등만 봐도 고집이 보였다. 젤리 덩어리를 묶음으로 삼키던 모휘는 우주를 툭툭 건드렸다. 혼자 먹으려니 영 맛이 없었다.

우주는 눈으로 새별을 찾던 중이었다. 순간 흔들린 우주의 가방 안에서 사탕 하나가 떨어졌다. 줍기 위해 숙일 때마다 떨어진 사탕이 하나둘씩 추가돼 교실 바닥을 도토리처럼 데굴데굴 굴렀다. 괴이한 정적이 실내에 내려앉았다. 날이 흐려 어둑어둑한 상담실에 수십 개의 눈알이 형형했다. 그 시선이 바늘처럼 우주를 찔렀다. 우주의 늑골이 조여들었다.

"뭐야, 최우주. 너 먹을 거 갖고 있어?"

그 말을 신호로, 분위기를 살피던 아이들이 일제히 우

주를 향해 손을 뻗었다. 이상을 감지한 우주는 본능대로 내빼려 했지만 죽 늘어진 신경 같은 손들이 우주의 가방 안에 담긴 사탕을 노리고 거머리처럼 들러붙었다. 다들 알지. 저 사탕을 먹으면 불안이 가라앉아. 배고픔이 채워져. 내 격동하는 마음이 잠잠해질 거야.

"아파, 이거 놔!"

손들은 우주의 사지를 온갖 방향으로 잡아당기며 서로에게 욕설을 퍼부었다. 우주가 손을 겨우 쳐내며 몸을 뒤틀어 뒷문을 확인했지만 윤리와 교장은 그새 교무실에 갔는지 보이지 않았다. 우주로선 이골이 난 상황이었다. 자기밖에 모르는 인간들, 누구도 도와주지 않는 나. 그나마 모휘가 애썼으나 말도 안 되게 밀리는 쪽수에 승산이 없었다. 포기한 우주는 할퀴어졌고 뼈대가 눌렸고 옷이 뜯겼고 가방에 빵빵하게 담아 온 사탕을 반 넘게 뺏겼다.

"사탕 가져가고, 난 놔줘! 이 개자식들아!"

손 하나가 체육복 칼라를 잡아당기자 숨이 막힌 우주가 화를 냈다. 한참 컥컥대다 보니 눈앞이 빙글빙글 돌기 시작했다. 시야가 흑백이 되던 순간이었다. 누군가 우주의 가방과 손을 한 번에 채더니 엉기는 급우를 둘셋씩 걷어찼다.

"나 좀 그만 고생시켜."

거슬리게 긁는 목소리와 개구지게 꾸민 말투.

"우주 때문에 너무 힘들다."

말만 약한 척이지. 사랑은 느긋하게 우주의 손에 깍지를 껴왔다. 웬일로 다정하다 싶더니 우주를 무처럼 뽑기 시작했다.

"나 팔, 팔 찢어져."

"괜찮아, 안 찢어져. 팔은 보기보다 강해."

이런 미친! 겨드랑이부터 퍼지는 고통에 우주는 교실이 떠나가라 소리를 질렀다. 야채튀김처럼 뭉쳐 있던 놈들이 줄줄이 나가떨어졌다. 그들을 대강 발로 치운 사랑이 우주를 어깨에 들쳐 멨다. 안 그래도 속이 안 좋았던 우주는 딱딱한 어깨뼈에 배가 눌리자 헛구역질을 했다.

"나한테 안긴 게 토 쏠릴 정도야?"

사랑이 가련하게 헛소리했다. 우주는 사랑을 한 대 치고 싶었지만 기운이 소진됐다. 힘없는 주먹을 올린 우주의 뒤로 사탕을 내놓고 가라는 애원이 끈적끈적 늘어졌다. 사랑은 지구 끝까지 쫓아올 애들의 기세 따위 무시하고 뒷문을 거칠게 닫았다. 한껏 만신창이가 된 자신을 가다듬는 우주의 손이 벌벌 떨렸다. 적어도 사랑에겐 약한 모습을 보이기 싫었는데. 사랑은 그런 우주의 맘도 모르고 계속 약을 올렸다.

돌아본 교실 안은 좀비도 아니면서 좀비처럼 구는 이들이 게걸스레 달려들어 떨어진 사탕을 두고 싸우느라 아수라장이었다. 없던 정도 떨어졌다. 우주를 고쳐 안던 사랑이 문득 물었다.

"넌 내가 그렇게 싫냐."

"……."

몰라서 묻나? 우주가 고민했다.

"상처네."

중얼거리는 사랑의 앞으로 하린과 모휘가 우당탕탕 쏟아졌다. 모두의 주의가 뒷문으로 쏠린 틈을 타 앞문을 노린 작전이었다.

"괜찮아?"

묻는 모휘의 꼴도 저들에게 쥐어뜯겨 엉망진창이었다.

"엉, 최우주 구해주기 귀찮아. 보람 하나도 없어."

사랑이 우주 대신 대답했다. 왠지 칭얼거리는 투였다.

"뭐지? 우주한테 물어본 건데."

모휘가 어이없어 하든 말든 사랑은 우주와 옥신각신하기 바빴다. 여태 사랑의 어깨에 얹혀 내려달라 요구하던 우주는 삑사리마저 냈다. 사랑은 개의치 않고 걷기 시작했다. 희한하게 보는 하린과 모휘가 눈에 밟혀 우주는 사랑의 등을 두드렸다.

"왜."

사랑이 성가신 듯 물었다.

"쟤네랑 같이 가는 게 낫지 않아?"

"바빠."

"뭐 하는데?"

"도망."

"어디로?"

"몰라."

대답과 달리 사랑은 정확히 움직였다. 목적지를 아는 사람처럼.

우주의 감도 정확했다. 소각장으로 향한 사랑의 동선에는 낭비가 없었다. 사랑을 따라 소각장에 도착한 우주는 툭 짚은 쓰레기통 뚜껑에서 날아오르는 파리를 보고 기겁하다 쓰레기통과 정반대의 향을 풍기는 가슴팍에 부딪혔다. 사랑은 우주의 몸부림을 슬랩스틱으로 치부했다.

"……저기."

얄밉지만 천사랑이 날 도와주긴 했으니까 고맙다 해야겠지. 우주가 내키지 않는 입을 꾸역꾸역 열 때였다.

"우주야, 우리 나가자."

눈을 말똥하게 뜬 사랑이 해맑게 졸랐다.

"너랑 나랑 둘만."

7

하도 순진무구하게 말해 끄덕일 뻔했다. 우주는 말려들지 않기 위해 사랑의 말을 못 들은 척했다. 우주가 반응하지 않자 골난 사랑이 우주의 가방을 빼앗았다. 우주가 휘적거릴수록 높게 치켜들었다.

"가방이 중요해, 내가 중요해?"

"가방."

"응, 안 줘."

무관심한 척 관심을 달라 강요하던 사랑이 구석에 놓인 방수포를 걷어냈다. 비록 낡았지만, 키까지 꽂힌 산악바이크가 모습을 드러냈다. 우주는 홀린 듯 다가가서 바이크를 만지작거리기 시작했다. 흥미로 눈동자가 초롱초롱해진 우주의 곁에서 사랑이 감언을 쏟아댔다.

"재밌겠지. 빨리 타고 나가자, 넌 운전할 수 있잖아."

우주는 조립에도 액티비티에도 능했다. 어렵겠지만 조작법만 익히면 아예 못 할 일도 아니라는 용기가 불쑥 솟았다.

"한 대밖에 없는데 어떻게 둘이 나가?"

"난 뒤에 탈게."

냉큼 대답한 사랑이 이상한 학교 따위 하산하면 그만이라고 덧붙였다. 여태 공포를 억누르던 우주의 심장이 쿵쿵 뛰었다.

"생각해 봐. 먼저 내려가서 구조를 요청하는 게 훨씬 효율적이야. 이 빌어먹을 산에 단체로 갇혀 있는 건 승산이 없다고."

하지만 우주의 입은 마음과 반대로 움직였다.

"굳이?"

"뭐?"

"내가 굳이 왜 그래야 하는데? 왜 호구처럼 남들 구하려고 위험해져야 하냐고. 가다가 사고 나면? 다치거나, ……죽기라도 하면."

잠시 숨을 멈춘 우주가 사랑을 닦달했다.

"내놔, 내 가방. 이 도둑아. 넌 협상의 기본자세부터 잘못됐어."

"우리끼리 가자고. 빨랑 운전해."

사랑이 발을 굴러대며 떼쓰기 시작했다. 누가 전교 회장 천사랑이 떼쟁이란 걸 알까. 다른 데선 차분한 척을 해대더니 추태도 이런 추태가 없다. 그만 돌아서려던 우주의 얼굴이 젖었다. 우주는 단박에 빈정이 상했다.

"나한테 침 뱉었냐? 말로 하지 드럽게, 진짜."

"내가 감히?"

우주가 거짓말이라며 몰아갔지만 틀렸다. 침이 아니라 빗방울이었다. 구름이 구멍 뚫린 풍선처럼 빗물을 쏟기 시작했다. 삽시간에 거세진 빗줄기가 우주와 사랑을 때렸다. 둘은 뒷문 현관의 작은 지붕 아래로 뛰어가 비를 피했다. 우주를 지붕 안쪽으로 밀어 넣는 사랑의 표정이 구겨졌다. 언제 그칠지 모를 비가 땅을 마구 적시고 있었다. 이딴 날씨에 바이크로 하산은 자살 행위다. 짧은 새에 흠뻑 젖어버린 사랑은 갑자기 조용해졌다. 퇴로가 막혔다고 판단했는지 답답하다는 듯 새까만 머리를 쓸어 넘겼다. 흐린 하늘에 번개가 내리치듯 골이 지끈거렸다. 사랑은 벽을 부서져라 퍽 내려치고 잠시 생각에 잠겼다가 우주가 붙잡기도 전에 건물 안으로 팩 들어가 버렸다.

"야!"

변덕이 벼락보다 더해 대체 종잡을 수가 없었다. 씩씩대던 우주는 한참 뒤에야 사랑이 내던진 가방을 주워 깨진 사탕을 정리했다. 그래도 건질 게 남아 다행이었다.

교실로 돌아가자 다들 머쓱한지 우주를 모른 체했다. 그러려니 한 우주는 자신의 자리를 찾았다. 하필 보나의 옆자리였다. 자느라 말려 올라간 보나의 옷을 무심코 내려주던 우주는 보나의 목덜미에서 이상한 얼룩을 발견했다. 뭐가 묻었나. 살짝 문질러봤지만 목빗근을 따라 진 보라색 멍은 사라지지 않았다. 생김새가 희한했다. 하트 모양을 닮았는데 색깔이 꼭 덜 익은 열매 같았다. 우주는 창밖을 내다보았다. 바람을 맞고 흔들리는 교정의 나무에서 달콤하고 어두운 한밤의 향기가 진하게 풍겨왔다. 그 향이 보나에게서도 풍기는 듯한 착각이 들었다. 어쩐지 불길했다.

　같은 시각 교무실에선 최선의 타개책에 대한 논의가 이루어지고 있었다. 고장 난 전파에 비까지 겹쳐 여러모로 좋지 않은 상황이었다. 진우는 안내 방송이 시키는 대로 2층으로 올라가는 것에 여전히 반대했다.
　"하산을 원하는 친구들이 있을 수도 있어요."
　진우는 투표를 실시해 애들과 상의해 볼 문제라 주장했다.
　"애들이 뭘 안다고 판단권을 쥐여줍니까."
　윤리가 송장 치울 일 있냐며 빈정거렸다.
　"정진우 선생님이 아직 교편 잡은 지 얼마 안 돼서 모르나 본데, 애들은 말이죠. 안전을 원해요. 현상 유지를 제일 좋아한다고요. 남들 눈에 튀거나 위험성이 있는 일을 가장 싫어하죠. 인간이 그럽디다."

경험으로 밀어붙이는 선배 교사의 기세에 진우의 입이 다물렸다. 이번엔 새별도 침묵을 지켰다. 사실 다른 방법도 없었기 때문에, 교장은 안내 방송을 따르기로 결정했다. 규칙을 따라야 구조가 빨라진다. 가장 가시적인 해결책이었다.

교장은 늦은 새벽까지 눈을 감지 못했다. 대체 애드벌룬은 누가 터뜨린 걸까. 사건을 명징히 판단해야 한다. 복도 끝으로 은신한 교장은 이사장에게 연락을 시도했으나, 역시 먹통이었다. 비상 연락망도 작동하지 않자 안테나가 부러지기라도 했나 의심하던 교장은 건물 밖을 살피려 현관문을 밀다 망설였다. 운동장이 마구 쑤셔놓은 벌집 같았다. 아직 빗물에 씻기지 않은 체리색 액체는 코를 박고 핥고 싶은 단내가 중중해서 불쾌했다.

아무래도 위험했다. 머리를 쓸 줄 아는 놈이 나뿐이다. 내가 다치면 큰일이라고 교장은 굳게 믿었다. 제 몸을 금지옥엽처럼 아끼기로 작정하며 문고리를 놓았다. 교장은 위기를 기회로 삼을 플랜을 세웠다. 우선 옥상 탈출을 목표로 현장을 지휘한다. 내부적으론 정진우, 유새별 선생에게 저 체리색 시럽을 먹이고 그들이 옮긴 전염병이라고 뒤집어씌운다. 위기 상황에 적절히 대처하면 도리어 기회가 될 수 있다. 잘하면 중임도 가능하겠지. 재단에서 원하는 캐릭터란 한결같았다. 순종적이고 귀찮은 잡음은 알아서 수습하는 꼭두각시. 발 뻗을 자리를 아는 인재. 바로 자신이었다.

마찬가지로 짙은 새벽, 모휘는 잠든 하린을 두고 상담실에서 탈출했다. 가정실 염탐이 목적이었다. 발소리를 죽이고 다가서서 가정실의 문을 새끼손가락만큼 열고 안을 흘끔 들여다봤다.

다들 겁먹은 줄 알았는데 의외로 대부분 머리를 대자마자 잠들었다. 속도 편하지 싶었다. 모휘는 그럴 수 없었다. 지금 상황은 호러영화나 다름없었다.

'다 돌았나? 얼굴이 변했는데 안 무서워? 잠이 오냐고.'

물론 가정실에도 모휘와 같은 불면자들은 존재했다.

"어디서 맛있는 냄새 안 나냐?"

가정실의 불면자들이 숙덕였다.

"우리 빼고 뭐 먹나."

시간이 흐를수록 심해지는 허기에 식은땀을 흘리던 이들이 문가로 향했다. 다가오는 기척에 질겁한 모휘가 왠지 모를 두려움에 복도를 기며 비명을 삭였다. 등골로 식은땀이 죽 흘렀다. 분명히 자신이 알던 친구들이 맞을 텐데, 이상하게도 무작정 도망치고 싶었다. 숨까지 참고 기어 상담실로 향했다. 안 들키려 갖은 노력을 했더니 상담실에 다다라서는 위가 아팠다. 하린 없이 혼자였다면 이렇게까지 안 했다. 맘 편하게 짜져 있었지. 속으로 한탄한 모휘는 제자리로 돌아오자마자 퍼졌다. 거친 숨을 고르는데 그동안 미동도 없던 하린이 모휘 쪽으로 돌아누웠다.

"……워……."

하린이 중얼거렸다. 나한테 말을 거나 싶어 바라보던 모휘의 눈이 가늘어졌다. 하린은 꼭 감은 눈을 뜨지 않고 쉴 새 없이 중얼거렸다. 평소처럼 잠꼬대를 하는 모양이었다. 필사적으로 웃음을 참는 모휘의 인중이 길어졌다. 잠꼬대의 내용이 궁금해져 살짝 벌어진 하린의 입에 귀를 갖다 댔다.

"무서워, 무서워, 무서워…… 그만할래, 잘못했어, 그만하고 싶어. 죽여줘, 죽여줘, 죽여줘."

높낮이도 없이 반복되는 말은 꼭 주문 같았다. 하린은 끙끙 앓기 시작했다. 모휘가 하린의 머리를 받쳤다. 가방의 뾰족한 부분을 눌러 평평하게 만들어 베게 하곤 머리카락을 천천히 넘겼다. 가능하다면, 악몽을 가져오고 싶었다.

모휘는 아버지의 해외 파견 때문에 초등학교와 중학교를 열 번 넘게 옮겼다. 이름보다 전학생으로 많이 불렸던 시간이었다. 이젠 지겨워진 자기소개를 영혼 없이 읊던 열매고의 첫날, 앞줄에서 작게 파이팅을 외쳐주던 하린을 만났다. 짧다면 짧은 시간 동안 둘은 진짜 가족보다 가까워졌다. 모휘는 하린을 연인 이상으로 여겼다. 서로가 서로에게 가장 소중한 사람이라 믿었다. 결핍을 나눴다. 지병 같던 외로움이 함께 있음으로 해갈됐다. 준 마음을 돌려받지 못한대도 좋았다. 모휘에게 사랑은 나를 쏟는 것. 헌신이었다.

숭고한 고요를 깨는 인기척에 모휘가 재빨리 엎드렸다. 창틈으로 옅게 스미는 빛을 긴 그림자가 가렸다. 익숙해진 어둠은 더 이상 방해가 되지 않았다. 모휘는 곧바로 그림자의 정체를 알아보았다.

최우주. 도둑고양이처럼 발끝을 세운 우주가 애들을 건너 교실을 나서고 있었다.

✦

현관에 선 우주는 손톱을 물어뜯었다. 애들이 핸드폰을 보면 난리를 칠까 봐 몰래 밖으로 나왔는데, 전화가 먹통이라 헛수고였다. 건물 안에서만 안 터지는 거라면? 면학 분위기 조성을 위해 전파방해장치가 설치됐을 가능성도 있었다. 학생들에게 나눠준 지침서에도 건물 내에서는 핸드폰 사용을 자제하라고 적혀 있었다. 우주는 땅을 구타하며 내리는 비를 관망하다 우산이 있을 법한 행정실로 향했다. 다행히 행정실은 문이 열려 있었다. 선생님이 있을까 봐 긴장했으나 기우였다. 우주는 한쪽 이가 빠진 우산을 찾아냈다.

군데군데 빨간 얼룩이 묻은 운동장은 황량했고 질척거리기까지 했다. 거센 비바람에 휘청거리던 우주가 핸드폰을 눌렀다.

'제발.'

어디에 비는 줄도 모르고 빌었지만 신호 연결음조차 들리지 않았다. 몇 번을 시도해 봐도 결과는 마찬가지였다. 이대로라면 아무도 우리가 이상한 시럽에 절여져 조난당했단 걸 모를 테다. 보나는 죽을지도 모른다. 비로소 고립이 실감 났다.

하긴 이 비에 뭐든 멀쩡할 리 없단 비관이 스쳤다. 남은 방법은 하나다. 안내 방송을 따르며 버티기. 최대한 빨리, 수월하게 옥상으로 올라갈 것. 그게 맞겠지.

"……정말 맞을까?"

흐린 나무 그림자 사이로 미미한 햇빛이 퍼졌다. 터덜터덜 건물로 들어가던 우주의 발길이 우뚝 멎었다. 구령대 너머로 흰 발끝이 보였다. 파이 반죽처럼 달라붙는 모래를 밟으며 발끝에 다가서던 때였다. 또랑또랑한 동물의 사육제가 사위를 울렸다.

구조 안내 매뉴얼에 따라주셔서 감사합니다. 현재 시각 오전 10시, 2층 문이 개방되었습니다.

8

미복용자부터 순서에 따라 신속히 이동해 주시길 부탁드립니다. 안전을 위해 복용자와 미복용자가 나누어 이동한 뒤 2층에서 복용자들에 한해 조치가 취해질 예정입니다. 2층 입구 개방 시간은 금일 오전 10시부터 10시 20분까지입니다.

여기저기서 우린 살았다 환호했다. 안내 방송이 진짜였다며 얼싸안고 올림픽 금메달이라도 딴 듯 눈물을 흘렸다. 진우가 교탁을 탁탁 내리치며 소란을 잠재웠다.

"쌤이 2층 먼저 보고 올 테니까 가만히 있어. 알겠어?"

"쌤, 빨리요, 빨리."

진우는 아이들의 재촉에 못 이겨 계단을 두 칸씩 올랐다. 그 뒤를 사랑이 따라갔다.

"어, 너 뭐야."

"도와드리려고요."

계단을 세 칸씩 오르며 씩 웃는 사랑의 손에 야구 배트가 들려 있었다. 진우는 야구 배트를 내려놓으라고 할까 하다 혹시나 싶어 말았다.

버저가 울리자 우주가 붙잡고 그렇게 애를 썼던 자물

쇠가 허무하게 열렸다. 사랑이 배트로 바닥을 톡톡 치며 2층을 훑었다. 복도 끝 계단 옆은 당직실이고 남녀 화장실이 하나씩 있는 구조는 1층과 비슷했다. 2층에는 쥐새끼 한 마리 없다는 것만 빼면.

상담실 학생들부터 일렬종대로 계단을 올라갔다. 가정실은 하필 계단 바로 옆이라 가정실 아이들은 창에 다닥다닥 붙어선 부러워 죽었다. 그들을 바라보는 진우의 마음이 무거워졌다. 하산이 능사가 아니라는 윤리의 주장은 일리 있었다. 윤리의 견해에는 대부분 반대했지만 확실히 그의 경험치를 경시할 수는 없었다. 아이들이 상담실에서 모두 나간 것을 확인한 진우가 가정실 문을 잡고 말했다.

"기다리느라 고생했어, 올라가자."

진우가 가정실 문을 옆으로 밀었지만, 애들이 하도 몰려 있어선지 조금도 움직이지 않았다. 학생들에게 뒤로 물러서라 하고 다시 밀어봤지만 결과는 같았다.

"무슨 일입니까, 또."

"가정실 문이 열리지 않습니다."

교장까지 합세해 힘껏 문을 밀었지만 여전히 제자리에서 흔들릴 뿐이었다. 교장의 짜증 어린 탄식을 들은 윤리가 저 멀리서 뛰어왔다.

"안에서 잠긴 거 아닙니까? 너희들, 지금 장난치니?"

"저희가 안 잠갔어요!"

애들이 절박하게 소리쳤지만 윤리는 의심을 거두지 않았다. 학생들이 거짓말한다고 굳게 믿었다. 얌전히 좀 있으라니까 그새를 못 참고 앙갚음하는 게 분명했다. 윤리는 애들이 정말 싫었다. 날것의 미성년들은 최소한의 사회성도 없이 투명하게 이기적이고, 고집은 얼마나 센지 설득도 불가능했다. 이러려고 힘들게 고시 봤나 후회됐고 환멸 났다. 지금도 그랬다. 지긋지긋해. 서울 가면 사직서 내고 자영업을 할까 심각하게 고민하는 윤리의 옆으로 유리 조각들이 쏟아졌다. 가정실 창문이 깨지고 있었다.

"누가 창문 부수라고 했어! 선생님이 기다리라고 했지, 이 망아지 새끼들아!"

윤리가 목에 핏대를 세워가며 가정실 애들을 다그쳤다. 슬슬 바뀐 얼굴에도 적응돼 맨손으로 창문을 부순 액션 배우를 꾸짖는 지경에 이르렀다. 창틀 밖으로 머리를 내민 다희는 팔꿈치에 유리 조각이 파고드는데도 아픈 기색이 없었다.

"선생님."

얼른 내려가라 성을 내던 윤리가 주춤거리며 뒷걸음질쳤다. 체리색 눈을 치뜬 다희의 목 위까지 반점이 올라와 있었다. 새까만 하트 무늬로 뒤덮인 몸은 천 개의 눈이 달린 것만 같았다. 윤리가 경악하는 사이 다희가 우악스럽게 그를 잡아챘다. 윤리는 죽 끌려 복도 벽에 가슴팍을 박았다. 애드벌룬 시럽에서 났던 향이 확 풍겼다. 윤리는 갈비뼈가 아픈 와중에도 어쩐지 입안에 한가득 차오르는 침을 삼켰다. 맛있겠다. 입맛을 다시는 윤리의 뒤에서 다희가 입술을 움직였다.

"맛있는 냄새 나……."

먹먹해진 윤리의 귓가로 우드득, 소리가 들려왔다. 다희의 치아가 윤리의 목을 찢고 있었다. 피가 분수처럼 솟구치며 복도 벽에 뿌려졌다. 윤리의 눈에 생기가 꺼졌다. 참사를 뜬눈으로 목격한 상담실 아이들의 비명이 울려 퍼졌다. 가정실 창문이 연이어 깨지며 얼굴 변한 이들이 쏟아지듯 줄줄이 기어 나오기 시작했다.

옷 사이로 보이는 그들의 살갗에는 까만 하트가 돋아나 있었다. 계단을 올라가던 상담실 아이들이 허둥지둥 뒤로 물러나다 우르르 넘어졌다. 모휘가 기어 오는 이들을 향해 슬리퍼를 던졌다. 슬리퍼는 빵빵한 근육 탓에 창틀에 껴 탈출에 난항을 겪는 중인 액션 배우의 머리를 아쉽게 빗나갔다. 바닥에 떨어진 슬리퍼를 보며 다희는 입맛을 다셨다. 누군가 벽에 딱 붙어선 울먹였다.

"다희야, 너 왜 그래. 왜 사람을 먹어! 괴물처럼……."

다희의 열린 턱에선 타액만 쏟아졌다.

"있잖아."

다희가 중얼거렸다.

"어디서 좋은 냄새 나지?"

눈물 타투 남자는 감탄사를 내며 동조했다.

"맞아. 배고파. 배고파서 더는 못 참겠어."

수진아. 보나야. 경수야. 지영아…… 입안에 머금어지는 이름들은 빗나갈 뿐이었다.

다시 이름의 주인으로 돌아갈 수 있을까? 근데 어디로 돌아가야 하지? 내가 원래 누구였지? 아, 모르겠다. 아무것도 모르겠다. 깜깜해진 그들의 머릿속에는 오직 하나의 감각만 남았다.

"배고파, 먹고 싶어."

사람이든 괴물이든 빌어먹을, 뭐가 중요해.

내겐 먹고 싶은 걸 먹을 자유가 있다.

9

2층으로 올라가던 상담실 무리를 가정실 떼가 덮쳤다. 사랑은 인파에 쓸려 교실로 밀려 들어왔다. 우주 또한 무리에 끼어 허우적대고 있었다. 몸을 낮춘 사랑이 빽빽하게 들어선 아이들을 뚫었다. 우주의 허리춤을 끌어 청소함에 밀어 넣고 문을 등으로 눌렀다. 졸지에 청소함에 갇힌 우주가 문을 마구 때리며 몸부림 쳤다. 눈과 코와 입에서 물이 흘렀다.

"살려 주세요, 여기 사람 있어요!"

빗자루를 꺼내 쥔 사랑이 청소함 앞에 버티고 섰다. 앞뒤 분간 못 하고 엉겨드는 놈들을 냉정히 때려 쳐냈다. 겁먹은 사람이든 명투성이 괴물이든 상관없었다. 책상이 쓰러지고 교탁이 넘어졌다. 무기로 변신한 의자가 날아다녔다. 열 맞춘 사물함이 흐트러졌다. 사랑은 피를 뒤집어쓴 인간들이 서로를 먹는 지옥에서 버텼다. 청소함이 한 번 더 크게 흔들리자 다리에 힘을 줬다.

"가만히 좀 있어, 우주야. 찢기기 싫으면."

정작 당사자는 듣지 못할 목소리를 다정하게도 냈다.

난투가 점점 극심해지자 교실 안의 인원도 많아졌다. 사랑은 밖이 낫겠다 판단했다. 그제야 청소함의 문을 열고 쏟아지는 우주를 감싸며 시치미를 뚝 뗐다.

"너 왜 여기 갇혀 있어?"

"천사랑?"

우주의 인중이 물기로 홍건했다. 딱 봐도 울었는데 우주는 덤덤한 척 볼만 문질렀다. 사랑이 상황과 맞지 않게

새는 웃음을 겨우 참았다.

"일단 2층으로 가자."

바닥은 피부와 내장 조각, 엉킨 머리카락으로 난잡했다. 우주는 자꾸만 뒤를 돌아보았다. 사랑은 머뭇대는 우주가 성가셔졌다. 청소함을 굴릴걸, 후회했다.

"애들아, 나도 데려가야지!"

괴물들에게 둘러싸인 교장이 손을 뻗었다. 단정하던 슈트가 피에 젖어 죄다 흐트러져 있었다. 사랑은 망설임 없이 그 손을 쳐냈다. 둘을 놓친 교장의 함몰된 안구가 힘겹게 돌아가더니 가까운 발목 하나를 그러쥐었다. 상황에 압도됐는지 아예 움직이지 못해 모회의 등에 업혀 덜렁덜렁 흔들리는 하린의 것이었다. 교장은 하린의 종아리까지 잡아당겨 빼낸 다음 하린을 괴물 쪽으로 힘껏 던졌다.

"안 돼!"

하린은 닫았던 눈을 열었다. 물속에 잠긴 듯 모회의 음성이 멀게 들렸다. 코가 닿을 거리엔 예쁘장한 얼굴이 있었다. 반 애들이 종종 포토카드를 들고 오던, 요즘 인기 있는 아이돌이었다. 아이돌은 배가 부른지 하린을 바로 물어뜯지 않고 주변만 빙빙 돌며 관찰했다. 하린은 평온하게 속삭였다.

"괜찮아. 빨리 먹어. 날 없애줘."

사지에 힘을 푼 하린의 위로 아이돌이 올라탔다. 더운 숨이 목덜미에 내려앉고 끈끈한 액체가 하린을 타고 흐르며 향을 풍겼다. 맡기만 해도 침이 고여서 뱃속이 차가워졌다. 배고파. 맛있겠다. 먹고 싶어. 기이한 감각에 하린이 발가락을 움찔거릴 때였다. 누군가 아이돌의 옆구리를 찼다. 덕분에 자유로워진 하린이 방금 아이돌을 차내고 오물을 뒤집어쓴 운동화를 봤다. 운동화의 주인 역시 아이돌처럼 헐떡였지만 불쾌하지 않고 따뜻했다. 어느새 상대에게 기대게 된 하린은 눈을 굴렸다. 목덜미가 드러난 짧은 머리에 체육복, 어디서 묻혀 왔는지 모를 미세한 바닐라 향, 저기서 내 쪽을 죽일 듯이 노려보는 천사랑. 날 구한 사람은 최우주구나. 깨달은 하린이 밀려오는 파도처럼 우주에게 안겼다. 우주는 그러거나 말거나 아이돌의 목덜미를 더듬었다. 알아들을 수 없는 말을 중얼거리며.

"보나는 목걸이를 하고 있었는데…… 얘 보나가 좋아하던 아이돌인데…… 왜 아무것도 없는 거야…….."

모휘는 재차 달려드는 교장의 가슴팍을 차고 팔을 뒤로 돌려 결박했다. 교장도 모휘를 걷어차려 들었으나 통하지 않자 자신의 몸을 던져 모휘와 같이 괴물 쪽으로 굴렀다. 모휘가 졸지에 괴물들 앞으로 나동그라졌다. 모휘를 팔에 낀 교장이 학생들 쪽으로 뛰었다. 믿기 힘들게도,

달리는 그의 입가에 웃음이 걸려 있었다.

사랑은 교장이 다가오는 타이밍에 맞춰 오른쪽 다리를 내밀었다. 교장은 두개골이 으스러지는 소리를 뿜내며 넘어졌다. 기절해 힘이 빠진 팔에서 모휘가 기어 나왔다. 사랑은 내키지 않았지만 일어나는 모휘를 도왔다.

"강하린은?"

득달같이 묻는 모휘에게 사랑이 좀 떨어진 곳을 턱짓했다. 모휘는 곧바로 튀어나갔으나 주먹이 모질지 못했다. 차라리 흠씬 패버리면 편한데, 얼굴이 바뀌어 누가 누군지 몰라도 분명 교실에 앉아 있던 친구들이었다. 마음에 걸려 제대로 싸울 수 없는 모양이었다. 한차례 포식이 끝나 배가 부른 괴물들의 움직임이 느려서 다행이었다. 미련하기 짝이 없다고 속으로 모휘를 씹으며, 사랑은 눈 뜬 장님처럼 헤매는 우주를 붙잡았다.

사랑 때문에 넘어져 잠시 정신을 잃었다 다시 눈을 뜬 교장은 힉힉대고 부르르 떨며 짭짭거렸다. 어쩐지 단맛이 느껴졌기 때문이다. 나도 괴물처럼 변해버린 걸까, 스스로를 의심하며 눈알을 굴렸다. 학생들 일부는 정체를 알아볼 수 없게 뜯겼고 나머지는 좀비처럼 변해 인간을 먹었다. 만신창이로 쓰러진 교사들도 보였다. 교장을 제외하고 전멸한 모양새라 다른 교사에게 덤탱이 씌우려던 교장의 계획은 실패였다. 이사장에 학부모들의 원성까지 심려가 뻗쳐 나가자 교장은 초조해졌다. 파면은 당연하고 교육계에 다시는 발도 못 들일지도 모른다. 돈, 명예, 지위…… 평생 일구어낸 것들이 거품처럼 모두……. 거기까지 생각한 그가 어긋난 조립 가구처럼 삐걱삐걱 일어섰다.

나만 아니면 된다. 누구라도 탓할 사람이 있다면 아직 기사회생 가능하다. 그러니까 살아야 한다. 무슨 일이 있어도 살아남아야 한다. 남을 해치면 살 수 있다. 상실을 목전에 두고 혼곤한 교장의 각막에 발을 질질 끌며 계단을 오르는 학생 셋이 비쳤다. 피 때문에 누군지 보이지 않았지만 아무래도 상관없었다.

교장은 대뜸 가운데 놈을 당겼다. 하린을 부축하던 모회가 휘청거렸다. 이를 악물고 버틴 모회가 교장을 밀어내자 반동에 떠밀린 머리가 마침 계단을 올라오던 괴물의 입안으로 골인했다. 안면이 씹히는 교장의 비명이 괴물의 머리통을 울렸다.

교장이 잡아먹히는 소리에 하린은 주저앉았다. 현기증이 일고 구역질이 났다. 계단은 고작 다섯 개 남았고 뒤에 선 괴물이 몰려오는데 도저히 일어설 힘이 나지 않았다. 흔들리던 하린은 계단 난간까지 밀려났다. 1층의 풍경이 보였다. 페인트를 뿌린 것처럼 붉은 액체가 낭자하고 뼈가 드러나고 살점이 뭉쳐 있고 내장이 굴러다니고 더러운 주제에 달콤한 향기도 풍겼다. 메스꺼웠다.

시간이 얼마 남지 않자 2층 문안에 있던 사랑이 나섰다. 일단 제일 가까운 모휘의 멱살을 잡아 2층 바닥에 던졌다. 불시의 습격이라 모휘는 반항도 못 했다. 그다음은 하린이었다. 힘 빠진 몸이라 속절없이 딸려올 법도 했으나 하린은 버텼다.

"두고 가."

생지옥 속에서도 하린의 음성은 또렷했다.

"난 죽고 싶어."

대치하고 선 둘의 등 뒤로 경쾌한 음악이 울렸다.

1분 뒤 문이 닫힙니다. 조속히 진행해 주시기 바랍니다.

멈칫했던 사랑이 모휘에게 턱짓했다.

"문 닫아."

"뭐?"

"문 닫으라고. 좀빈지 뭔지 저 괴물 새끼들 기어 오는 거 안 보여?"

"아직 하린이 안 왔잖아!"

"어리광 받아 줄 시간 없어."

"이 자식이!"

분노한 모휘가 사랑의 먹살을 쥐었다. 하린에게 막 대하는 건 참을 수 없었다.

"한 명 구하자고 다 죽일래?"

사랑은 먹살이 잡힌 채로도 할 말을 다 했다. 그때 얼어버린 하린의 등을 보던 우주가 일어섰다. 하린의 코앞까지 다가온 괴물이 체리색 눈알을 빛내며 입을 벌린 순간, 우주는 문밖으로 몸을 던져 하린을 공격하는 괴물의 어깨를 움켜잡았다. 죽어 있던 하린의 동공이 커졌다.

괴물이 타깃을 바꾸어 우주에게 달려들었다. 하린은 바닥을 더듬거리다 충계 벽면에 설치된 소화기로 괴물을 내리쳤다. 괴물의 머리가 터지면서 하린의 얼굴로 체리색 피가 쏟아졌다. 사랑이 얼빠진 우주와 하린을 데리고 정신없이 계단을 올랐다. 문이 닫히기까지 몇 초 남았을까. 모휘도 둘을 끌어올려 우주의 발이 문 끝을 스치던 찰나였다. 기괴한 꼴을 한 괴물이 상반신을 들이밀었다.

"최우주!"

소화기로 맞아 반쯤 내려앉은 얼굴이 절규했다. 눈알이 흘러내리는 와중에도 입만은 또렷하게 벌어졌다.

"네가 나한테 어떻게 그래!"

"보나야……."

우주가 헐떡이며 그 얼굴의 이름을 불렀다.

"정신 차려! 쟤 김보나 아니야!"

우주를 뒤에서 잡은 모휘가 소리쳤다. 괴물이 끈질기게 우주를 붙잡고 늘어졌다.

모휘를 뿌리치고 괴물에게 기어가는 우주를 사랑이 절박하게 잡아당겼다. 동시에 두꺼운 철문이 쾅 닫혔다. 문 안으로 넘어온 괴물의 일부가 바닥으로 떨어졌다.

"미친!"

잘린 단면을 본 모휘가 발작했다. 우주는 숨을 몰아쉬었다. 토할 것 같았다. 꽉 쥔 우주의 주먹 앞으로 단정한 신발이 보였다. 천사랑. 우주가 사납게 몰아붙이려는 순간이었다. 기묘한 정적이 실내를 휘감았다. 모두의 시선 끝에 모휘가 있었다. 무언가를 보고 넋이 나간 채였다.

"왜……?"

모휘는 발부터 정수리까지 구렁이가 기어오르는 기분에 몸을 떨었다. 하린이 차분한 해명으로 그를 진정시키려 애썼다.

"피를 먹었어. 향이 좋아서 나도 모르게 삼켰어."

그러나 모휘의 떨림은 멈추지 않았다. 떨림을 멈출 수 없었다. 왜냐하면,

"왜."

앞에 주저앉은 하린의 모습이,

"모휘야."

"강하린 너 왜 천사랑으로 변했냐고!"

아주 익숙했기 때문이다.

10

닫힌 2층 문 너머가 쿵쿵 요란했다. 문이 손 모양으로 파일 만큼 기세가 거셌다. 하린은 혼자 가까운 당직실로 향했다. 사랑의 얼굴을 한 하린을 모휘는 붙잡지 않았다. 대신 뜬금없이 주머니에서 안경을 꺼내 썼다.

"우주야, 어떻게 생각해?"

"뭘?"

모휘가 대뜸 화제를 돌리자 우주가 반응했다.

"윤리 쌤이랑 교장 쌤은 어떻게 된 걸까?"

"새별 쌤이랑 진우 쌤도."

"선생님들도 그런데, 친구들도 없어졌어."

말을 하면 할수록 둘의 대화엔 한숨이 섞였다.

"은수도."

"다희도, 경수도."

보나도. 우주는 끈적한 침을 삼켰다. 매달려 오는 이름이 끝없었다. 34명 중 4명만이 2층에 올랐다. 문을 닫기 직전까지 확인했지만 계단을 올라오는 사람은 단 한 명도 없었다. 사랑은 비바람에 덜컹거리는 창문을 응시했다. 먹구름 덮인 하늘은 축축하게 가라앉아 앞이 보이지 않았다. 살아남은 이들이 젖은 숨을 삼켰다. 묵념하듯 서 있던 모휘가 한쪽 눈을 뜨더니 우주를 툭 건드렸다.

"어디서 좋은 냄새 나지?"

모휘가 앞을 가리켰다. 팻말을 읽던 우주의 눈이 둥그렇게 커졌다.

"급식실?"

✳

사랑이 급식실의 문을 발로 밀었다. 다행히 잠겨 있지 않아 순조롭게 열렸다. 조용히 있고 싶다 사양하는 하린까지 끌고 왔다.

모휘와 우주는 며칠 굶은 개떼처럼 음식으로 돌진했다. 흑미밥과 새빨간 육개장, 불고기와 콩나물무침, 계란말이, 개별 포장된 젤리. 스테인리스 밥통과 국통은 따끈했다. 다른 반찬들도 마찬가지였다. 평소였다면 불평했을

91

메뉴지만 지금은 기꺼웠다. 모휘는 건더기가 골고루 섞이게 국을 휘저었다. 김으로 뿌예진 안경을 비비며 중얼거렸다.

"붉은 국이라니. 귀신을 쫓겠다는 건가."

괴담을 풀듯 서늘한 음성에 우주가 식판을 꼭 안았다.

"여기 쫓을 귀신이 어디 있어……."

"있을 수도 있지, 친구. 영혼은 언제나 함께한다구."

불투명해진 모휘의 안경은 미래를 내다보는 도사의 선구안 같았다. 오싹해진 우주가 팔을 쓸어내렸다. 입맛이 뚝 떨어져 국자를 놓았다. 방금 전까지 코 박고 들이 마시고 싶던 새빨간 국물이 핏물처럼 보였다.

"뭔가 찜찜해. 난 안 먹을래."

모휘가 한 번 더 힘주어 말했다. 우주는 차마 음식에 손을 뻗지 못하고 머뭇거렸다.

"근데 천사랑은?"

우주는 그제야 뒤에 서 있던 사랑이 생각났다. 우주를 놀려먹는 재미에 푹 빠져 있던 모휘가 급식실을 휘 둘러봤다.

"천사랑 없는데?"

불안해진 우주가 급식실을 빠져나가 달리기 시작했다.

"어디 가!"

모휘가 벅찬 뜀박질로 우주를 쫓았다. 쟨 체력도 좋지, 생각하던 그때, 머리 위로 안내 방송이 울렸다.

안녕하세요, 열매고등학교 캠프에 참가해 주신 여러분. 구조팀에서 안내 말씀 드립니다.

망아지처럼 날뛰던 우주가 멈춰 섰다. 모휘는 속력을 줄이지 못하고 나자빠졌다.

본 건물은 층별로 안전 설계가 되어 있습니다. 안내 방송의 조건을 충족 시 각 층의 문이 열려 최종적으로 옥상에서 공중 구조가 이루어집니다. 여러분의 안전을 위해 최선을 다할 것을 약속드립니다.

모휘와 우주는 가까운 옆 교실로 쳐들어갔다. 우주는 칠판에 방송 내용을 받아 적기 시작했다. 1층은 대부분 문이 잠겨 있었는데 2층은 아니라 다행이었다.

현재 여러분이 계신 위치는 2층입니다. 3층으로 올라가기 위해서는 구조 조건에 부합해야 함을 공지드립니다. 열매고등학교 구조팀과 연계된 기관에서 진행한 연구 결과에 따르면 시럽 복용자들의 명칭은 '하트'입니다. 섭취와 동시에 미상핵과 전두엽을 자극해 애정 호르몬 '키파민'을 가장 많이 이끌어내는 대상으로 얼굴이 변합니다.

　사랑은 하린과 당직실에 있었다. 모휘와 우주가 시끄러워 자리를 피한 참이었다. 사랑이 먼저 침묵을 깼다.
　"사랑하는 사람으로 변한다는 뜻이네."
　"착각하지 마."
　하린이 불편해했다. 사랑은 어깨를 으쓱할 뿐이었다.

　하트가 되면 평균 24시간 내로 신체에 하트 무늬 반점이 생깁니다. 식인하지 않을 시, 48시간 내에 정상적인 사고 능력을 잃게 됩니다.

　식인. 우주의 손에 들린 분필이 부러졌다.
　"장르가 그쪽이야?"
　애써 비웃는 모휘의 음성엔 불안이 깃들기 시작했다.

　총 72시간이 경과하면 전신이 부패해 사망합니다. 따라서 시간 내에 옥상으로 무사히 도착할 수 있도록 협조를 부탁드립니다.

식인하지 않은 애드벌룬 감염자들을 기준으로 두면 길어야 48시간이 남았단 뜻이다.

하트화는 불치병이 아닙니다. 해독제를 복용하면 완치될 수 있습니다. 비상용 해독제는 본관 건물 1층 보건실 선반에 비치되어 있습니다.

해독제? 멈췄던 우주의 손이 다시 움직였다.
"해독제를 먹으면 얼굴이 돌아온다고?"
"완치라면, 식인종으로 변했어도 멀쩡하게."
지금 나온 안내 방송대로면 하린도 24시간 내에 식인을 하지 않을 시 반점이 생긴다. 그럼 이성을 잃고 인간을 먹으려 하겠지. 1층의 참사를 회고하던 모휘의 눈이 질끈 감겼다. 영혼을 잃은 얼굴들이 스쳤다. 사랑의 얼굴을 한 하린이 그 풍경에 섞인다면? 끔찍했다. 더 끔찍한 사실은 하린이 식인을 하지 않으면 몸이 부패하고 사망한단 것이었다. 상상만으로도 심장이 딱딱하게 굳었다. 하지만 1층은 지옥이다. 간다 해도 무사히 돌아올 자신이 없었다.

안전 매뉴얼에 따라 1층에 적절한 조치가 취해졌습니다.

우주가 뒷문을 발칵 열어 입구를 확인했다. 적절한 조치를 취했다더니, 문이 쉽게 열렸다. 과연 왕왕대던 방화문 너머가 쥐죽은 듯 고요했다.

하트-인간 이성지표 HHRI(HEART-Human Rationality Indicator)에 의한 검사 결과 현재 2층 인원 중 하트는 '강하린'입니다. 하트의 혈액을 섭취할 시 감염의 소지가 있습니다. 하트는 체온으로 인간을 감지하니 안전에 유의하시기 바랍니다.

"사랑아."

잠자코 있던 하린이 이름을 부르자 사랑의 고개가 휙 돌아갔다. 커튼을 당긴 하린은 커튼 끈을 쥐고 사랑의 앞으로 내밀었다.

"묶어줘."

구조 조건은 다음과 같습니다. 내일 오전 6시 3층의 문이 열립니다. 하트화되지 않은 인원에 한해, 오전 6시까지 3층 방화문 앞으로 집결하십시오. 조건에 부합하지 않으면 구조에 어려움이 있음을 알려드립니다.

"날 못 믿겠어."

"……."

"널 먹을 것 같아."

11

이번 방송도 아름다운 사육제 멜로디와 함께 종료됐다.

"저 노래 진짜 싫다."

모휘가 투덜거렸다. 찜찜한 내용에 우주의 입매도 일그러졌다. 둘은 하린이 있던 당직실로 향했다. 아니나 다를까 사랑과 하린은 그곳에 있었다. 모휘는 먼저 들어간 우주를 따라 들어가려다 멈칫했다. 우주가 그런 모휘를 돌아보았다.

"안 들어가?"

"난 여기서 얘기할게."

우주는 더 강요하지 않았다. 모휘의 마음도 이해됐다. 우주도 두 명의 천사랑을 보는 게 썩 유쾌하진 않았다. 천사랑은 하나만으로 충분히 유해했다.

"우리 안내 방송 듣지 말자."

"왜?"

당당한 우주의 주장에 침대 옆에 앉아 있던 사랑이 달

갑지 않게 반응했다.

"그야…… 따, 딱 들어도 이상하잖아."

대뜸 꽂힌 반박에 당황한 우주가 말을 더듬었다.

"지금은 시스템에 의문을 품을 때가 아냐."

'하트'라는 게 된 당사자인 하린조차 비관적이었다.

"구조 방송이 맞든 틀리든 옥상으로 올라가야 하는 건 확실해. 건물 안에선 승산이 없어."

하린이 보기에 답은 명징했다. 미복용자들은 정해진 시간에 3층 문 앞으로 가면 된다.

"난 버리고 가."

냉정한 하린의 말에 우주가 어물거렸다.

"그치만……."

"손은 왜 그래?"

여태 방관만 하던 모휘가 성큼성큼 다가와 얇은 이불을 걷어냈다. 하린의 묶인 손목이 드러났다. 하린이 손을 숨기려 했지만 모휘가 힘주어 당기자 끈은 허무하게 풀렸다. 씩씩대던 모휘가 태평한 사랑의 어깨를 픽 쳤다.

"네가 그랬냐?"

사랑은 귀찮아 죽겠단 표정으로 모휘의 손에 휘둘렸다.

"강하린한테 억하심정 있어? 왜 못 죽여서 안달인데!"

"아니야, 모휘야. 내가 묶어달라 했어."

하린의 만류에도 모휘는 진정되지 않았다.

"그럼 아까 문은? 쟤 안 들어왔는데 문 닫으라고 한 건 뭔데? 어떻게 설명할래. 너 혼자 살려고 그랬지?"

모휘의 언성이 점점 높아졌지만 사랑은 계속 침묵했다.

"어? 개새끼야! 뚫린 입이면 지껄이기라도 해봐!"

모휘를 말리던 우주의 팔에서 힘이 빠졌다. 솔직히 궁금하긴 했다. 하린의 얼굴이 사랑으로 변하자 사랑의 행동이 더 이상하게 느껴졌다. 자신을 향한 마음을 알았든 몰랐든 뻔히 살아 있는 친구를 두고 문을 닫으라니. 우주로선 절대 납득할 수 없었고, 지금이 아니면 물어볼 용기도 영영 나지 않을 것만 같아 운을 띄웠다.

"왜 그랬어, 천사랑?"

우주 쪽으로 시선을 내리깐 사랑의 얼굴에선 무엇도 읽을 수 없었다. 우주는 그 낯의 온도에 부외자로 밀려났다. 한 번 더 물은 건 오기 때문이었다.

"왜 그냥 닫으라 했어?"

"죽고 싶다잖아."

그을린 모래처럼 바싹 마른 사랑의 음성이 흘렀다.

"남의 생사에 무슨 권리로 참견해."

우주가 볼을 씹었다. 모휘는 그대로 사랑의 턱에 주먹을 날렸다.

"야!"

우주가 뛰어들어 사랑과 모휘를 떼어냈다. 모휘는 사랑을 한참 노려보며 씩씩거리다 욕을 하곤 당직실을 나가 버렸다. 그 뒤를 하린이 쫓았다.

사랑은 별 관심 없이 상처를 방치했다. 결국 우주가 사랑의 턱을 잡고 적신 수건으로 문질렀다. 점점 거칠어지는 손길에 사랑이 아프다며 엄살을 피웠다.

"치료가 뭐 이래. 더 아파. 내 잘생긴 얼굴에 흉 생기면 책임질래?"

"조용히 좀 해. 다 빗나가잖아."

"우주 너 딴마음 먹지 마."

단둘이 남자 사랑의 목소리가 달라졌다.

"뭔 소리야."

우주가 무심하게 굴자 사랑이 수건을 가로채 숨겼다. 우주는 몇 번 뺏으려 시도했지만 사랑이 필요 이상으로 날쌨다.

"괜히 배모휘 저 호구한테 휩쓸리지 말고 여기 있어."

"그래도 해독제는……."

"지금 1층으로 돌아가는 건 자살행위야. 아까 문 쿵쿵거리는 거 봤지. 하트한테 나 먹어라 바칠래?"

"아니 그게 아니라."

"여긴 멈추면 죽음이야. 무조건 위로 올라가야 돼."

사랑의 말에 진한 확신이 묻어나서 우주는 말려들고 말았다.

"나도 할 말 있어."

"알겠어? 알겠냐고. 대답 빨리."

"말 좀 하자."

"쓸데없는 소리겠지. 대답이나 해."

"아니, 좀! 해독제 있다잖아. 인성 뭐야."

우주가 사랑을 질타하는 눈빛을 쏘았다.

"하린이도 하린이지만, 1층 애들도 되돌릴 수 있을지 모르고…… 방법이 있으면 한 명이라도 더 살리는 방향으로 시도해 봐야지. 사람이 왜 그래?"

"누구세요? 네가 언제부터 남 챙겼다고."

사랑이 조소했다. 맞는 말이라 우주는 입을 다물었다.

"살고 싶으면 강하린이 직접 하라 해."

"하린이한테 왜 그렇게 못되게 굴어?"

이쯤 되니 우주는 사랑과 하린의 사이가 궁금해졌다.

"너 때문이야."

사랑은 무논리 남 탓이 수준급이었다. 이걸 한 대 때릴 수도 없고. 우주는 주먹을 쥐었다 폈다. 솔직히 모휘가 한 대 날릴 때 속이 시원했다. 우주는 내심 모휘 편이었다.

하린한테 깨지고 있을 모휘가 불쌍했다.

"나나 구해줘."

사랑이 투덜거렸다.

"뭐?"

우주는 속마음을 들킨 것 같아 뜨끔했다.

"넌 나나 챙기라고. 다른 데 눈 돌리지 말고."

"내가 왜? 넌 알아서 잘 살잖아."

"못 살아."

"표정 뭐냐. 입 집어넣어."

사랑은 우주의 타박에 보란 듯 입술을 더 내밀었다. 우주가 괜히 쏘아붙였다.

"사람들이 다 너처럼 못된 줄 알아?"

"나 정도면 착한 편이지. 이름도 사랑인데."

말할 의지를 상실한 우주가 자리에서 일어나자, 사랑이 힘주어 말했다.

"헛수고하지 말란 뜻이야. 뻘짓이라고도 하지."

사랑이 일방적인 협상에 마침표를 찍었다. 우주는 포기한 듯 입을 다물었다. 그렇게 일단락되었다고 사랑은 생각했지만…… 글쎄. 사랑은 우주의 성정을 과소평가했다. 조용한 애들의 속고집이 제일 강한 법. 한번 마음먹으면 좀비의 조상이 와도 신이 불호령을 놔도 못 말릴 테다.

해가 떠 있는 시간인데도 건물 안은 깜깜했다. 모휘는 빗자루와 비상용 망치를, 우주는 쓰레받기와 대걸레를 들었다. 목을 죽 뺀 둘이 사방을 경계하며 계단을 밟아 내려가기 시작했다. 1층은 예상보다 조용했다. 아무것도 안 보이니 평화롭기까지 했다. 모휘가 빗자루 끝으로 스위치를 누르자 피 묻은 형광등이 틱틱 전기 튀는 소리와 함께 켜졌다. 동시에 둘은 코와 입을 틀어막았다.

　평화는 헛소리였다. 쓰러진 사람들 주변으로 펼쳐진 피바다에선 비린내와 결 다른 냄새가 훅 끼쳐 왔다. 혓바닥 아래로 침이 고였다. 생명의 기운이라곤 눈 씻고 봐도 없어 생존자들을 구해보겠다 외쳤던 우주의 각오가 무색해졌다. 잠든 듯 멀쩡한 이들도 있었지만 형체를 알아볼 수 없을 정도로 뜯긴 이들도 널렸다. 모휘와 우주는 울컥 차오르는 눈물을 겨우 삼켰다. 당장 2층으로 올라가 문을 두드리고 싶었지만 참았다.

　"일단 해독제부터 찾자."

　결심을 되새긴 우주가 흐릿한 기억 속 안내도를 더듬었다. 1층 층계 옆으로 가정실이 있었고, 층계를 사이에 두고 자물쇠가 걸린 커다란 교실이 보였다. 창문에는 시트지가 붙어 안이 보이지 않았다. 우주는 소매를 걷어붙였다. 지체할 시간이 없었다.

"비켜봐. 자물쇠 부수게."

"괜찮겠어?"

"이래 봬도 다 근육이야."

우주가 제 팔을 퍽퍽 쳤다. 대강 감탄한 모휘가 신뢰 없는 박수를 쳤다. 옆 신발장을 곁눈질하며 실패하면 바로 저걸 밀겠다 다짐했다. 우주의 시도 한 번 정도는, 헛수고겠지만 기다려줄 용의가 있었다. 팔다리를 풀며 호흡을 훅훅 내뱉은 우주가 기합을 넣더니 저 멀리서부터 달려왔다.

쾅! 발길질 한 번에 잠금장치가 박살 났다. 놀라운 광경에 모휘의 눈이 동그래졌다. 모휘는 방금 전보다 크게 박수쳤다. 이번엔 진심이 우러난 박수였다. 느슨해진 문틈으로 팔을 넣은 우주가 복도에 있던 이 빠진 빗자루를 마구 휘둘러 괴생물체의 잠복 여부를 확인했다. 다음으론 머리를 디밀어 샅샅이 살피더니 단번에 표정이 밝아져선 모휘를 붙잡고 방방 뛰었다.

"모휘야, 여기 매점이야!"

가판대엔 불량 식품과 빵들이 쌓였다. 카운터 안쪽에 자리한 냉장고엔 전기가 도는지 시원한 음료가 한가득 들어 있었다. 침을 꿀꺽 삼킨 둘이 눈빛을 교환했다.

매점 음식을 가방에 넣다 말고, 모휘는 한숨을 길게 쉬었다. 각자 필요한 물건을 수납하느라 조용해지자 침묵이 어색해졌다. 별 쓸모도 없을 물총을 들고 고민하는 우주가 보였다. 필사적으로 할 말을 짜내봤지만 떠오르지 않았다.

　솔직히 모휘는 선뜻 나선 우주가 의외였다. 평소에 우주는 말이 없었고, 친구도 없었고, 인간에 아무런 관심이 없어 보였다. 밥도 혼자, 등하교도 혼자, 이동수업도 혼자, 사고파는 거래를 할 때만 애들과 말을 섞었다. 자기 자신 밖엔 보이지 않는 사람 같았다. 어떤 계기로 바뀐 건지, 아니면 모휘의 생각이 오해와 편견이었는진 모르겠지만. 게다가 둘은 애드벌룬 사고 전까지 대화를 제대로 나눠본 적이 없었다. 모휘는 우주의 사탕을 구매하지 않은 소수의 학생이었기 때문이다.

　모휘도 나름 마당발인데 우주에 대한 정보만은 전무했다. 전교 1등을 두고 각축을 벌이는 천사랑과 사이가 나쁘다는 것만 알았다. 사랑이 일부러 그러는지도 모른다고 모휘는 불쑥 생각했다. 지역구로 날리는 사랑은 너무 튀는 인사였다. 우주의 이미지를 2등으로 낙인찍고 자신과 대비시켜 우주는 더 어둡게, 자긴 더 빛나게, 스포트라이트 싹쓸이 정도야 쉬웠을 테다. 사랑은 관심을 몰고 다녔고 남들 입에 쉽게 오르내렸다. 그러나 남들이 보내는 애정을 인지하는 데 무관심했다. 다만 사랑을 주는 데는 헤펐다. 이름값 했다. 따뜻한 애정을 쬐고 싶어 안달 난 인간들이 꼬시지 않아도 꼬일 수밖에. 그래서 하린도……생각에 잠긴 모휘의 걸음이 느려졌다.

우주는 눈치껏 모휘에게 보폭을 맞췄다. 다시 가정실을 지나자 방송실 옆으로 보건실이 보였다. 이번에는 어렵지 않게 문을 딸 수 있었다. 보건실에서는 소독약 냄새가 풍겼다. 커튼으로 구분 지은 공간엔 침대가 세 개 놓였고 책상에는 인체 모형들이 서 있었다. 긴장한 모휘가 실수로 책장의 비커를 건드리자 보존액에 담겨 있던 눈알이 바닥을 데굴데굴 굴렀다. 모휘는 소매로 눈알을 집었고 우주가 비커로 받았다.

"모형이었지?"

"당연하지."

모형이어야만 한다. 그렇고말고. 애써 웃다가 말랑한 감촉을 떠올린 모휘의 모골이 송연해졌다.

별안간 보건실 안쪽에서 움직임이 느껴졌다. 잔뜩 긴장해 선반에 다가서던 우주의 얼굴이 불타올랐다. 우주와 사랑의 얼굴을 한 괴물 두 명이 손을 잡고 서로의 어깨에 기대어 앉은 모습이 보였다. 한 폭의 그림이었다. 웃음을 참느라 볼이 빵빵해진 모휘가 깝죽거렸다.

"이야, 보기 좋다."

"24시간 내에 식인을 못 해서 이성을 잃었나 봐."

우주는 담담히 대답했지만 말끝이 떨렸다. 내 얼굴을 저따위로 쓰다니. 강한 분노를 느꼈다.

"본능만 남은 괴물이란 뜻이지?"

"그렇지. 하지만 내 본능은 아니야."

"음, 그렇군."

"진짜야."

"가짜라고 안 했어."

가짜 우주와 가짜 사랑이 투닥거리는 오리지널 우주와 모휘를 물끄러미 응시했다. 가짜 사랑은 사랑의 얼굴인데도 입가에 뭘 묻히고 있어 어벙해 보였는데, 그 모습 그대로 갑자기 달려들었다. 모휘는 기회라고 생각했다. 소매를 걷어 올리며 손목을 풀 때였다. 우주가 가짜 사랑을 날라 찼다. 동시에 가짜 우주가 진짜 우주의 목을 조르려 팔을 뻗었다. 가짜 우주를 향해 힘껏 주먹을 휘두르려는 모휘를 우주가 말렸다.

"안 돼, 누군지 모르잖아!"

분명 모휘는 약하게 밀쳤을 뿐인데 휙 날아간 가짜 우주의 뒤통수가 벽에 부딪혔다. 후두부가 두부처럼 으깨져 벽에 붓자국 모양으로 피가 묻었다. 우주는 저도 모르게 뒤통수를 감쌌다.

"미안, 아팠냐. 나 진짜 약하게 쳤는데."

모휘는 왠지 모를 느낌에 사과했다. 둘은 웃어야 할지 울어야 할지 묘한 기분에 사로잡혔다. 죽은 건가. 불안해 자리를 떠나지 못하는데 해체된 뒤통수가 다닥다닥 기워지기 시작했다. 우주와 모휘는 괴성을 내지르며 멀리 떨어졌다. 해독제고 뭐고 다시 올라가고 싶었다.

"죽은 건 아니지?"

으스러졌던 두개골은 어느 정도 회복이 됐지만, 가짜 우주는 눈을 뜨지 않았다. 열받는 것도 무서운 것도 사실이나 걱정 또한 됐다. 하지만 지체할 시간이 없었다. 영 맘에 걸리는지 자꾸만 돌아보는 우주를 모휘가 달랬다.

"너 인기 많네."

"위로야?"

"아마도."

"나보다 쟤 얼굴이 진짜 많던데."

우주가 사랑 쪽을 턱짓했다. 하긴, 여기까지 오면서 못해도 셋은 본 것 같다. 모휘는 불현듯 짜증이 치솟았다.

"내 얼굴은 한 명도 못 봤는데."

"있을걸? 못 본 거겠지."

우주가 무마를 시도했지만 대답이 3초 늦었다.

"킹받네."

사람 목숨이 걸린 일로 이러면 안 되는 건 알았지만 치미는 부아는 어쩔 수 없었다. 그러나 그들의 뒤로 수 개의 그림자들이 나타나자 사소한 감상도 사치가 됐다.

역시 소중한 건 쉽게 얻을 수 없다. 두 겁쟁이들은 진리의 명문을 되새기며 하트를 피해 바쁘게 도망 다녔다. 모휘는 모형을 와글거리는 괴물들 사이로 집어던지며 물었다. 너무 무섭다 보니 쓸데없는 얘기라도 하고 싶었기 때문이다.

"천사랑은 왜 인기가 많아?"

"나도 몰라! 항상 많았어! 태어날 때부터!"

가쁘게 숨을 몰아쉬는 우주와 모휘의 등이 경쾌하게 부딪쳤다. 지피지기 백전백승. 속담을 떠올린 모휘는 사랑의 호구조사로 방향을 틀었다.

"천사랑이 좋아하는 건?"

우주가 책상에서 높게 점프하며 대답했다.

"젤리! 달고 살아!"

늘 생각했지만 사랑과 젤리는 안 어울리는 조합이었다. 아무래도 컨셉 잡는 것 같다. 우주 딴엔 나름 합리적인 의심이었다.

"싫어하는 건?"

"말 안 하고 답답하게 구는 거. 지는 비밀 겁나 많으면서 어이없어. 귀찮은 거. 더러운 거. 그래서 향에 집착해."

"무슨 향 좋아하는데?"

우주가 보건실 문을 밀었다. 괴물의 팔뚝이 댕강 잘려 보건실을 굴렀다. 두 사람은 눈을 질끈 감았다.

"달달한 향."

말하는 순간 사랑의 향이 우주의 코끝을 맴돌았다. 그래서 우주는 용기 내 눈을 뜰 수 있었다.

"뭐야, 안 어울려. 상당히 불쾌해."

"그러니까."

"습관은?"

"귀를 만져."

근데 나 왜 이렇게 잘 알아. 누르면 나오는 자판기가 따로 없었다. 우주는 돌연 짜증이 났다. 상황과 전혀 관련 없는 사랑의 얘기를 하자니 두려움이 가셨지만 심기는 불편해졌다.

"나도 엄청 잘 아는 건 아니야."

모휘가 음침하게 볼까 봐 걱정된 우주가 덧붙였다. 모휘는 그러든 말든 분노로 활활 타오르며 뺨에 묻은 괴물의 혈액을 벅벅 닦아냈다.

괴물들의 몸은 익은 열매처럼 쉽게 뭉그러졌다. 발밑으로 빨갛고 끈적한 액체가 고였다. 달콤한 향이 콧속으로 밀려들어 소매로 호흡기를 막았다. 둘은 정신없이 도망 다니면서도 내부를 살폈다. 하얀 찬장에는 소화제, 제산제, 감기약, 진통제 등 상비약들이 있었다. 약들을 가방에 털어 넣으며 곳곳을 뜯어보던 우주는 목표물을 발견했다. 안내 방송에서 말했던 스티커가 부착된 나무 상자였다. 찾았다는 기쁨도 잠시, 나무 상자는 너무 높이 있어 아무리 힘껏 폴짝거려 봐도 닿기엔 한참 모자랐다. 우주가 점프할 때마다 인체 모형이 쏟아질 듯 흔들댔다. 맞으면 엄청 아플 것 같은데. 초조한 우주의 이마 위로 그늘이 지더니 모휘가 팔을 뻗어 상자를 꺼냈다. 상자 안에는 해독제 주사액과 주사기, 바늘이 있었다. 둘은 참았던 숨을 터뜨렸다.

　"안 다쳤냐?"

　차분히 확인하는 모휘의 등 뒤로 하트가 덤볐다. 허둥대던 둘은 교실 구석으로 넘어지며 커다란 자루에 어깨를 박았다. 딱딱한 물체가 와르르 쏟아지며 나는 공명음이 청아했다. 너덜너덜한 자루 안엔 뜬금없게도 먹다 만 소주병들이 있었다. 하트는 온도로 인간을 감지한다고 했다. 해독제까지 자루에 넣던 우주가 잠시 고민하더니 선반을 가리켰다.

"그쪽에!"

"뭐?"

"솜이랑 소독제 챙기라고!"

의자를 휘두르던 모휘가 선반에서 솜, 손소독제와 소독용 에탄올을 골라 던졌다. 우주는 바퀴 달린 의자를 밀어 하트를 쳐내면서 그걸 자루에 죄다 쓸어 담았다. 입구로 돌진하는 모휘의 뒤로 우주가 자루를 끌고 따라붙었지만 반도 못 가 몰려드는 하트 때문에 책상 아래로 몸을 숨겨야 했다.

"와, 씨. 쟤네 개많은데 어떻게 뚫지? 방법 있어?"

있다. 다만…… 으깨졌다가 다닥다닥 제자리로 돌아가던 하트의 머리를 떠올린 우주가 옆 서랍장을 마구 뒤지기 시작했다.

"뭐 찾는데."

모휘가 하트의 피로 범벅된 손으로 어깨를 잡았다. 달콤한 피 냄새를 맡아버린 우주가 곧바로 침을 흘렸다. 되레 놀란 모휘가 떨어졌다. 서로 머쓱해 얼굴을 마구 닦아내는 사이, 둘 주변에서 하트들이 겔겔댔다. 이대로면 운좋게 보건실을 나간다 해도 2층까지 괴물들을 매달고 갈지도 모른다. 그럼 다른 애들도 위험해진다. 고민을 마친 우주가 책상에 있는 종이들을 쥐곤 모휘와 냅다 달렸다. 아니나 다를까 하트들은 복도까지 끈질기게 쫓아왔다. 우주는 복도 중간에 에탄올로 적신 종이로 저지선을 만들다 소리쳤다.

"없어!"

"또 뭐가?"

"라이터!"

자루 안에 가득 든 병과 에탄올로 보아, 우주가 무슨 말을 하는지 유추하긴 어렵지 않았다. 짧게 신음한 모휘가 주머니를 뒤지더니 담뱃갑을 열어 라이터를 꺼냈다. 우주는 에탄올에 적신 솜을 소주병 끝에 쑤셔 넣고 불을 붙여 종이 선 위로 던졌다.

"뛰어!"

우주와 모휘가 손을 잡고 계단으로 뛰었다. 폭발음이 들리더니 열기가 훅 끼쳤다. 우주는 모휘와 겹쳐진 몸을 일으켰다. 모휘의 손에 들렸던 라이터가 툭 떨어졌다. 얼빠진 우주가 중얼거렸다.

"담배 피우냐. 배모휘 양아치……."

12

체온을 감지한다면 온도라고 생각했다. 일단 질러봤는데, 과연 하트는 불로 만든 벽에 다가오지 않았다. 안심하던 우주는 열기 너머 꽥꽥대는 이를 발견했다. 보나가 좋아하는 아이돌이었다. 밥 먹을 때마다 쟤 사진을 들고 인증샷을 찍어서 알아볼 수 있었다. 가슴이 철렁한 우주가 화장실로 뛰어갔다. 보나일지도 모른다. 혹시 불에 데이면. 그러다 타 죽기라도 한다면……. 양동이에 담은 물을 끼얹으려 하자 모휘가 말렸다. 영화에선 종종 좀비들을 불로 처리하곤 했다. 어떤 방법도 통하지 않던 흉악한 놈들이 불에는 타 죽었다. 우주의 걱정에 모휘가 고개를 저었다.

"그럴 일은 없을걸. 좀비랑은 다른 종류의 괴물인 데다가 확실히 방송대로 온도를 감지하는 것 같아. 불에 가까이 안 가잖아."

우주가 저리 가라며 아이돌에게 손짓했지만 어벙한 표정만 지을 뿐 도통 들어먹질 않았다. 우주는 걱정에 발을 동동 굴렀다. 같이 고민하던 모휘가 부서진 창문을 가리켰다. 거센 비가 들이치며 불꽃을 조금씩 죽이고 있었다.

"다행이다."

하지만 마음 놓긴 일렀다. 불이 꺼지면 하트가 또 언제 넘어올지 몰랐다. 빨리 올라가서 문을 잠가야 한다. 계단을 두세 칸씩 오르는 모휘의 팔을 우주가 잡아 세웠다.

"뭐라고?"

"아! 뭐야. 아무 말도 안 했는데 무섭게 왜 그래."

"배고프다고 하지 않았어?"

대사가 대사인지라 홱 잡았더니 많이 놀란 듯 싶었다. 해명하려던 우주가 비명을 꽥 질렀다. 질겁한 모휘도 목소리를 높였다.

"왜, 뭐, 왜! 자꾸 왜 그러는데!"

부들부들 떠는 우주가 가리킨 바닥에서 가냘픈 소리가 들렸다.

"도와줘······."

창백한 손이 촉수처럼 우주의 발목을 감고 있었다. 우주는 뼛속까지 치미는 냉기를 애써 무시하며 무릎을 굽혔다.

"얘들아, 나 은수야."

"은수? 류은수?"

모휘가 그 이름에 반응했다.

"응, 나 좀 도와줘. 난 아무 짓도 안 했단 말이야. 2층 갈

때 못 가고 깔렸어. 일어나 보니 여기야. 무섭고 힘들어."

잠든 이들 사이에 눌려 있던 은수를 모휘와 우주가 부축했다.

"다친 데는 없어?"

팔을 털어준 우주가 은수에게 걸을 수 있냐 물었다. 은수가 다 끄덕이기도 전에 또 물었다.

"혹시, 다른 애들은?"

"나뿐이었어."

우주가 비틀거리는 은수에게 손을 내밀었다. 은수가 그 손을 기다렸다는 듯 덥석 잡았다. 드센 아귀힘에 당황했지만, 우주는 기색을 숨기고 은수를 달랬다.

"너 가면 다들 좋아하겠다. 하린이랑 천사랑도 있어."

"정말?"

우주가 부러 씩씩하게 챙기자 반색하는 은수를 모휘는 미심쩍게 보았다. 인간인데 여태 안 먹힐 수가 있나, 사실 하트고 갑자기 달려드는 거 아닌가, 의심했는데 다행히도 그런 기미는 없었다.

'그래도 수상해.'

모휘가 우주의 팔을 살짝 당겼다. 앞서 걷는 은수에겐 들리지 않게 속닥거렸다.

"근데 둘이 만나게 해도 돼?"

"어?"

"강하린 얼굴 천사랑으로 바뀌었잖아. 류은수는 천사랑 짝사랑하고. 강하린이랑 류은수랑 모르는 사이도 아닌데, 서로 같은 사람 좋아하는 거 알아도 상관없어?"

"……절대 안 돼."

양쪽 다 미치도록 불편할 상황이었다. 둘은 진저리를 쳤다. 사랑하는 사람으로 변한다는 게 얼마나 큰 저주인지 새삼 느껴졌다. 마음이 눈에 보인다는 건 끔찍했다.

"내가 강하린한테 해독제 줄게."

"그럼 내가 류은수 잡아둘게."

빠른 분업이 이루어지고 둘은 현란한 핸드 셰이크를 나눴다.

동태를 살피기 위해 당직실 창문을 기웃대다 마주 보고 선 사랑과 하린을 발견했다. 분위기가 꽤나 아련했다.

"천사랑 둘이 저러고 있으니까 좀…… 기분 나빠."

"인정."

남이사 그윽하건 말건 킬킬대는 둘에게는 뒷담화 반찬이었다. 그때 사랑이 문으로 진격했다. 하린과 똑같은 얼굴이지만 재수 없는 걸음걸이가 누가 봐도 오리지널 천사랑이었다. 도망갈 새도 없이 문이 열렸고 귀신처럼 선 사랑을 본 둘은 겹치며 넘어졌다. 밀려오는 요통에 사랑의 한심한 시선은 덤이었다.

　사랑에게 해독제를 떠밀고, 우주와 모휘는 꽁무니를 내뺐다.

✦

　우주와 모휘가 류은수라는 덤을 지고 올라오기 직전, 하린은 사랑에게 기함할 소식을 들었다.

　"우주가 1층에 내려갔다고?"

　되묻는 하린의 눈이 요동쳤다.

　"얼마나 됐는데?"

　"1시간 추정. 말 안 하고 튀어서 나도 정확히는 몰라."

　"너무 위험해."

　"별일 없을 거야."

　"어떻게 알아."

　"배모휘랑 같이 갔으니까."

　우주가 사라진 걸 눈치채고 바로 쫓아가려 했지만, 모휘도 없단 걸 깨닫자 사랑은 전의를 상실했다. 바보와 호구의 조합 같아 내버려두었다. 그래도 배호구가 최바보를 챙기겠지. 그들의 조그마한 간으로는 별일을 내려야 내지 못할 거라 믿는 수밖에 없었다.

"미쳤어? 둘이면 더 걱정이야."

반면 기겁해 일어나는 하린을 사랑이 진정시켰다.

"조치 취했다더니 하트들이 다 잠들어 있더라. 내가 문 열어봤어. 5분 거리 갔다 오고 유세 떨려나 보지."

사랑은 덤덤히 말했지만 날이 잔뜩 서 있었다. 하린의 눈엔 보였다. 다리를 달달 떨며 자꾸만 고쳐 앉고 작은 소리에도 문밖을 보는 사랑의 태도가. 머리카락을 획 쓸어 넘기는 손끝에는 꾹꾹 눌렀지만 차오른 성질머리가 묻어 있었다. 어쩐지 5분마다 나갔다 오더라. 설사병이라도 났나 했는데 그런 비화가 있었네. 하린은 그 꼴이 내심 고소하기도 했다.

"하긴 너도 맘대로 안 되는 게 한 가지는 있어야지. 너무 순탄하잖아."

"그렇게 보여?"

"완전."

"다행이다, 안 들켜서."

전혀 안 그런 얼굴로 말하는 사랑은 얄미웠다. 하린이 팔뚝을 찰싹 때리자 하나도 안 아프면서 아야, 아야 엄살을 부렸다.

"넌 오히려 여기 와서 안색이 좋아 보인다. 극한 상황이 체질에 맞나 봐. 적성인가."

"하린아."

"왜."

"힘들면 힘들다고 해."

무심히 뱉은 척 철저한 사랑의 계산을, 하린은 외면하며 곱씹었다. 그러게, 내 꼴 우습다. 고작 네 얼굴을 하고 버리지 못한 마음의 찌꺼기에 적셔졌어. 쪽팔리게. 하지만 전부 솔직해지는 일은 없었다. 하린은 거짓과 진심을 반반 섞어 대답했다.

"오히려 개운해. 애초에 나는 사는 게 적성에 안 맞아."

사랑의 손이 하린의 손을 덮었다. 하린은 아주 잠깐만 머무르다 손을 뺐다. 온기라면 조금이라도 거북했다. 타인의 온기는 너무 달콤하다. 그래서 치명적이었다. 나도 평범한 사람인가 봐. 가끔은 생각 없이 기대고 싶은⋯⋯ 자조하던 하린이 독 같은 침을 꿀꺽 삼켰다.

"나 말고 네 걱정이나 해."

"뭘."

"최우주한테 언제까지 숨길 수 있을 것 같아?"

"영원히."

딱 잘라 대답하는 사랑의 단호함에 하린이 혀를 찼다.

"그래, 평생 유령이나 끌어안고 살아."

"너무하네."

사랑은 하린의 말을 가볍게 넘겼지만 분명 타격받았을 테다. 알면서도 하린은 상처를 매만져 주지 않았다. 의도 했으니까. 사랑은 불안한지 또 1층을 살펴보려 일어섰다. 그 등을 보고서야 하린은 용기를 냈다.

"정말 나 두고 문 닫을 생각이었어?"

문을 열려던 사랑이 멈칫했지만 그뿐이었다. 몇 초간의 정적이 흐른 뒤 사랑은 그대로 당직실 문을 밀었고 하린 은 마음을 접었다. 바보같이, 무슨 기대를 했나 싶어 스스 로가 창피해졌다.

"빨리 좀 나가."

민망해서 다그치는데 사랑은 계속 문 앞에서 뭉그적거 리고 있었다.

"강하린 네가 문 잠갔어?"

하린은 뚱하게 대꾸했다.

"난 건드리지도 않았어."

고민하던 사랑이 팔에 힘을 주었다. 꿈쩍도 않던 문이 벌컥 열렸다. 사랑은 놀라 나자빠지는 모휘와 우주를 내 려다봤다.

"……뭐 하냐?"

사랑의 입가에 그제야 웃음기가 번졌다. 하린은 그 모 습을 깊숙이 보았다.

＊

은수는 식은 국물을 전투적으로 떠먹으며 투덜거렸다.

"이 육개장 희한하지 않아? 끝 맛이 달짝지근한 게."

모회도 우주도 왠지 꺼림칙해 국물엔 손도 대지 않았다. 반면 은수는 세 번이나 리필하고 나서야 숟가락을 내렸다.

"다른 애들은 어디 있어?"

우주가 빠르게 가방을 헤치더니 매점에서 얻은 간식을 은수의 앞에 전시했다.

"우리 맛있는 거 되게 많이 찾았는데, 너 하나 먹을래?"

"맛스타 근본이지. 햄버거나 핫바는 없었어?"

입에 치즈브레드를 밀어 넣은 은수가 가방을 헤집었다.

"매점 발견했으면 알려주지. 나도 가고 싶어."

"어, 그러게."

방금 밥 엄청 먹지 않았나, 은수가 이렇게 잘 먹었나. 우주는 은수에게 말려들고 있었다.

"계속 저 밑에 있었더니 너무 배고파. 우리 매점 한 번만 더 가면 안 될까?"

"1층에 다시 가자고?"

"응."

"생각해 볼게."

돌려 말한 거절이었으나 은수는 문장 그대로 이해한 듯싶었다.

"언제까지 생각해 볼 건데?"

은수가 우주 쪽으로 몸을 기울였다. 우주는 턱을 뒤로 빼고 은수와 제 얼굴 사이에 손을 집어넣었다.

"아니면 하린이한테 물어볼래. 둘이 가자고."

문 쪽으로 뛰어나가는 은수를 우주가 붙잡았다.

"알았어, 나랑, 나랑 가자!"

다급함에 발이 꼬여 휘청거리는 우주의 몸을 누군가 받쳤다.

"어딜 나랑 가시는데?"

세수했는지 얼굴에 물기가 맺힌 사랑이었다.

"우주랑 은수?"

이 조합 뭐냐는 얼굴로 사랑이 둘을 번갈아 손가락질 했다.

"넌 빠져."

은수의 말투는 어쩐지 적대적이었다.

"은수야, 이제 나 질렸어?"

사랑이 팔을 뻗어 은수의 길을 계속 막아내며 농담했

다. 우주는 상기된 얼굴로 굳어버린 은수를 봤다.

'사람 마음을 뭘로 아는 거야?'

은수의 마음을 갖고 노는 사랑이 고까웠던 우주가 나서서 사랑을 밀어버렸다. 물론 사랑은 여전히 꿈쩍도 하지 않았다. 질문의 대답을 듣기 전까진 절대 비키지 않을 기세였다. 매점에 함께 내려가잔 그들의 약속을 은수가 줄줄이 불어버리고 나서야 사랑은 문에서 물러났다. 먼저 은수가 빠르게 벗어났고, 뒤이어 가려던 우주는 사랑의 손아귀에 붙잡혔다. 은근슬쩍 피하려던 모휘의 뒷덜미도 마찬가지로 잡혔다.

"천사랑, 침착해. 강하린한텐 말하지 마, 우리끼리 해결하자."

"그럴 수는 없지. 친구를 따돌리는 건 나쁜 버릇이야."

사랑은 모휘의 애걸을 부드러운 척 단호하게 거절했다. 우주와 모휘는 그대로 하린의 앞에 끌려갔고 아니나 다를까, 상황을 들은 하린은 바로 어깃장을 놨다.

"안 돼, 너무 위험해."

"우주가 좀 그러면 내가……."

"모휘 너도 안 돼. 거길 다시 왜 내려가? 굳이?"

모휘도 하린을 설득하는 데 실패했다. 우주는 휘파람 부는 사랑을 노려봤다. 은수가 매점에 가고 싶어 하니 같이 가주려 한다며 대충 핑계를 댄 참이었다. 하린에게 전하기 난감한 부분을 편집했더니 설득력이 없긴 없었다.

"그래도 은수가 살아 있다는데 기쁘지 않아?"

"기쁘지. 아주 신나."

느리게 대꾸하는 하린은 언행 불일치의 정석이었다.

"불상사 생겨도 해독제 있는데, 뭐."

모휘가 하린 앞에 놓인 박스를 눈짓하며 보탰다. 회심의 일격이었는데, 하린에겐 부정적으로 먹힌 모양이었다.

"배모휘."

이름 석 자로 불리다니. 심상찮은 징조였다. 모휘가 긴장했다.

"넌 왜 이렇게 조심성이 없어? 더 못 믿겠어, 절대 내려가지 마. 내 말 안 들으면 나도 너희 말 안 들어."

모휘가 이마를 싸쥐었다. 사실 하린은 아까부터 해독제를 맞지 않겠다 버티고 있었다. 모휘가 힘들게 구해 왔다 불쌍한 척하며 살살 구슬리는 중이었고 거의 넘어왔는데 사랑이 은수의 일을 이르는 바람에 일이 꼬였다. 우주는 사랑을 몰래 꼬집었다. 사랑은 처음엔 당하더니 두 번째는 피했다.

고심하던 하린이 뾰루퉁한 모휘에게 한 걸음 물러서 줬다.

"안 간다고 약속해. 그럼……."

하린은 해독제 주사기를 자신의 앞에 놓았다.

"해독제 맞을게."

모휘가 로켓처럼 펄쩍 뛰어 올랐다.

"대신 다 나가."

들러붙는 모휘를 밀어낸 하린이 문을 가리켰다. 모휘가 이유를 캐물었지만 번복은 없었다.

"천사랑만 빼고."

하린은 사랑의 옷깃을 잡아당겼다. 저도 모르게, 우주 는 그 손에서 눈을 떼지 못했다.

13

"내려가지 말자."

"왜?"

우주는 입술을 달싹였다. 은수에게 어디까지 설명해야 하나 난감했다. 모휘는 하린이 천사랑으로 변했다는 걸 함구하라 당부했다. 하지만 그걸 말하지 않고서는 설득이 힘겨웠다. 하린이가 가지 말라고 했다고, 그러면 해독제 를 맞는다 했다고 다 말할 순 없는 노릇이었다. 다행히 은 수는 금세 주의가 산만해져 우주의 손을 잡고 한 바퀴 돌리며 관찰하기 시작했다.

"손등 멀쩡해졌네? 다쳤었잖아."

그랬나? 갑자기 손등이 만져진 우주는 얼떨떨했다. 그러거나 말거나 은수는 질문 공세를 퍼부었다.

"그럼 매점은 이따 얘기하고 일단 배고픈데 하나 주면 안 돼? 네 사탕, 코코. 어디 있어? 그거 너무 먹고 싶어. 기분 좋아지게. 지금 당장."

은수가 사탕을 이렇게 좋아했나? 우주는 이질감과 기시감을 동시에 느꼈다.

"어……. 잠시만."

주고 싶어도 사탕은 다른 곳에 있었다. 가방을 당직실에 벗어두었기 때문이다. 고민하던 우주의 눈길이 동그랗게 물 맺히는 유리창을 멍하니 관찰하는 모휘의 뒤통수로 흘러갔다. 기분 좋아지는 사탕이 필요한 사람은 은수뿐이 아니었다.

우주는 핑계를 대고 급식실을 나섰다. 당직실 문 앞에서 한참 망설이다 세 번 노크를 하니, 곧 문이 벌컥 열렸다. 사랑이 방싯대며 우주를 맞이했다. 손에는 가방이 들려 있었다. 귀찮아서 반만 뜨고 다니던 우주의 눈이 간만에 전부 떠졌다.

"이거 가지러 왔지?"

문에 기댄 사랑이 놀란 우주를 실컷 구경했다. 문틀에 올라간 사랑은 유달리 커 보였다. 압도당하는 기분에 우주가 딴청을 피웠다.

"가방도 가방인데 일단 비켜봐. 잠깐 하린이 얼굴 좀 보게. 상태 어떤지, 해독제는 잘 드는지……."

"네가 의사야? 보면 알아?"

"그러는 넌 의사냐? 뭘 믿고 맡겨."

하린에게 다가서던 우주는 훅 끼치는 열기를 느꼈다. 하린은 불꽃 같았다. 함께 있기만 해도 호흡 한 번 한 번이 푹푹 쪘다. 우주는 하린의 이마에 올려둔 물수건에 손을 댔다. 방금 올린 것 같은데 벌써 미지근했다. 어쩐지 천사랑이 땀범벅이다 했다. 타는 불을 맨몸으로 끄려는 꼴에 헛웃음이 나왔다.

"우리가 구해온 거 해독제 맞겠지?"

"아님 어쩔 건데?"

싸가지. 인상을 쓴 우주가 중지를 들어 올리자 사랑은 웃으며 우주의 손에 가방을 쥐여줬다. 이유는 모르겠지만 가방을 순순히 주지 않을 줄 알았다. 괜히 허탈한 기분이 들어 바로 나가지 못하고 뭉그적대다 무슨 말이든 붙여보려던 때였다.

"사랑아."

128

열에 달뜬 목소리가 하린의 입에서 새어 나왔다.

"빨리 들어가서 봐."

난색이 된 우주가 사랑을 안으로 밀었다. 졸지에 떠밀린 사랑은 둘을 번갈아 봤지만 결국 하린에게로 향했다.

"다 나 때문이야……."

새로 수건을 적시는 사랑의 곁에서 하린은 괴롭게 끙 끙거렸다. 악몽을 꾸는 듯했다. 우주는 벽에 기대 하린의 잠꼬대를 들었다.

✦

모휘는 당직실 옆 계단에 걸터앉아 창밖을 무섭게 때리는 비를 봤다. 좀처럼 잠이 오지 않는 밤이었다.

문으로 나가는 것만 답일까. 배관을 타볼까 싶었지만 빗물에 미끄러져 크게 다칠 공산이 컸다. 모휘의 입술 새로 욕설이 삐져나왔다. 다 싫었다. 거지 같은 날씨도, 강하린도. 어떻게 네가 날 밀어내? 머릿속이 하늘 같았다. 먹구름이 잔뜩 꼈다.

"야."

어두컴컴한 모휘의 얼굴로 무시무시한 빛이 확 끼쳤다. 모휘는 부신 눈을 가렸다. 곧 이어폰으로 틀어막았던 오른쪽 귀가 휑해졌다. 사랑이 방금 빼앗은 오른쪽 이어폰을 제 귀에 꽂으며 옆에 앉더니 손전등을 끄며 태평하게 물었다.

"뭐 하냐?"

사랑이 멀어지려는 모휘를 질질 끌어왔다. 이어폰 줄이 빠진다며 핑계를 댔다. 모휘는 어쩔 수 없이 다시 앉았다. 사랑은 헐거운 이어폰을 제대로 꼈다. 곧 미간에 실금이 생겼다.

"뭔 노래야, 이건."

"아니, 나도 안 듣고 있었어."

이어폰에서는 동요가 흘러나오고 있었다. 멋쟁이 토마토가 된 모휘가 황급히 변명했다. 초등학생 때부터 듣고 다니던 구식 MP3라고. 모휘는 이어폰을 빼려 사랑의 귀로 손을 뻗었다. 가볍게 피한 사랑이 동요에 맞춰 해괴한 리듬을 탔다. 보기만 해도 짜증 나는 몸짓이었다.

"취향 멋진데."

"꺼져."

"노래 좀 듣자. 귀찮게 안 할게."

그건 불가능했다. 모휘는 사랑의 존재 자체가 귀찮았다. 이 녀석에 관한 잡념에서 허우적대기 바빴으니까.

하린의 첫사랑 얘기는 전에 들었다. 상대가 천사랑일

줄은 몰랐지만. 하린은 사랑의 어디가 좋았던 걸까? 모휘는 하린과 가까워지려 부단히 노력했다. 하린은 기본적으로 친절했지만 일정 선 안으로는 허락하지 않았다. 그게 모휘의 승부욕을 자극했다. 근데 천사랑 이 자식은 아무런 노력도 없이 가뿐히 그 선을 넘어 들어갔다.

"2년."

"어?"

"2년째라고. 내가 강하린이랑 알고 지낸 지. 너한텐 고작일지 모르지만 우리한텐 대단했어. 걔에 대해서 내가 모르는 게 있을 리 없어. 나랑 하린이는 거의 가족, 이야."

모휘는 '가족'이란 단어를 힘주어 말했다. 듣던 사랑이 비웃었다.

"난 10년도 넘어. 분발해."

"양보다 질이 중요하지. 20년 같은 2년이라고."

"그래? 난 양 많은 게 좋은데."

모휘의 사나운 반박에도 사랑은 검지 두 개를 빙빙 돌리며 딴청을 피웠다. 정말 아무렇지 않아 보여서, 관심도 없어 보여서, 모휘는 천사랑을 할퀴어버리고 싶었다.

"하린이가 많이 힘들어했어. 첫사랑 문제로."

정곡을 찔렸는지 사랑의 검지가 멈췄다.

"첫사랑의 첫사랑을 도저히 이길 수 없다고."

"멍청하네, 고작 그딴 이유라니."

그러나 사랑이 1초 만에 흘린 대답엔 감정이 전혀 없었다. 할퀴긴커녕 도리어 긁힌 모휘가 사랑의 멱살을 잡아챘다.

"그럴 수도 있지!"

"야, 발성 좋다. 귀 터질 뻔."

"상처가 어떻게 바로 사라져? 계속 아플 수도 있지! 걷다 자빠져서 흉터 생겨도 그게 몇 년은 가는데, 공감 능력이라고는 저기 산 밑에 갖다 버린 새끼야! 널 좋아하는 애들이 불쌍하다!"

사랑은 머리를 한 대 맞은 것 같아 보였다. 내가 이겼다. 모휘는 우쭐해져 그제야 멱살을 놓아주었다. 구겨진 셔츠를 느릿하게 매만진 사랑이 반쯤 웃었다.

"격하다. 좀 상식적으로 대화할 수는 없을까."

모휘가 중지를 올렸다. 사랑은 주머니를 뒤적이더니 중지 아닌 사탕을 내밀었다. 모휘는 미심쩍어 받고도 쥐고만 있었다. 사랑이 귀찮아하면서도 손수 비닐을 까서 모휘의 입에 물렸다. 모휘가 그대로 뱉으려 들자 눈썹을 늘어뜨린 사랑이 가여운 소리를 짜냈다.

"우주가 꼭 너 주래."

방금 전 일이었다. 세수하러 화장실에 다녀오던 사랑은

우주에게 붙잡히고 말았다. 대뜸 모휘 갖다주라며 사탕을 내밀어 그대로 배달부 잡무를 떠안았다. 피곤한 간병인을 심부름까지 시키며 부려먹다니. 최우주는 사탕가게 악덕 사장이다. 사랑은 한숨을 쉬었다.

"사탕을 만드는 데엔 각고의 노력이 필요하지. 우주가 신경 써서 챙겨준 건데 뱉으면 정말 슬퍼하겠다."

"……까불지 마, 또 맞는다. 이번엔 찐으로 얻어터질 줄 알아."

모휘는 으르렁거렸지만 사탕을 던져버리진 못했다. 혀 위로 안착하는 사탕을 사랑이 흘끗 봤다.

"무섭다. 후시딘 어딨지."

사랑은 머리를 받치고 누우며 빙글거렸다. 지켜보던 모 휘가 사탕을 와그작 씹었다.

"여기선 얼굴 반반한 거 아무짝에도 쓸모없어."

"나 잘생겼다고? 고마워."

모휘는 전의를 상실했고 대화는 거기서 끊겼다. 사랑도 사탕을 하나 까서 물고 조용해졌다. 둘은 다른 방향을 보 며 이어폰에 의지했다. 맘에 안 드는 노래가 나와도 넘기 지 않았다. 옆에 더 맘에 안 드는 사람이 있었기에 그 정 도는 아무렇지 않게 느껴졌는지도 몰랐다.

다만 나란히 있었을 뿐인데, 격동하던 모휘의 마음이

잠잠해졌다. 어둡게 느껴지지 않는 어둠 속에서 뭔가 어른거렸다. 사랑의 손이었다. 사랑은 팔에 낀 모휘의 머리를 마구 헝클어뜨리기 시작했다. 모휘가 벗어나려 하자 팔뚝에 힘을 주더니 위아래로 머리를 정신없이 흔들었다 놨다. 순식간에 엉망진창이 된 모휘가 사랑의 가슴팍을 팍 밀었다.

"미친놈아, 뭐 하는 짓이야?"

"똥개 새끼 같은 게 만지고 싶게 생겨서."

"아이, 씨."

사랑은 다시 엉겨들어 모휘를 건드렸다. 모휘가 질색하며 사랑을 떨쳐냈다. 사랑이 박장대소했다. 어쩐지 굉장히 신나 보였다. 웃음은 전염성이 있어서 모휘의 입꼬리도 따라 씰룩이고 말았다. 천사랑, 이상한 놈. 분명 약만 올리는데 기분이 풀어졌다. 이래서 강하린도 좋아했나. 모휘는 막대만 남은 사탕을 잘근거렸다.

하린은 우주의 단골손님이었다. 매출을 도표로 정리한다면 분명 최상위권에 있을 테다. 그 말은 자주 우울한 아이란 뜻도 됐다.

게다가 지금 상황은 누구라도 벅찰 법했다. 하린에겐 분명 사탕이 필요할 테다. 우주는 깨금발로 하린이 잠든 당직실에 잠입했다. 일어나면 먹고 싶어질 수도 있으니까 침대 옆에 크리스마스 선물처럼 두려 했다. 사랑이 대업을 방해하면 제압하려고 숨죽였는데 안에 없었다. 따돌릴 목적으로 심부름을 시키긴 했다. 무시할 줄 알았는데 정말 모휘에게 사탕을 주러 갔나 보다. 말 진짜 안 듣게 생겨서 은근 고분고분하다. 우주는 괜히 멋쩍어졌다.

방은 하린이 내뿜은 열기로 찜통이었다. 홀린 듯 다가간 우주는 하린을 덮은 이불을 조금 내렸다가, 입을 틀어막았다. 하린에게서 강한 향기가 풍겼다. 익어가는 열매처럼 극도로 달았다. 냄새뿐이 아니었다. 살갗도 열매 같았다. 드러난 쇄골부터 목을 타고 얼굴까지 새까만 반점이 돋아 올랐다.

우주는 아픈 친구를 징그러워하는 자신이 미웠다. 재빨리 사탕을 잘게 부수어 물과 함께 하린의 식도로 넘겼다. 하나를 겨우 다 먹이곤 허겁지겁 뛰쳐나왔다. 문을 짚은 손이 떨렸다. 참았던 충격이 가시지 않았다. 마침 복도 끝에서 걸어오는 모휘와 사랑이 보였다. 겁먹은 우주가 본능적으로 팔을 벌렸다. 그런 우주를 본 사랑의 팔도 자동문처럼 열렸다.

"하린이한테 사탕 주려고 했는데……."

"괜찮아."

사랑은 아무것도 묻지 않았다. 다만 우주의 등과 머리를 감쌌다. 모휘는 창백해져 당직실로 뛰어 들어갔다. 곧 하린의 이름을 외치는 처절한 비명이 울렸다.

✦

사람이다.

사람의 냄새다.

사람의 냄새에 은수는 눈을 떴다.

고장 난 목각 인형처럼 은수의 턱이 돌아갔다. 복도 끝에서 알짱거리는 인간이 하나, 둘. 최우주와 배모휘였다. 2층으로 올라간 게 아니었나. 왜 내려왔지. 어쨌든 잘된 일이다. 은수의 눈가가 호선으로 휘었다. 하도 많이 먹어 지금은 괜찮지만 몇 시간 뒤면 다시 배가 고파질 테다. 목을 뜯어 숨통부터 끊고 천천히 먹을까, 아니면 인간인 척 저들을 따라가 후사를 도모할까, 은수는 고민했다. 일단은 일어섰다. 내내 맨바닥에 누워 있던 몸이 찌뿌둥했다. 원래 자기 몸보다 살이 없어서 더 그랬다. 특히 맨바닥에 부딪힌 꼬리뼈가 아팠다. 은수는 깨진 거울에 대고 실실거렸다. 제 볼을 쓰다듬다 새삼 이제 참을 필요가 없음을 깨달았다. 만지고 싶다면 직접 만지면 됐다. 맘만 먹으면 은수의 곁에 실컷 있을 수 있다. 내가 바로 류은수니까…… 양아치 서강호가 아니라.

강호는 시럽을 맞고 얼굴이 변하자마자 본능대로 은수를 깨물었다. 꺼져가는 생명이 치아를 통해 느껴졌고 곧바로 후회했다. 그래서 침이 고였지만 먹지 않았다. 지금은 다른 이유로 후회한다. 바로 먹었다면 훨씬 맛있었을 텐데. 인간은 살아 있는 쪽이 살이 야들거려 별미였다. 그땐 뭘 몰라서, 당황한 강호는 구령대 뒤에 은수를 숨겼다. 인내는 오래 못 갔다. 다른 애들과 말하면서도 숨긴 식량이 떠올랐다. 너무 먹고 싶었다. 살을 씹어 넘기고 싶었다. 강호는 감시가 느슨해진 틈을 타 교실을 탈출했다. 숨어서 은수를 먹으며 충족감을 느꼈다. 천사랑 그 개새끼 때문에 닿을 수도 없던 은수가 이제는 내 안에 있다. 비로소 완벽한 소유였다. 생각만으로 심장이 날뛰었다.

'난 널 정말 사랑하나 봐.'

다른 애들이 반점 따위로 울부짖을 때 강호는 여유로웠다. 강호의 몸에는 어떤 증상도 일어나지 않았다. 그냥 배가 고파서 맛있는 냄새를 풍기는 누군가의 팔뚝을 뜯었다. 다들 참고 눈치만 봤던 듯, 강호를 기점으로 식인이 시작됐다. 은수로 변했어도 강호의 싸움 실력은 여전했다. 상대를 굴복시키겠다는 의지도 생존 욕구도, 인간들이나 이성 없는 다른 괴물들보다 강호가 훨씬 강했다.

무사히 살아남은 강호는 누운 채로 우주와 모휘가 다가오는 타이밍을 쟀다. 둘에게 빌붙어 2층 상황을 파악하고 나서 매점에 데려가 먼저 해치울 생각이었다. 까다로운 하린이나 사랑은 대하기에 품이 많이 들어서 비교적 쉬운 둘을 먼저 노린 건데, 실패했다. 이렇게 된 이상 한꺼번에 처리하는 수밖에 없었다. 혼자서 네 명을 상대하기란 아무래도 힘들지. 저쪽엔 천사랑도 있는데.

'그렇다면……'

지금 그들은 모두 하린이 있는 당직실에 몰려 있었다. 강호는 고민을 끝냈다. 흡족한 미소를 지은 강호가 1층과 2층 사이 문을 열었다. 약발이 떨어졌는지 잠에서 깨어나 몰려오는 하트들이 보였다. 그는 편안하게 섞여 들었다. 사람을 먹는 괴물들 사이로…….

14

아직도 복도에 있는 사랑이 걱정된 우주가 뒤돌아보던 때였다. 다급하게 당직실 안으로 들어온 사랑이 문을 거세게 닫았다.

모휘는 사랑을 의식하며 곰팡이처럼 얼룩진 하린의 피

부를 이불로 가렸다. 분명 해독제를 맞았는데, 왜 악화됐지. 방송에 부작용에 대한 언급이 없었다고 안일했나. 식은땀으로 축축해진 손을 연신 바지에 문지르며 진정하려 애썼다.

사랑은 문을 잠그고 있었다. 의아한 우주가 다가서자마자 문이 거세게 흔들렸다. 시트지가 붙은 창문에 짙은 체리색 손바닥 자국이 미친 듯이 찍혔다. 사랑이 욕지거리를 뱉었다.

"류은수가 1층 문을 열었어. 방금 보고 들어오는 길이야. 순식간이라 막을 새가 없었어."

"은수가? 대체 왜?"

우주가 납득하지 못하고 물었다.

"왜겠어?"

사랑은 우주와 모휘가 하트에게 속았다는 걸 잘 돌려 말했다. 곧바로 알아들은 우주의 얼굴이 붉어졌다. 하지만 감정적으로 굴 때가 아니었다. 우주는 우선 몸을 가누지 못하는 하린부터 챙겼다.

"정신 차려! 가야 돼!"

아무리 소리를 질러도 하린의 눈엔 빛이 없었고 제대로 서지도 못했다. 초조해진 모휘가 하린을 들쳐 멨다. 우주는 벽에 걸린 시계를 보았다. 3층으로 향하는 문이 열리기까진 30분 정도 남아 있었다.

헐거운 당직실 문짝은 괴물들의 매서운 공세에 얼마 버티지 못할 것 같았다. 우주는 에탄올을 묻힌 솜과 종이가 꽂힌 병이 담긴 자루를 끌었다. 병은 겨우 열 개였다. 각자 세 개씩 들고 하린의 몫으로 하나를 빼뒀다. 매점에서 주운 물총에는 손소독제를 넣었다. 뭐라도 있으면 어디에라도 쓰지 싶었다.

1층에서 싸워본 결과 확실히 그들의 피 냄새는 유혹적이었기에, 넷은 수건을 복면처럼 썼다. 모휘는 곧바로 코와 입을 가린 수건의 매듭을 뒤통수에서 묶어냈는데 사랑은 헤맸다. 하린 건 잘만 해주더니 자기 매듭만 못 만들었다. 답답한 우주가 수건의 양끝을 빼앗아 잡았다. 사랑은 홱 돌아봤다 우주를 보곤 누그러져 얌전히 손길을 받았다.

"잘 해."

"너도."

우주와 사랑은 밍밍한 응원을 주고받았다.

문은 위태롭게 흔들렸다. 먹구름으로 뒤덮인 하늘은 낮과 밤의 구분선을 흐렸다. 해가 뜨고 있지만 여전히 깊은 밤만큼 어두운 학교에서 그들은 총과 병을 쥐었다. 꽝음이 울렸고, 문이 먼지를 풍기며 넘어졌다. 하트들이 죄다 몰려왔는지 머릿수가 꽤나 많았다. 모휘와 사랑은 최전선에서 싸웠다. 체육복으로 화염병을 묶어 허리춤에 차고 쓰레받기와 대걸레를 위협적으로 휘둘렀다. 차라리 실컷 팰 수 있다면 사정이 나을 텐데. 사랑은 눈을 따갑게 하는 땀을 훔쳤다.

보나일 수 있잖아, 새별 쌤이나 진우 쌤일 수도 있잖아, 그니까 막 때리면 안 돼. 각목을 쥐고 휘두르려던 사랑을 말리며 우주가 그랬다. 하린이 제정신이었다면 내가 죽게 생겼는데 뭔 소리냐고 화냈을 텐데. 현재로선 이 대 일의 고독한 싸움이었기에 사랑은 따를 수밖에 없었다. 모휘도 친구들을 해치지 않길 바랐기 때문이다.

하지만 인생은 예측불가다. 사랑의 입장에 힘이 실리는 뜻밖의 일이 일어났다. 바로 사이 좋은 가짜 사랑과 가짜 우주와의 재회였다. 한 몸처럼 붙은 두 가짜와 초면인 사랑은 사지가 고장 났다. 우주가 비명을 지르며 가짜 우주의 얼굴에 물총을 겨눴다. 순식간에 소독제로 샤워하고도, 가짜 우주는 진짜 우주보다 건강해 보였다. 이상했다.

"머리가 반 넘게 날아갔었는데 바로 회복했다고?"

모휘는 도저히 믿을 수 없어 다른 의견을 제시했다.

"다른 애가 널 또 좋아한 거 아니야?"

"내가 그 정도는 아닐걸."

우주는 자기객관화가 빨랐다.

"확인해 보면 되지."

사랑은 누가 말리기도 전에 각목으로 가짜 사랑을 날렸다. 가짜 사랑은 비참하게 엎어졌고 가짜 우주가 그랬듯 머리가 뭉그러졌다. 하지만 곧바로 상처가 기워졌다. 두개골과 신경도 복원되는지 금세 다시 걸었다. 그제야 주위를 둘러보니 확실히 하트들은 흐무러질 뿐 끝없이 재생되고 있었다. 모휘는 넋이 나갔다.

"에바다, 무적인데."

"최대한 싸우지 말고 도망가자."

우주가 물총을 고쳐 잡았다. 하트와 마음껏 싸워도 되지만, 그들이 그만큼 강하다는 뜻도 되었다. 3층으로 향하는 계단이 멀게만 보였다. 문이 열리기까진 10분이 남아 있었다.

앞도 뒤도 옆도 죄다 어둡다…… 다 그만할래.

하린은 정체 모를 오한을 느끼며 눈을 떴다. 멍해진 의식은 사리분별의 통로를 좁게 만들었다. 앞에서 난투하는 이들이 생경했다.

쟤네 이름이 뭐더라? 사람인가? 사람이란 뭐지? 내가 먹어야 할 것? 난 뭘 해야 하지? 먹으려는 쪽. 또는 먹히지 않으려 애쓰는 쪽. 어느 편에 서야 하지? 내가 누구야? 난 뭐야?

혼란의 소용돌이에 휩쓸린 하린의 몸이 기울어졌다가, 파도에 휘말린 조개껍질처럼 다른 방향으로 휩쓸려갔다.

"넘어지면 안 돼. 일어나서 뛰어!"

하린은 비틀대다 우주에게 붙잡혀 걸었다. 나선으로 돌아가는 하린의 시야에 우주의 깨끗한 목덜미가 들어왔다. 침이 두껍게 고였다. 먹고 싶다. 씹고 싶다. 욕구가 마그마처럼 용솟음쳤다. 살고자 하는 의지가 없음에도 입맛이 돌았다. 배고프고 역겨웠다.

맨주먹 싸움에는 모휘가 강했기에 선두에 섰다. 모휘가 달라붙는 하트를 밀치면 우주와 사랑이 무기로 진로를 헤쳤다. 계단을 다섯 발 앞두고선 전면전 대신 화염병을 이용하기 시작했다. 모휘가 라이터를 담뱃갑에서 꺼내자 사랑이 불순한 시선을 쏘았다.

"아니, 도와줘도 지랄이야."

모휘는 괜히 바락바락 화를 냈다.

"무서워, 깡패 아저씨."

사랑이 제 입을 틀어막으며 호들갑을 떨었다. 3층 가면 손봐주겠다. 모휘는 결심했다.

사랑은 바람 가르는 소리를 내며 팔을 풀었다. 우주가

세게 던지면 안 된다고 말리려는데, 사랑이 화염병을 살짝 굴렸다. 목표 위치로 정확히 굴러간 병에서 불이 주변으로 번지며 경계를 만들었다. 잘된 일이지만, 우주는 어쩐지 열이 받았다.

문제는 깨진 창문으로 들이치는 비였다. 낮보다 빗줄기가 거세 불이 도무지 높이 올라오지 못했다. 여러 개를 거듭 굴려대며 겨우 문이 열리기까지 시간을 벌었다.

구조 안내 매뉴얼에 따라주셔서 감사합니다. 현재 시각 오전 6시, 3층 문이 개방되었습니다.

사육제가 흐름과 동시에 낮아진 불꽃을 하트들이 겅중 뛰어넘었다. 하린은 손에서 피어나는 마지막 병의 새파란 불꽃을 물끄러미 내려다보았다. 괴물들은 물론 하린조차 태울 것처럼 일렁였다. 제발 오래 버텨줘, 낮은 불꽃에 대고 간절히 기도하는 우주의 손에 들린 물총을 하린이 낚아챘다. 그리고 자신의 몸에 쏘았다.

소독제로 흠뻑 젖은 하린이 병 끝으로 제 가슴팍을 찔렀다. 불이 순식간에 하린의 전신으로 번졌다. 하린은 불꽃이 되어 친구들에게 질주하는 괴물들을 걷어냈다. 끔찍하게 아팠지만 이보다 원하던 죽음은 없었다. 주춤거리는 하트들에게로 한 발을 더 내디딜 때였다. 거센 연기가 하린을 감쌌다. 어디선가 목소리가 들렸다. 누군가 하린의 이름을 부르며 울부짖는…… 길게 늘어진 하얀 호스가 불쑥 밟혔다.

"하린아!"

눈물 콧물 범벅이 된 우주가 호스를 쥐고 있었다. 소화전과 연결된 줄에서 소화액이 뿜어져 나왔다. 뭐 하는 짓이야. 다치면 어쩌려고. 시간도 없는데. 울컥한 하린이 고함쳤다.

"넌 올라갔어야지!"

"널 두고 어떻게 가!"

서로 화를 내는데 쓰러져 기던 괴물이 우주의 다리에 매달렸다. 하린이 걷어 차냈지만 괴물의 손에 다리를 긁힌 우주는 주춤하고 말았다. 괴물은 허겁지겁 우주의 떨어진 살점을 빨고 씹어 먹었다. 그 틈을 타 이대로는 문까지 올라가지 못한다고 판단한 하린이 우주를 안아 들었다. 혼자였다면 내려가면 내려갔지 오를 일 없는 계단이었다. 그러나 간절해졌다. 우주를 살리고 싶었다.

1분 뒤 문이 닫힙니다. 조속히 진행해 주시기 바랍니다.

"우주야, 정신 차려. 올라가야지!"

하린은 어느새 울면서 계단을 오르고 있었다. 화상 입은 피부가 욱신거렸고 온몸의 구멍에서 진물이 새어 나왔지만, 그 어느 때보다 필사적이었다. 구토하고 싶을 만큼 강렬한 심장 박동이 느껴졌다. 가슴이 맞닿아 있어 이 박동이 우주의 것인지 하린의 것인지 알 수 없었다.

"포기하지 마, 얼마 안 남았어. 끝까지 가야 돼."

다리가 문제가 아니야. 포기하면 마음이 망가져. 망가진 마음은 재건하는 데 아주 오래 걸려. 스스로 구하지 않는다면 네가 전부 망가지고 말 거야. 죽는 데에 죽을힘을 쓰다가 이젠 사는 데에 죽을힘을 쓰는 하린의 등에 우주가 이마를 댔다.

"거봐, 강하린. 넌 죽고 싶은 게 아냐."

사육제의 중심에서 유일하게 다정한 것이었다.

"너무 잘살고 싶어서 그런 거야."

뛰어드는 둘을 사랑이 받았고 여태 문을 잡고 버티던 모휘가 손을 놓았다. 방화문이 무겁게 닫혔다. 사랑은 우주와 하린의 상태를 확인했다. 하린이 우주의 다친 다리에서 더 이상 피가 새지 않도록 꽉 눌렀다. 강박적인 손길이었다. 감각이 있냐고, 걸을 수 있겠냐고, 거듭 물었다. 우주가 끄덕이자 하린이 흐느꼈다.

"다행이다, 진짜 다행이다."

우주는 화상 입은 하린을 조심스레 끌어안고 토닥였다. 안긴 하린의 등이 들썩였다. 걱정된 우주가 눈을 마주치려 얼굴을 내리던 때였다. 규칙적이던 하린의 울음이 점점 어긋나더니 종래엔 경련을 일으켰다. 사랑이 우주를 하린에게서 떨쳐냈다.

"속이 안 좋아."

속삭인 하린의 동공이 마구 굴러가기 시작했다.

"봐봐, 어디가 아픈데?"

모휘가 하린의 팔을 붙잡았다. 하린은 고슴도치처럼 웅크렸다. 바닥을 닥닥 긁었다. 빠진 손톱이 열매처럼 터졌다. 힘없이 벌어진 입에서 끈적한 체리색의 액체가 급류처럼 줄줄 흘렀다. 사랑이 하린의 등을 짚는 모휘를 뒤로 걷어찼다. 우주에게도 황급하게 소리쳤다.

"숨 참아!"

하린은 시럽을 구토했다. 고통에 바둥거리는 다리 사이로 당장 코를 박고 싶을 만큼 달콤한 향기가 풍겼다. 사랑도 하린도 모휘를 밀었지만 모휘는 떨어지지 않고 계속 달라붙었다. 그러게 왜 몸에 불을 붙였냐고 울먹였다. 정말 이걸 원했냐며 다그쳤다.

모휘의 입을 손으로 누르던 사랑이 화장실에서 퍼 온

물을 바닥에 붓고 대걸레로 벅벅 닦았다. 냄새를 없애야 했다. 습기 어린 실내가 한층 눅눅해졌다. 창자를 게워낼 듯 구역질하던 하린의 몸이 축 늘어졌다. 소란이 잠잠해 지자 사랑이 주저앉았다. 여태 곁에서 버티던 모휘가 죽지 말라며 하린의 손을 잡았다. 하린이 그 손에 깍지를 끼어 왔다. 천천히 고개를 들었다.

"나 안 죽어, 모휘야. 살고 싶어."

"하린아, 너…… 얼굴이."

상처 하나 없이 깨끗해진 하린이 숨을 느리게 내쉬었 다. 호흡의 온도를 오랜만에 감각했다.

"계단 올라오는데…… 너무 따뜻했어."

등에 업힌 우주는 하린이 스스로 지핀 불꽃보다 따뜻 했다.

"그래서 살고 싶어졌어."

다시 나를 호흡시킨 찰나의 온기. ……너와 함께일 때처럼.

다시 자신의 얼굴로 돌아온 하린의 불티가 번졌다. 우주의 곁에 선 그에게로.

"……"

모휘는 하린의 시선을 따라갔다. 그 끝엔, 무표정한 사랑이 있었다.

내가 사랑하는 사람이 나를 사랑하지 않는 감각은 뚜렷하다. 아무리 외면해도 모를 수 없다. 내가 애써도 너는 결국 그 애를 보는구나. 너한테 내 자리는 없구나. 있었대도, 그 애의 대용이었구나. 그 애가 돌아오면 너는 나를 버리겠구나. 우리가 한 약속들은 허황한 낭만이고 한낮에 꾼 꿈이었구나. 우리의 추억은 다르게 기억됐구나. 난 너한테 아무것도 아니었어. 난도질당한 모휘의 심장은 너절해졌다. 가슴께가 뻑적지근하게 아파왔다. 차라리 심장을 꺼내서 버리고 싶었다. 하린이 살아서 다행이란 기쁨은 순식간에 가셨다. 분명 안겨 있는데 추워졌다. 모휘는 최선을 다해 뜨거운 위로를 전했다. 마지막이란 예감이 들어서였다.

"돌아와서 다행이야."

말뿐인 걸 안다. 받아줄 이 없는 애정은 증발되는 게 순리기에. 비참히 말라버린 마음의 사막에서, 모휘는 길을 잃었다.

15

현재 여러분이 계신 위치는 3층입니다. 옥상으로 올라가기 위해서 3층의 구조 조건과 부합해야 함을 알려드립니다. 구조 조건은 다음과 같습니다.

하트화되지 않은 인원에 한해, 오전 11시까지 4층 방화문 앞으로 집결하십시오. 조건과 부합하지 않을 시 구조에 어려움이 있음을 알려드립니다.

3층 계단 옆 교실은 음악실이었다. 교과서에나 나오던 악기들이 먼지를 뒤집어쓴 채 자리했다. 본교의 것과 같았지만 훨씬 낡아 있었다. 피아노 페달은 뻑뻑해 끝까지 밟히지 않았고 건반은 뻐드렁니처럼 들쭉날쭉했다. 조율사의 손을 10년 전에나 탄 모양새였다. 하린과 사랑은 피아노의 오른손과 왼손을 각각 연주했다. '미'인데 '도' 소리를 내는 백건을 난타하던 하린이 중얼거렸다.

"나 이제 내 맘대로 살려고."

"응원할게. 사는 건 네 맘대로여도 박자는 맞춰줄래?"

"그래서 말인데."

"저음은 아예 소리 안 나. 이 피아노 진짜 심각하네."

"말해줄까? 내가 너 버린 이유."

사랑의 손가락이 엇나갔다. 뒤틀린 음이 유리창을 때리는 빗소리와 섞여 멀리 울려 퍼졌다. 불협화음 속에서 하린이 목소리를 쥐어짰다. 1층에서부터 내내 맴돌던 질문이었다.

"1층에서…… 문 왜 닫았어?"

"네가 닫으라고 했잖아."

곧장 대답하는 사랑의 음성은 건조했다. 하린이 픽 웃었다.

"그러게, 사람 마음이 간사하네. 내가 닫으라고 했는데 진짜 날 내버려두고 닫으니까 짜증 나고, 헤어지자 난리 쳐 놓고 돌아가고 싶기도 해. 이제 와서."

"……"

"너는 아직도 하늘이가 빠진 물에 잠겨 있는 거야. 그 트라우마에서 벗어날 생각도 없고. 내가 보기엔 그래서 헤어졌어. 난 네가 없으면 나아질 것 같았거든."

"……"

"그땐 그랬고 지금은 후회해. 내 실수였어."

잠자코 듣던 사랑은 하린의 마음을 멋대로 결론지었다. 웬 얼굴 변한 식인종이 날뛰니까 힘들어서 흔들리는 것뿐이라고. 모든 게 낯선 환경에서 상대적으로 익숙한 자신이 미화된 모양이라고. 상대가 한계에 몰려 이성을 잃을 때 대신 중심을 잡아주는 게 예의고 제 역할이라 여겼다. 그래서 사랑은 침묵을 고수했다. 반응을 기다리던 하린의 숨소리가 포기로 가라앉을 때까지. 지친 하린이 바닥에 눕자 사랑은 커튼을 다 친 후, 음악실 문을 소리 없이 닫고 나갔다.

혼자 남은 하린은 무거운 눈꺼풀을 닫았다 열었다. 누가 저렇게 해달랬나. 하여튼 쓸데없는 배려.

그날도 그랬다. 비 오던 운동장. 헤어지자 일방적으로 내뱉고 매정히 돌아서는 하린의 손에 사랑은 우산을 쥐여줬다. 그 와중에도 손잡이를 소매로 닦고 건넸다. 뭐가 달라지는데. 이미 너나 나나 우산이나 다 젖었는데. 사소한 다정이 그 장면을 곱씹게 했다. 자꾸 사랑을 돌아보게 만들었다. 하린은 멍든 것처럼 아파오는 가슴을 짓눌렀다. 천사랑, 너 알고 그러는 거지. 다 알면서 일부러……

✦

우주는 울적했다. 다친 다리가 아팠고 사탕 가방은 2층에 흘렸다. 그래서 꾸역꾸역 위장에 음식물을 쌓았다. 모휘는 함께 먹어주다 피 묻은 체육복을 빨러 갔다. 하린이 혼자 남은 우주에게 걸어왔다. 양 볼이 빵빵해진 우주 앞에 무릎을 굽히곤 대뜸 물었다.

"너 천사랑 좋아해?"

우주가 물을 고래처럼 뿜었다. 하린이 떨어진 물병 뚜껑을 주웠다. 내가 미쳤냐 대가리에 총 맞았냐 우주가 길길이 날뛰는 동안 하린은 물병을 닫았다.

"그럼 도와줄래?"

"응? 뭘?"

"사랑이랑 풀고 싶어."

"쟤 단순해. 가서 등짝 한 대 갈겨."

"다시 사귀면 더 좋고."

소매로 입가를 닦던 우주가 멈칫했다.

"아, 그런 얘기."

천둥에 이어 번개가 번쩍 쳐서 겨우 정신을 차렸다. 과격한 빗소리 때문인지 실내에 있는데도 비에 젖는 것 같았다. 우주는 진작 깔끔해진 입 주변을 계속 문댔다.

"그냥 소망이야. 될지 모르겠어."

"왜?"

"내가 잘못을 했거든."

하린은 약한 소리를 했지만 감처무는 입술에선 묘한 자신감이 풍겼다. 듣던 우주가 코웃음 쳤다.

"네가? 잘못을 했다면 천사랑이 했겠지."

"뭐, 물론 개도…… 무결하진 않은데."

"그니까. 왜 재회하려 해. 굳이 지옥에 다시……."

"나 마조인가 봐."

우주는 피식거렸다. 하나도 웃을 일이 아닌데 웃었다.

"지금이라도 바로잡으려고. 전처럼 살기 싫어. 이제 잘해보고 싶어, 뭐든."

"포기하면 안 되니까?"

하린이 깊게 끄덕였다.

"도와줄 수 있지?"

우주는 대답을 보류했다. 하린의 눈에 적을 두고 달려가는 자의 생기가 돌아서, 솔직해지기 망설여졌다.

"뭘 해야 돼, 내가?"

우주가 조심스레 물으며 상의를 구겨 잡았다. 아까부터 살살 아프던 배가 거슬렸다. 아무래도 빈속에 단 걸 무작정 집어넣어서인가 보다.

"우선 소독 좀 하면서 말하자."

하린이 우주의 다친 다리를 살폈다. 잇자국을 따라 연고를 바르고 붕대를 감았다. 별거 안 한 것 같은데 걷기 편해졌다.

"이런 건 어디서 배웠어?"

우주가 감탄하자 하린은 웃기만 했다.

"고마워, 우주야. 네가 이렇게 착한 앤지 몰랐어."

반면 하린의 칭찬에 우주는 웃을 수 없었다. 여기 들어와서 변했다 얼버무릴 수밖엔 없었다.

✦

'천사랑은 날 피할 거야. 절대 우리 둘만 남지 않게 너나 모휘한테 붙겠지. 그러니까 네가 모휘 붙잡아서 어떻게든 나랑 사랑이 둘이 있게 만들어줘.'

과연 그럴까 의아했는데 하린의 예상대로였다. 사랑은 모휘 곁에서 끝없이 얼쩡거렸다. 뭐 하나 시비 걸고 괜히 뒤통수를 한 대 치고 도망가고, 큰일 났다 도와달라 요란을 떨어 가봤더니 좀 씻으라며 물을 끼얹었다. 걷는데 발 걸고 고민 있다더니 모휘의 허벅지를 베고 잠이나 잤다. 왜 이렇게 딱딱하냐 꼽도 줬다. 지 베개 하라고 달린 다리가 아닌데. 물론 모휘도 같이 존 건 비밀이다. 그렇게 한참 끌려다니다 보니 이 짓까지 하고 있다. 모휘는 팔을 대충 돌리며 힘껏 투덜거렸다.

"갑자기 캐치볼을 하자고 지랄이야."

"인간은 몸을 움직여야 심플해져."

사랑은 성의 없이 공을 받으며 잘난 척을 했다.

"캐치볼은 콩글리시야. 정확히는 플레잉 캐치라 하지."

"물어본 사람?"

공은 포물선으로 날아 사랑의 손바닥에 안착했다.

"야, 신나게 좀 해봐."

사랑이 짜증 내거나 말거나 모휘는 눈을 느리게 껌벅댔다. 하품도 쩍 했다. 툭 치면 잘 것 같았다.

"표정 풀지? 공을 네 입에 넣어줄까?"

목소리만 고운 사랑의 협박에 모휘가 윗니를 작위적으로 드러냈다. 마스코트처럼 치켜올린 엄지까지 화룡점정이었다. 사랑의 얼굴이 구겨졌다. 저게.

좀 전 둘은 음악실 옆 비품실에서 공과 글러브 등을 찾았다. 귀찮아하던 모휘는 튀어나온 축구공에 반응했지만, 사랑이 다시 구석으로 굴려버렸다. 사랑은 모휘의 원바운드 제안을 묵인하곤 캐치볼을 강요했다. 그 결과가 이거였다. 심술을 좀 부렸더니 사랑은 금세 시무룩해졌다. 모휘는 마음이 약해져 글러브를 고쳐 꼈다.

"알았어, 다시 해."

확실히 몸을 움직이니 사랑의 말대로 머릿속이 깨끗해졌다. 그래서 모휘는 공과 말을 심플한 직구로 던졌다.

"왜 강하린 두고 문 닫으려 했어? 진짜 죽이려고?"

순간 삐끗해 공에 얼굴을 맞을 뻔한 사랑이 모휘를 몰아갔다.

"방금 페이크 써서 점수 딸려 그랬지. 야비한 자식아."

모휘가 힘껏 변명해 봤지만 말싸움으론 사랑의 적수가 안 됐다. 말꼬리를 기십 번 잡히고서야 꼬리를 내렸다.

"예, 예. 제가 죄인입니다. 페어플레이, 페어플레이."

"주의해."

사랑은 손가락까지 흔들며 경고했다. 그러고는 질린 표정을 한 모휘 쪽으로 공을 던지며 질문을 되씹었다. 강하린을 죽이려고 했나니. 바보 같긴. 그럴 리가 있냐. 정말 문이 닫히기 직전엔……

'못 참고 달려들었겠지.'

분명히 그랬을 테다. 사랑의 가슴팍이 크게 올라갔다 내려갔다. 습기처럼 밀려오는 습관적인 두통에 관자놀이를 짚는데, 모휘가 문득 불렀다.

"야, 천사랑."

"왜."

"뭐가 됐든 나 이용하지 마. ……기분 개 같으니까."

말을 마친 모휘가 공을 던졌다. 너무 높이 뜬 공이 형광등을 깼다. 와장창 소리를 내며 부서진 전등의 잔해가 쏟아짐과 동시에 급박한 경보음이 교내를 뒤흔들었다.

"뭐야, 이거. 내가 등 깼다고 울리는 건가?"

"그럴 리가 있겠냐."

사랑이 비웃었지만 종소리는 확실히 전과 달랐다. 훨씬 불길하고 시끄러웠다.

16

안녕하세요, 열매고등학교 캠프에 참가해 주신 여러분. 구관 구조팀에서 안내 말씀드립니다. 당일 오전 11시 옥상 문이 개방 예정이었으나, 차질이 생김에 따라 새롭게 안내드립니다. 각 교실에 구비된 모니터를 봐주십시오.

온기 없는 기계 음성과 함께 각 교실의 모니터가 단번에 켜졌다. 우주와 하린도 둘을 찾아 달려왔다. 화질 나쁜 흑백 CCTV 화면에 싱크대와 트레이, 가스레인지 등이 보였다. 모휘가 인상을 찌푸렸다.

"급식실 아니야?"

"아냐, 조리실이야."

사랑이 가리킨 화면에는 스테인리스 통이 있고 바로 옆 조리대에 늘어진 덩어리가 보였다. 관찰하던 하린의 눈이 커졌다. 덩어리는 죽은 하트였다. 난도질된 몸에서 흐르는 피가 육개장이 담긴 국통으로 떨어지고 있었다.

"미친, 내 말이 맞지. 내가 저거 찜찜하댔지!"

모휘가 머리를 뜯으며 날뛰었다. 벙벙해진 우주가 마구 끄덕였다.

여러분은 모두 감염되었습니다. 해독제를 나눠서 섭취하세요. 하트화되지 않은 인원에 한해, 오후 6시까지 4층 방화문으로 집결하십시오. 조건과 부합하지 않을 시 구조에 어려움이 있음을 알려드립니다.

해독제는 3층으로 올라오며 잃어버렸다. 하린에게 준 걸 빼곤. 남은 게 있나 물으려던 우주가 생각에 잠겼다.

"영상도 메시지도 이상한 점이 있어."

우주는 뜬금없이 음모론을 제기했다.

"밥 따뜻했잖아. 누가 직전에 만든 거야. 저 조리실에서."

"그게 왜. 어쩌라고."

사랑만이 그 말에 집중했다. 비록 어조는 시비 투였지만. 덕분에 자극받은 우주가 설명을 시작했다.

"누가 음식을 했겠어? 여기 우리 말고 없는 거 아니었어? 영상이 사전에 조작되었을 가능성이 높지. 누가 있다

해도 이상해. 같이 위로 올라가야지, 왜 숨어 있어? 일부러 헷갈리는 상황 만들려는 게 아니고서야."

"한 줄 요약 좀."

틱틱거리는 사랑의 입을 모휘가 막았다. 우주는 한 손으로 모휘에게 감사를 표했다.

"안내 방송의 목적이 못 미덥단 거야. 감염자 특징이 뭐야."

"얼굴이 변한다."

하린이 우주의 질문에 대답했고, 장내가 식었다. 번갈아 확인한 서로의 얼굴은 멀쩡하기만 했다. 모휘가 끄덕거렸다.

"생각해 보면 우리 국 안 먹었어. 입맛 떨어져서 그랬던 건데 신의 한 수네."

당혹은 가라앉고 의혹이 부상했다. 정체를 숨긴 메시아일까? 칼을 품은 스파이일까? 우주는 천장에 달린 스피커를 응시했다. 낡고 새까만 스피커는 좀처럼 속을 들여다볼 수 없었다.

당장 판단하거나 움직일 근거가 부족했기에 각자 시간을 좀 가지기로 했다. 옥상으로 다르게 나갈 방법은 없을까 고민하던 우주는 복도에서 엘리베이터를 발견하고 멈췄다. 급식을 운반하던 엘리베이터였다. 어쩌면 이걸로 해독제를 구하러 다시 2층에 갈 수 있을지도 모른다는 생각을 하는데, 엘리베이터의 문이 열리고 쏟아져 나온 누군가가 우주를 움켜쥐었다. 우주는 너무 놀라 소리조차 지르지 못하고 몸을 비틀었다. 그러나 그 손은 우주를 붙잡고 절대로 놓지 않았다. 무작정 잡히는 것으로 상대를 겨누던 우주의 눈이 커졌다.

"너……!"

"고, 고, 곧 변할 것 같아."

온몸이 땀으로 젖은 황래오였다. 명찰이 달린 교복 셔츠는 너덜너덜했고 육개장으로 추정되는 빨간 국물이 군데군데 튀어 더러웠다.

"나, 나, 국물, 육개장 먹었어. 배고파서 그랬는데, 근데."

래오의 얼굴이 붉어졌다 퍼래졌다 했다.

"나, 난 해독제 맞을 거야. 무서워. 무, 무서워. 난 살고 싶어."

아연해진 우주는 제게 매달리는 래오를 바라만 봤다.

✦

다행히 하린에겐 해독제 여분이 있었다. 우린 괜찮으니 래오에게 나눠주자고 우주가 말했지만 하린이 극렬히 반대했다.

"방송의 진위도 의심되는 상황에 국물 좀 마셨단 이유로 무작정 해독제를 맞히는 건 위험해. 내가 겪어보니까 부작용도 심했고."

그래도 결과적으로 하린은 돌아왔다. 만사가 불확실한 이 공간에서 유일한 쾌거였다. 그럼 해볼 만하지 않나, 모휘는 하린을 이해하기 어려웠다.

"너만 돌아오겠다는 놀부 심보야?"

모휘와 같은 생각을 했는지 사랑이 비죽거렸다. 하린은 돌아보지도 않고 사랑의 정강이를 깠다. 사랑은 벽을 짚고 잠시 조용해졌다. 저렇게 다뤄야 하는구나. 우주는 하린에게서 가르침을 얻었다.

"좀 나눠주면 어때서."

모휘는 하린의 반대편에 섰다.

"나 못 믿어?"

하린의 표정에 서운함이 설핏 스쳤다. 우주도 읽을 정도로 분명했는데 모휘는 모르는 듯싶었다. 놀라울 정도로 갑자기 하린에게 무심해진 모휘였다.

"믿고 못 믿고를 떠나서 래오가 결정해야지. 어때, 래오야. 넌 부작용 있어도 괜찮아?"

"상관없어. 그, 그 괴물들처럼 되지만 않으면."

래오가 웅크렸다. 모휘가 그나마 응석을 받아주자 득달같이 붙어 징징거렸다. 그러나 하린의 입장은 강건했다. 인간을 향한 연민이라고는 조금도 엿보이지 않는 하린을 보자 모휘는 슬슬 짜증이 올라왔다. 왜 저렇게 이기적이지. 사랑의 말대로 놀부 심보가 아니고서야. 헛웃음 친 모휘가 중얼거렸다.

"솔직히 무슨 상관이라고 자기가 맞으라 마라……."

해독제를 맞고 안 맞고는 래오의 자유였다. 줄 수 있다면 주는 게 모휘의 입장에선 당연했다. 차가운 반응에 속상해진 하린이 부러 못되게 대꾸했다.

"멋대로 처먹고 하트 된 건 그럼 나랑 무슨 상관인데."

"야!"

분개한 래오가 하린에게 덤볐고 힘에 밀린 하린이 넘어졌다. 무릎이 쭉 쓸리며 피가 철철 흘렀다. 놀란 모휘가 하린을 끌었다. 사랑은 반사적으로 래오를 걷어차다 뒤늦게 우주의 눈치를 봤다.

"아니 눈앞에 뭐가 구르길래 놀라서."

"놀랐는데 왜 발이 나가냐고. 사람이 축구공이야?"

아니나 다를까 우주가 발칵 화를 냈다.

싸우는 둘을 뒤로한 채 모휘와 하린은 교실을 나서 멀리 떨어진 음악실로 들어갔다. 둘을 둘러싼 공기에 고요가 더해지자 심해 같은 압박이 느껴졌다.

"이제 내가 싫어?"

견디지 못한 하린이 먼저 물었다.

"그래, 너도 질릴 때 됐지. 이 정도도 오래 버텼다 싶어. 나 구려, 원래."

하린은 자조적으로 지껄이며 손톱 옆 거스러미를 뜯었다. 모휘는 새빨갛게 피가 맺히는 하린의 상처를 물끄러미 봤다. 전처럼 유혹적인 향이 아닌 그저 인간의 비린 혈액일 뿐이었다.

"질린 게 아니라 인간적인 실망이야."

"실망?"

"네가 이런 사람인 줄 몰랐어. 너만 힘들어? 다 힘들어. 다 걱정 많고. 한 명이라도 살려야지. 왜 심통 부리는 거야, 대체?"

"그런 거 아냐."

"아님 뭔데."

"그냥 내 말 믿어줄 순 없어? 해독제 맞으면 안 돼."

"왜? 넌 돌아왔잖아."

"나도 모르겠는데 아무튼 안 돼."

"그러니까 왜? 뭐 알아?"

"묻지 말고 믿어줘."

"말을 안 하는데 어떻게 믿어?"

모휘의 언성이 높아졌다. 눈과 코, 입과 턱을 벅벅 문지르더니 창밖을 가리켰다.

"넌 상황 파악이 안 돼? 우리 좆됐어. 사람 먹는 괴물들이랑, 비 존나 오고, 존나 높은 산에 갇혀 있다고!"

"……."

"밖에선 뭔 개소리를 해도 돼. 말하기 싫으면 너 잘하는 대로 입 다물고 네 멋대로 하라고. 근데 여기선 안 돼."

"……."

"그니까 당장 말해. 아는 게 있으면."

"해독제 맞으면 안 돼. 그게 다야."

하린도 답답한지 발을 구르며 애원했다. 절대 안 돼. 왜냐면. 하지 못한 말들이 뭉쳐서 뱃속을 쾅쾅 울렸다. 그러나 말하지 않는 마음을 알아주길 바라는 건 사치다. 펄펄 끓던 모휘는 찬물을 끼얹은 것처럼 일순 싸늘해졌다.

"하고 싶은 말만 골라 하면 다야?"

"내가 언제."

"그렇잖아. 천사랑하고 있었던 일도, 너 죽으려고 한 것도 난 하나도 몰랐어."

명백히 하린을 겨누는 적의였다. 모휘는 제자리를 빙글빙글 돌다가 문을 걷어찼다. 돌아와 하린을 뚫어져라 보는 눈알의 핏줄이 불거져 터질 것 같았다. 화가 난 것 같기도 우는 것 같기도 했다.

"그동안 좋았냐? 넌 재밌었겠다. 내가 개새끼처럼 꼬리 흔들면서 헥헥대니까."

"……."

"나만 씨발, 병신 만들고……."

너도 네 얘기 안 했잖아. 하린은 속으로 항변했지만, 사실 알고 있었다. 솔직히 내가 너무 힘들어서 남은 안중에도 없었단 걸.

"그럼 그만해."

마음과 달리 내뱉는 말은 뾰족했다. 다쳐본 사람들의 단점이다. 고통의 기억이 끔찍해서 스스로를 보호하기 급급해 되레 가시를 세운다. 내가 또 아파질까 무서워서 상대를 상처 낸다. 함께 안전하고 싶은데, 못나게 나만 챙기고 만다.

"솔직히 우린 그냥 사람이 너무 필요했을 뿐이야. 그래서 빨리 친해진 거야. 그게 다야."

같이 나아지고 싶었는데…….

"진심이야?"

모휘는 칼에라도 찔린 표정이었다. 하린은 알면서도 멈추지 못했다.

"꼭 네가 아니라도, 아무나여도 좋았어."

듣기만 하던 모휘의 귓가에 핏기가 돌았다. 어깨까지 경직될 만큼 주먹을 쥐고 뭐라도 부술 듯 상처 입은 마음이 부풀었다가,

"그래, 맞아."

돌연 가라앉았다.

"관두자."

모휘는 돌아보지 않았다. 미련 없이 교실을 나갔다.

성질난 발걸음 소리가 옅어지자 하린은 벽을 찼다. 다리가 통째로 욱신거렸다. 치마 아래 받쳐 입고 있던 체육복 바지를 걷었다. 래오 때문에 긁힌 무릎의 상처가 깊었는지 피가 바지에도 뱄다. 복도 수돗가에서 피로 물든 체육복을 빨았지만, 문질러도 문질러도 지워지지 않았다. 붉은 물이 계속 배어 나왔다. 천을 벅벅 비벼대는 하린의 앞으로 손 하나가 침범했다. 사랑이었다. 사랑의 손이 아무렇게나 틀어둔 수도꼭지를 파란 쪽으로 돌렸다.

"찬물에 빨아야 없어져."

둘은 잠시 모휘에 대한 얘기를 나누었다.

"모휘는 걱정하지 마. 걘 강하니까."

사랑은 덤덤하게 모휘를 평가했다. 그리고. 이어 말하려던 입술이 느려지더니 하린의 손에 시선을 고정하곤

떨떠름해졌다.

"줘봐. 그래서 어느 세월에 얼룩이 빠지냐."

"됐어, 내가 할게. 더러워."

"그러고 있는 게 더 드러워."

사랑이 답답해하며 하린의 바지를 채갔다. 평소 같았으면 거절하는 시늉이라도 했을 텐데 하린은 그냥 내버려두었다. 맞닿은 팔로 원래도 조금 높은 사랑의 체온이 느껴졌다. 그리웠고, 좋았다. 옆에만 있어도 따뜻했다. 저 손엔 마법이라도 걸렸나 보다. 온기를 주고, 죽어도 안 지던 붉은 기를 지게 만들었다. 바지를 통과해도 투명한 물이 수챗구멍으로 소용돌이치며 빨려 들어갔다.

이 풍경은 비현실적이다. 괴물들이 설치는 학교도, 나란히 존재하는 너와 나도.

하린은 사랑을 버린 걸 후회했다. 못난 모습을 보이기 싫었던 자존심이든 부담을 지우기 싫었던 배려든 함께일 수 없다는 게 이만큼 힘들지 몰랐다. 얼굴을 맞대고 나서야 매일 가라앉고 있었단 걸 깨달았다. 사랑이 하린의 튜브였다. 그런 주제에, 너라도 없으면 나을 것 같다니. 감히 내가. 말도 안 되는 오만이었다.

최후라 여기며 불꽃에 휩싸일 때, 세포 하나하나가 분절돼 알알이 붕괴되는 고통 속 하린의 망막에 맺혔던 장면이 있었다. 비 내리는 운동장에 홀로 남겨졌던 사랑이었다. 기회가 있다면 유령이 되어서라도 그 애를 안아주고 싶었다. 신 따위 믿지 않는데 그거 하나만은 기도했다. 하린은 과오의 해일에 빙글빙글 휩쓸리는 난파선이었다. 치솟는 파고에 잠겼다. 진심이 울컥 토해졌다.

"사랑아."

너에겐 너의 다정함이 사소하지.

"응."

그 사소한 물결이 나한텐 재난이야.

"우리 다시 만나자."

그리고 나는 살고 싶어.

17

우주가 하린의 발목을 잡았다. 종아리를 조심스레 끌어 피 맺힌 무릎에 빨간약을 발랐다. 새별의 구급상자는 요긴하게 쓰였다. 볼 때마다 선생님 생각이 나서 마음이 아팠다. 여기까지 살아남을 수 있었던 건 의지나 능력 덕분이 아니다. 다른 사람들의 희생과 조금 좋은 운 덕분이란 걸 알았다. 그래서 우주는 자꾸 뒤를 돌아보게 됐다. 자신을 태우려는 하린을 놓고 갈 수 없었다. 래오의 부탁도 저

버리지 못했다.

"해독제를 반대하는 너만의 말할 수 없는 이유가 있는 거지."

"……응."

하린이 힘겹게 끄덕였다.

"알겠어, 존중할게."

동시에 우주는 어떻게든 방법을 찾아야겠다 생각했다. 하린이 주지 않는다면 2층에 다시 내려가서라도……. 결심하는 우주의 어깨를 하린이 두드렸다. 조심스러운 손길이었다.

"이해해 줘서 고마워."

이 말론 부족했다. 네 판단을 존중하겠단 말에 눈물이 팽 돌았던 하린의 마음은 훨씬 컸기에 한참 고민하다 덧붙였다.

"네가 배모휘보다 백 배 천 배 만 배 낫다."

우주가 키득거렸다.

"배모휘가 천사랑 킬 노리나 봐. 둘이 있을 틈을 안 줘."

"그러게."

하린은 벌게진 코끝을 손으로 비비며 방긋거렸다. 우주는 하린의 다리에 코까지 박고 상처를 관찰했다.

"아프지."

"괜찮아. 살짝 긁힌 거야."

민망해진 하린이 치맛단을 내리자 우주가 다시 접었다.

"아직 다 안 발랐어. 꼼꼼하게 안 하면 덧나."

하린이 자신을 낮게 해준 만큼 우주도 돌려주고 싶었다. 손끝까지 힘이 들어갈 정도로 집중했다. 하린은 진중한 우주의 얼굴을 봤다. 이마부터 내려오던 시선이 턱에서 멈췄다.

"우주야."

"응."

"나…… 다시 만나자고 말했어."

우주가 손을 멈췄다가, 짐짓 평온하게 물었다.

"천사랑이 뭐래."

"슬픔은 나누면 두 배가 된대, 반이 아니라."

솔직히 사랑의 말이 맞다고 우주는 생각했다. 하린은 착잡하게 말을 이었다.

"요즘 좀 힘든가 봐. 잠을 내내 못 잔 것 같더라고."

"잠을 왜 못 자?"

우주에게 사랑은 머리만 대면 자는 이미지였다. 잠버릇도 어찌나 고약한지 어릴 적 그 팔에 짓눌린 게 한두 번이 아니었다.

"예민하잖아, 천사랑."

"그런가."

도통 모르겠다는 듯 갸웃대는 우주를 보는 하린의 입가가 묘해졌다. 한참 말을 고르다 우주의 볼을 꼬집었다.

"애기야."

여전히 어리둥절한 우주가 꼬집힌 볼을 만졌다. 하린은 한숨 자겠다며 우주의 무릎을 베고 누웠다. 창가에 널어둔 하린의 체육복 바지는 느리게 말랐다. 지독한 장맛비 때문이었다. 우주는 무료함을 견디기 위해 시집을 폈다. 출처는 모르겠지만 아까 사랑이 오다 주웠다며 줬다. 정제된 단어가 골라진 글을 읽다가 잠든 하린을 내려다봤다. 하린은 꼭 불순물을 걸러내고 만들어진 공예품 같았다. 사랑과 하린은 너무 잘 어울리는 한쌍이었다. 그 사이에 우주의 자리는 없는 것 같았다. 괜스레 슬퍼졌다. 하린의 머리를 조심스레 내리고 화장실로 향했다. 수도꼭지 아래로 얼굴을 박고 물을 틀었다.

내가 천사랑이어도 강하린을 좋아했다. 싫은 사실을 인정하며 우주는 머리카락이 다 젖을 만큼 세수했다. 그래도 꼬리에 꼬리를 문 생각은 멈추지 않고 사랑과 하린의 궤도로 우주를 차 넣었다. 솔직히 우주의 눈에도 하린은 매력적이었다. 슬픔에 젖은 얼굴은 물망초처럼 청초했다. 나도 두근거리던데 천사랑 눈엔 어땠을까. 우주는 물이 넘실대는 세면대에 자신을 비춰 봤다. 날씨 탓인지 코와 입 주변에서 꿉꿉한 물 냄새가 났다. 익숙한 냄새였다. 맡다 보면 국화가 놓인 액자 속에서 웃는 얼굴과, 액자 앞에서 우는 얼굴이 공존하는 열두 살의 세계로 빨려 들어갔다. 그 세계는 필름처럼 이어져 있다. 하늘의 이름을 목 놓아 부르는 장례식장의 울음소리에서 시작해 우주가 미끄러지던 고비들마다 연결돼 있다.

'하늘이는 정말 특별한 애였어. 신도 그 아이가 아까워서 빨리 거둬 가신 건가 봐.' '하늘이가 불쌍해. 그렇게 죽을 애가 아니었어.' '쌍둥이라도 다르네.' '확실히 동생은 언니보다 못하구나.'

가시 같은 말들이었지만 솔직히 우주도 동감했다. 언니는 공부도 운동도 잘하고 나처럼 그늘지거나 꼬인 구석 없이 성격도 좋았는데. 거시적으로 보면 세상의 손해 아닌가? 나보다 언니를 남겨두지. 왜 이런 비효율적인 사고가 일어난 걸까? 심지어 언니와 난 쌍둥이라는, 대놓고 흡사한 존재인데 무슨 기준으로 운명이 갈린 걸까. 왜 너만 죽고 난 살았어? 불합리해. 문제집이라면 못 참고 뒷장의 해설지를 봤을 텐데. 답을 몰라 마침표를 찍지 못한 우주는 여전히 물속에 잠겨 있었다.

"최우주."

그때 우주의 어깨가 끌어당겨졌다. 갑자기 물 밖으로 나온 우주가 물을 켁켁 뱉어냈다. 일렁이는 수면 속이 아니라, 물 밖에 실존하는 사랑이 보였다. 우주는 민망해져 머리를 털었다.

"씻는데 왜 건드려."

"누가 얼굴을 냅다 담가? 세수 한번 요란하게 하네."

사랑이 양치질하느라 우물거리는 발음으로 윤동주의 자화상을 읊었다. 시인과 우주가 비슷한 건 우물처럼 받아놓은 물밖에 없는데 그랬다. 사랑의 치약 냄새에 물비린내가 멀어졌다. 잘라 붙인 필름 같던 빈소의 풍경도 흐려졌다.

"저 끝에 샤워실도 있던데. 좁은 세면대가 취향이야?"

"몰랐어."

우주는 사랑이 건넨 수건으로 얼굴과 머리를 닦았다. 꿉꿉할 줄 알았는데 꼭 안고 왔는지 사랑의 체향이 났다. 일요일의 이불처럼 코를 파묻고 싶게 보송했다.

"옷 좀 입어."

"입을 게 없어."

우주는 체육복 안에 받쳐 입었던 반팔 티에 바지 차림으로 덜덜 떨었다. 냉담한 미래를 알았다면 무식하게 세면대에 얼굴을 박진 않았을 텐데, 하며 후회하는데, 머리가 따뜻해졌다. 또다. 편안한 향. 입고 있던 제 바람막이를 툭 덮어준 사랑이 우주를 응시했다. 시선이 길었다. 뭐야. 우주가 시비를 걸려 할 때쯤 대뜸 물었다.

"그 괴물 새끼 말을 아직도 신경 쓰는 건 아니지?"

"어?"

"1층 문에서 잘린 괴물 말이야."

"보나?"

"걘 보나가 아니야. 그 정도는 알 때 되지 않았나."

"나도 알아."

"알면 왜 그러는데. 누가 봐도 네 행동은 부자연스러워. 지밖에 모르던 게."

"지밖에 모른다고 하지 마."

"언제부터 그렇게 사려 깊으셨다고 1층을 내려가겠다 강하린을 살려내겠다 황래오한테 약 주겠다 이 사람 저 사람 다 구하겠다 오지랖 부리면서 나대는데? 네가 아틀라스세요? 지구를 들쳐 메셨어요? 아낌없이 주는 나무가 롤 모델이야? 여기서 활약하면 누가 노벨평화상이라도 준대? 그걸로 하버드라도 가시게?"

사랑은 디스하는 래퍼처럼 다다다 쏘아댔다. 덕분에 우주는 총알에 연발로 꿰뚫리는 기분을 맛봐야 했다. 이후 5분 동안 할 수 있는 말은 오직 "닥쳐"뿐이었다. 그마저도 무시당했다. 사랑은 닥치지 않았으니까. 한참 말로 우주를 곤죽으로 만든 사랑이 만족스러운 한숨을 푹 내쉬었다. 우주는 그제야 발언권을 얻었다.

"내가 비 오기 전에 바이크 탔으면 다 구할 수 있었어."

"그건 맞아."

사랑은 1초 만에 수긍했다. 우주는 묘하게 기분이 나빠졌다.

"반만 맞아. 네 말대로 위험성도 컸어. 우리가 제일 빨리 다치거나 죽을 수 있었지. 평소 지능이라면 그딴 제안 하지 않았을 텐데 나도 그땐 제정신이 아니었어."

지금도 딱히 제정신은 아닌 것 같은데. 우주가 말을 골랐다.

"그러니까 나 때문에……"

넌 사랑받을 자격 없어. 악에 받쳐 외치던 보나의 일그러진 얼굴이 떠올랐다. 우주는 곧바로 불편해지는 숨을 느꼈다. 그런 우주를 뜯어보던 사랑이 입을 뗐다.

"그렇다 해도 이 모든 일이 다 너 때문이란 건 무리지. 자의식과잉 아냐?"

사랑이 발끈하는 우주의 어깨를 눌렀다.

"이 이야기의 교훈이 뭔 것 같아."

"다 내가 이기적으로 군 잘못……"

"아니지, 천사랑 님의 말씀을 잘 새겨들어라. 이 2등아."

정강이로 날아오는 우주의 발을 피한 사랑이 빙글빙글 웃었다.

"그러니까 우주야, 컨셉질 작작 해."

✦

모두가 낮잠에 빠진 시각 래오는 우주와 하린이 있던 교실로 들어갔다. 우주는 화장실에, 하린은 샤워실에 가서 아무도 없었다. 래오는 책상에 걸린 하린의 교복 재킷 주머니를 뒤졌다. 해독제가 세 개나 있었다. 헐벗은 허벅지에 다급히 바늘을 쑤셔 넣었다. 빈 피스톤들이 바닥으로 우수수 떨어졌다.

"죽기 싫어. 괴물 같은 거 되고 싶지 않아……."

"야, 황래오!"

그때 우주가 교실 문을 벌컥 열었다. 바지를 발목까지 내린 래오의 등이 보이자마자, 우주는 소리를 질렀다.

"뭐 하는 거야?"

남의 속옷을 보게 된 상황에 경악도 잠시, 심상찮은 느낌에 래오의 어깨를 잡아 돌리자 주사 자국으로 엉망인 허벅지 안쪽이 눈에 들어왔다. 우주는 벌린 입술을 금붕

어처럼 뻐끔댔다. 래오는 놀림받을 정도로 덩치 작은 남학생이었지만, 지금처럼 우주가 내려다본 적은 없었다.

"자꾸 맛있는 냄새가 나."

푹 숙인 래오의 고개 위로 윤기 나는 갈색 긴 머리가 질질 늘어졌다. 평소 징징대던 목소리가 성숙해졌다. 우주를 밀친 래오가 교실 뒤편의 거울을 더듬었다.

"엄마……."

엄마다. 엄마가 날 보러 왔다. 래오는 엄마를 껴안으려다 지문이 잔뜩 남은 거울에 이마를 박았다. 우주가 래오의 목덜미를 잡아챘다.

"너 얼굴 변했어."

"어? 아니야, 우리 엄마가 나 데리러 여기까지……."

"아니, 너 하트 됐다고!"

래오는 손을 벌벌 떨었다.

"거짓말……!"

얼굴이 새파래진 래오가 절규했다. 악몽이면 당장 깨고 싶었다.

래오를 진정시키며, 우주는 상황 분석에 들어갔다. 우주 포함 넷은 식사를 거의 안 했기에 얼굴이 변하지 않았다. 하지만 래오는 식사를 했음에도 그대로였다. 하트의 주요 증상은 사랑하는 사람으로 얼굴이 변하는 것. 애초에 래오도 하트가 아니었다. 해독제를 두고 싸우느라 가장 중요한 사실을 놓쳤다.

'방송은 가짜다.'

결론을 내린 우주는 착잡해져 이마를 쓸었다.

해독제를 주사하자마자 래오의 얼굴이 변했다. 해독제가 가짜라서 낫긴커녕 하트로 변한 것이다. 역시 누가 개입해서 교란 중이거나, 아니면…… 처음부터 다 거짓.

"애들한테 빨리 알려야 돼."

다급해지는 바람에 래오를 잡았던 힘이 느슨해졌다. 당장 뒤돌아 나가려던 다리가 끌린다 싶더니 그대로 눈앞이 한 바퀴 뒤집혔다. 래오가 우주 위로 올라탔다. 우주는 꼼짝없이 래오의 팔과 무릎에 사지가 눌렸다.

"무서워, 혼자는 무서워."

"비켜!"

눈동자가 이미 맛이 갔다. 우주는 동물적인 두려움으로 몸부림쳤다.

"우주야…… 너도 나랑 같이 변해줘."

제 손목을 물어뜯은 래오가 주먹을 꾹 쥐었다. 홉뜬 우주의 안구로 끈적끈적한 체리색 시럽이 줄줄 흘러내렸다.

18

'슬픔을 나누면 반이 된다고 했지. 우린 아냐. 둘이 돼.'

다시 만나자는 고백에 대한 사랑의 답이었다. 사랑은 하린의 발 앞에 굵은 선을 그었다. 하린은 일단 물러나면서도, 사랑이 자신을 거절할 이유는 없다 단정 지었다. 짚이는 게 딱 하나 있긴 했다. 사랑을 흔들 수 있는 건 오직 개뿐이니까. 스스로를 불태우는 하린에게 망설임 없이 뻗어지던 그 손.

하린은 전투적으로 손의 주인, 우주에게 향했다. 하지만 우주는 하린의 상처를 치료했다. 모휘도 외면한 하린을 믿어줬다. 내가 얘를 어떻게 이겨. 하린은 오히려 사랑에게 따지고 싶었다. 우리를 가로막는 게 왜 우주야? 우주는 너무 귀엽고, 착하고.

"이제 덜 아팠으면 좋겠다."

"······고마워, 우주야."

사랑스러운데.

하린은 도망치다시피 교실을 벗어났다. 샤워실에 처박혀 잡념을 씻어냈다. 죽은 하늘도 살아 있는 우주도, 이길 수 없다. 쌍둥이가 올가미처럼 얽고 덫을 쳐서 사랑에게 가까이 갈 수 없게 만들었다. 그런 그들을 미워할 수도 없어 고통스러웠다.

우주야. 네 배려는 일부러니, 척이니. 하린은 벽에 머리를 쿵 박았다. 조소가 샜다. 지랄한다. 그냥 내가 꼬인 거지. 넌 천연이고 난 모조야. 이 고통은 유별나지 않다. 고작 질투나 열등감 따위로 일컬어질 감정이다. 발에 채이게 흔했다. 하린은 수챗구멍으로 빨려 들어가는 물을 봤다. 투명했지만 더러웠다. 하린의 진심처럼.

사랑이 없는 난 아무것도 아냐. 넌 그 정도는 아니잖아.

미워할 수 없다는 건 거짓말이다. 하린은 우주가 미웠다. 하늘은 사랑의 곁에 없기에 이긴 전적이 있지만 우주는 살아서 움직이는 연적이라 단 한 번도 꺾지 못했다. 더 솔직해져 볼까. 최우주 너도, 차라리……

"죽었으면 좋겠다."

못된 바람을 내뱉어 버린 하린이 수도를 돌려 껐다. 찝찝한 기분으로 교실 문을 여는데 심상찮은 기운이 풍겼다. 바닥에는 빈 주사기가 나뒹굴었고 쓰러진 우주의 얼굴로 시럽이 떨어지고 있었다. 그 위에 처음 보는 사람이 있었다. 상황 파악이 어렵지 않았다. 재킷 속 해독제. 비어 있던 교실. 황래오. 발바닥부터 올라온 진동이 하린을 집어삼켰다.

"야!"

주먹을 꽉 쥔 하린이 앞뒤 재지 않고 튀어 나갔다.

"우주 건드리지 마!"

이 악물고 달려 온몸을 래오에게 부딪혔다. 래오가 복도로 밀려날 만큼 필사적이었다. 하린은 래오의 팔을 뒤로 결박하며 크게 외쳤다. 계산도 위장도 없는 진심을.

"천사랑!"

이 이름은 부르기 싫었는데, 어느새 목이 찢어져라 처절하게 부르짖고 있었다.

"우주가 위험해!"

✳

관두자, 라니.

말이 너무 심했다. 모휘는 걸음마다 후회했다. 빈 교실에 도착했을 땐 후회로 탈진할 지경이었다. 제 이마를 몇 대나 쳤는지 모른다. 죽일 놈의 성질머리, 좀 참지. 괜히 욱해 하린에게 상처를 줬다. 걘 뾰족해 보여도 여려서 나 없으면 큰일 날 텐데. 방어기제일 뿐 진심이 아닐 텐데. 안 되겠다. 지금이라도 사과하자.

박차고 나간 모휘는 수돗가 앞에서 하린을 찾았다. 그

러나 하린은 혼자가 아니었다. 옆에 선 상대를 보는 하린의 눈빛은 처음 보는 울림을 가지고 있었다. 너 그런 표정도 할 수 있구나. 할 줄 아는데 안 했던 거였어. 왜냐면, 내가 천사랑이 아니라서.

모휘는 뒤를 돌아 걸었다. 걸음이 점점 빨라졌다. 손으로는 주머니를 뒤졌다. 오래된 MP3에는 동요도 있지만 옛날 록 앨범들도 있었다. 특히 오아시스 노래가 많았다. 이젠 곁에 없는 엄마가 유독 좋아했다. 어린 모휘는 가사의 뜻도 모르면서 따라 부르곤 했다. so Sally can wait······ but don't look back in anger I heard you say······ 피지 않았던 씨앗이 대뜸 새싹을 틔우고 꽃봉오리를 내밀었다. 그 식물은 열등감이라는 이름의 선인장이다. 바짝 세운 가시로 뱃속을 허물었다. 우린 너무 외로웠고 사람이 필요했을 뿐이라는 하린의 정의가 관계의 전부일지도 몰랐다. 낯설고도 익숙한 외로움이 끼쳐왔다.

그러나 모휘가 감상에 빠질 시간은 오래 주어지지 않았다.

"음악 취향이 보기와는 다르네."

"뭐가?"

"음악은 고상한데······."

"난 아니다?"

모휘의 날카로운 질문에 사랑이 눈을 휘며 웃었다. 욱한 모휘는 순간적으로 휘두르려던 주먹을 내렸다. 사랑은 대충 올렸던 가드를 치웠다. 방어에 얼마나 건성이었냐면 빼앗아 낀 왼쪽 이어폰이 빠지지도 않았다.

"갑자기 록을 들어, 왜? 저번처럼 동요 안 듣고."

"어쩌다 나온 거라고 했잖아, 새꺄."

"암튼 오늘도 좀 빌린다. 피곤하네."

하품한 사랑이 모휘가 앉은 곁에 책상을 이어 붙여 드러누웠다. 여차 하면 이어폰 줄이 빠질 텐데 잘도 움직였다. 모휘는 시비를 걸려다 볼을 뒤덮은 사랑의 다크서클이 불쌍해 봐줬다. 하긴 피곤할 만했다. 사랑은 방금 전 고전을 겪었다. 해독제를 맞고 변한 래오가 우주를 감염시키려 덤빈 탓이다. 딱 봐도 지금 사랑은 나사가 빠져 있었다. 힐끗댄 모휘가 아닌 척 위로했다.

"입에 안 들어갔으니까 괜찮겠지."

좀 전 상황은 천운이라고밖에 할 수 없었다. 다행히 우주가 숨을 참으며 버텼고 하린이 타이밍 좋게 래오를 제지하며 도움을 요청해 사랑과 모휘까지 합류할 수 있었다. 셋이 달려드니 변하나 안 변하나 비실비실한 래오 정도야 단번에 쫓아냈다. 사랑은 곧바로 우주의 피부가 벌겋게 달아오를 만큼 벅벅 세수시켰다. 괜찮다는데도 발버

등 칠 때까지 뒷덜미를 누르며 놓아주지 않은 탓에 화가 난 하린이 우주를 데려가 버렸고, 모휘에게 사랑을 격리 시키라 일침 놓은 참이었다.

'두 번은 못 할 경험이야.'

우주가 얼굴로 쏟아진 체리 시럽과 이어진 사랑의 짓거리에 단 코멘트였다. 그만큼 미친놈 같더니 이제 경계를 내린 사랑은 어쩐지 하린과 비슷해 보였다. 좋아하면 닮는다……. 흔한 문구를 떠올린 모휘가 사랑에게 풀죽은 시선을 붙였다.

"왜. 잘생겨서 눈을 뗄 수가 없어?"

"닥쳐."

"고만 쳐다봐. 형아 얼굴 닳는다."

졸려 죽겠단 얼굴인 주제에, 사랑은 더럽게 안 잤다. 모휘는 자는 데 방해될까 내렸던 볼륨을 다시 올렸다. 마침 모휘가 좋아하는 노래가 흘러나왔다. 청량한 일렉 기타 사운드가 귀를 채웠다. 아까부터 욱신거리던 뱃속이 조금이나마 개운해졌다. 그래서 모휘는 맴돌던 말을 저질러버렸다. 애초에 재고 따지고 그딴 거 안 맞았다.

"강하린 받아줘."

"어?"

"다시 만나라고."

"부탁하는 자세가 그게 뭐야."

"그럼 뭐 무릎이라도 꿇어?"

"가능하면."

사랑은 장난인 줄 아는지 가볍게 넘겼다. 그러나 모휘
는 정말로 지쳤고, 해결이 급했고, 제일 간단한 방법을 쓰
고 싶어졌다. 가능성이 있는 쪽을 밀어줘야지. 어떤 매듭
이든 지어지기만 한다면 홀가분할 것 같았다. 쟁취보다
포기가 쉬운 소년은 무릎을 꿇었다. 놀란 사랑이 벌떡 일
어섰다.

"야, 너는…… 이 상상초월 호구 새끼야."

사랑은 헛웃음을 치더니 머리를 넘겼다.

"일어나."

"……."

"일어나라고, 등신아. 나중에 이불 차지 말고."

"싫어."

"이게 네가 진짜 원하는 거야?"

"하린이가 원해."

"너는?"

"그게 중요해?"

"거기 뛰고 있는 건 짭이냐?"

모휘의 가슴팍을 툭 차는 사랑의 발끝이 퉁명스러웠다.

"마음에 있는 소리를 해."

사랑은 제 배에 칼이라도 꽂힌 듯 불편해 보였다. "지가 강하린 스피커야, 뭐야." 비꼬기도 했다. 모휘는 도무지 알 수 없었다. 비굴하게 굴고 있는 건 자신인데, 왜 사랑이 제 일처럼 기분 상해하는지. 대체 어느 장단에 맞추라는 건지 도통 어려웠다. 말마따나 호구처럼 기분이 좋았고 동시에 열패감이 솟아올랐다.

천사랑 네 배려는 일부러냐, 척이냐. 조소가 샜다. 지랄한다. 그냥 내가 꼬인 거지. 넌 천연이고 난 모조야. 이 고통은 유별나지 않다. 고작 질투나 열등감 따위로 일컬어질 감정이다. 발에 채이게 흔했다. 모휘의 꽉 쥔 주먹이 뜨거웠다. 팽팽한 혈류를 느낌과 동시에 꾹꾹 참아왔던 말이 툭 터졌다. 그래, 솔직히 다 기만이었다.

"강하린 받아주지 마."

이쪽이 진심이지.

낯설었다. 내 맘을 챙긴다는 건. 입안이 가시라도 뱉은 양 간지러워졌다. 부러 교실 바닥에 침을 뱉었다. 뱉어버린 진심의 온도는 아주 뜨거웠다. 그래서 얻은 열상은 기꺼웠고, 모휘는 자기도 모르게 부푼 입술을 자꾸만 잡아뜯었다.

"잘했어."

사랑이 모휘의 머리를 헝클어트렸다. 올라간 사랑의 입꼬리를 보던 모휘는 도망치듯 자리에서 벗어났다. 기분이 좋아서, 기분이 나빴다.

19

빈 교실로 들어온 모휘는 커튼을 치웠다. 감쪽같은 은신이었지만 먼지가 심했고 눈물 콧물로 몰골이 꼬질꼬질해졌다. 세수가 절실했다. 천근만근 무거운 발을 질질 끌어 화장실로 향했다. 아까 잠깐 있다가 버림받은 짐승 같은 제 울음소리가 울려대는 게 싫어 나왔었다. 짐짓 씩씩하게 걷던 모휘는 얼마 못 가 제 이마를 쳤다. 머리도 한대 때렸다. 사랑이 좀 긁었다고 냅다 진심을 불어버린 것도, 뒷북으로 질질 짜는 것도 죄다 등신 같았다. 자책하던 모휘는 화장실 문을 벌컥 열었고, 경악한 우주와,

"소리 지르면 긋는다."

우주의 목에 커터 칼을 겨눈 래오를 맞닥뜨렸다.

"뭘 원해."

순식간에 식은 모휘가 물었다. 래오의 팔이 목을 조이는지 우주가 켁켁댔다. 중년 여성으로 변했으니 힘이 약해져서 별로 아프지도 않을 텐데 엄살이라고 래오는 생

각했다. 동시에 슬퍼졌다. 엄마는 고작 이런 몸으로 얼마나 힘들게 사는 거야? 그래서 영양제를 바리바리 싸줬던 거야? 엄마는 하나부터 열까지 날 챙겼는데 이 나쁜 놈들은 날 잉여 취급했다. 언제나 그랬다. 인터넷에서 만난 그 선배는 애들보다 백 배 천 배는 똑똑한데, 그 잘난 형도 날 인정해 주는데, 니들이 뭔데! 래오가 분노를 못 이기고 악썼다. 모휘는 흥분한 래오를 조곤조곤 타일렀다.

"네 마음 알아. 이래봤자 래오 너만 힘들어. 우주 이쪽으로 보내고 우리 차분하게 얘기해 보자."

"싫은데? 24시간 안에 인간을 먹지 않으면 내가 죽어. 해독제도 가짜인데."

래오는 히죽대며 우주의 목덜미에 대고 킁킁댔다. 맛있는 냄새에 침샘이 발광했다.

"일단 말로……."

"떨어져, 배모휘. 가까이 오면 최우주 목 끊어버린다?"

슬금슬금 다가가던 모휘가 마른침을 삼켰다. 래오는 껍데기만 바뀌었을 뿐인데 알맹이마저 괴물로 변해버린 것만 같았다.

"해독제가 왜 없어. 돌아온 사람 있다니까?"

"너희 말을 어떻게 믿어."

"내가 설명할게."

"몰라, 복잡해. 뭐가 됐든 먹기만 하면 되는 거 아냐."

래오의 송곳니가 핏줄이 불거진 우주의 목을 긁자마자 모휘가 래오의 멱살을 쥐고 벽까지 밀었다. 낙후된 건물 곳곳엔 돌출된 나사가 많았다. 미리 파악을 끝낸 래오는 일부러 요철에 팔을 꽂고 주저앉았다. 피부가 세로로 긁히며 벽에 박힌 녹슨 못이 핏줄을 끊는 소리가 우두둑 났다. 달콤한 피 냄새가 밀폐된 화장실을 구석구석 채움과 동시에 우주의 얼굴로 젤리 같은 핏덩이가 떨어졌다. 이목구비가 구별되지 않을 만큼 흠뻑 젖었다.

두 번은 못 할 경험이라고, 우주가 그랬다. 정확했다. 이번 습격은 버텨내지 못한 우주의 울대가 움직였다. 래오는 길고 깊게 파인 팔에서 피를 줄줄 흘리면서도 실실거리며 넋 나간 모휘의 머리채를 잡아 꺾어 우주 쪽으로 떨어트리고 그길로 도망쳤다. 모휘는 홀린 듯 우주의 얼굴을 붙잡았다. 서로의 시럽을 게걸스레 핥았다.

✦

사랑은 구급상자를 뒤졌다. 우주가 애지중지 모셔온 거라 하린이 말렸지만 무시했다. 턱으로 물을 질질 흘리며 진통제를 넘겼다. 머리가 둘로 쪼개질 듯한 두통이 가시고 나서야, 사랑은 하린에게 다친 다리는 괜찮은지 물었다. 하린이 눈을 피하며 멀쩡하다 대답하자 의심했다.

"못 믿겠음 보여줄게."

하린이 발꿈치를 들어 입술을 박았다. 사랑의 두 다리 사이 바닥을 밟은 채였다. 사랑은 뒤를 짚고 다른 손으론 하린의 허리를 감쌌다. 넘어질까 하는 걱정에서 비롯된 반사적인 행동이었다. 의식한 하린이 입술을 살짝 뗐다.

"돌아가자."

"어디로."

"좋았던 추억이 그립고 아픈 네가 신경 쓰여. 다 나 때문인 것 같아."

"너 때문이라니, 아니야."

사랑의 부정이 하린에겐 들리지 않았다. 슬픔이 반이 되든 두 배가 되든, 알 바 아니다. 무조건 사랑의 곁에 있어야 했다. 혼자로는 모자랐다. 사랑에게 저지른 잘못을 되돌려서 실수를 바로잡아야 했다.

"오해한 것 같은데, 하린아. 내 말은 굳이 나 돌아보지 말고 너 잘살란 뜻이야. 네 탓 하는 게 아니라."

"너도 나 없인 힘들지. 잠도 못 자고 방금도 머리 아파서 약 먹었지? 옛날부터 두통 달고 살았잖아."

사랑은 하린을 꼿꼿하게 쳐다봤다. 강하고 섬세한 눈빛

이라고 하린은 생각했다. 사랑이 제 볼에 올려진 하린의 손을 하나하나 떼어냈다. 그게 하린의 애를 끓였다.

"네 문제가 아니라 내 문제야."

울고, 빌고, 매달려도 변한 천사랑은 기대지 않는다. 조바심이 났다.

"욕심나게 하지 마. 살아 있기도 힘들어."

상대를 올리고 자신을 낮추며 빠져나가는 사랑의 수법은 교묘했다. 사실 어떻게 되든 상관없으면서. 하린이 피식 웃었다.

"거짓말. 너 나 욕심 안 나잖아."

상습적 도망자에겐 정공법으로 맞붙는다. 하린의 손이 사랑의 눈꺼풀을 덮었다. 코끝이 부딪혔다. 한 번 더 고개가 기울었다. 사랑은 뻣뻣하게 턱을 돌렸다. 어색한 거부에 하린이 웃음을 터뜨렸다. 간만에 사랑이 귀여워 보였다. 하린은 사랑의 셔츠에 이마를 박고 끅끅대다 기어코 사랑을 잡아당겨 허리를 숙이게 만들었다. 경직된 사랑의 멱살을 쥐었다. 가슴의 박동이 느껴졌다.

난 이걸 가질 수 없었지. 네 심장은 다른 이에게 줬으니까. 물에 빠져 죽은 그 아이와 살아남은 걔의 동생에게. 걔들은 네게 박제되어 있어. 내가 절대 이길 수 없었어. 그만하고 싶어서 널 도려냈지만 우리의 추억은 관성이 너무 커. 기억 쪽에 고개를 돌리기만 해도 포근한 향기가 나. 한겨울 모닥불처럼. 왜 이런 기분 느끼게 해. 천사랑 이 나쁜 새끼. 수백 번 본 영화처럼 뻔한 새끼.

근데 난 좋아하는 영화는 여러 번 돌려 봐. 결말을 알아도. 좋았던 점은 영원히 좋으니까.

"나한테 못되게 굴지 마, 사랑아."

너도 사람이지, 가끔은 생각 없이 기대고 싶은……

난 알아. 나만 알아.

＊

웅크린 우주의 어깨가 떨렸다. 우는 줄 알았는데 움직임이 가벼웠다. 지켜보던 모휘가 이를 갈며 물었다.

"웃어?"

"……아니, 안 웃었어."

"난 분노와 수치에 가슴이 천 갈래 만 갈래 찢어지는데 웃어? 좋겠다, 넌 나르시시스트라."

"걱정돼서 그러지."

"본인 걱정이나 하세요."

올라갔던 우주의 입매가 내려앉았다. 그러게. 웃긴 상황이 아니었다. 오히려 극한의 위기였다. 빠져나갈 구멍

196

이 없단 판단이 들자 정신이 가출한 모양이었다.

"애초에 남자 화장실엔 왜 있던 건데?"

"너 없어서 찾으러 나가는데 누가 내 뒤통수를 쳤어."

"노답이다."

이마를 죽죽 문지르는 모휘의 손엔 심란함이 가득했다.

"왜 그 얼굴로 변했냐는 질문은 서로 하지 말자. 아, 넌 어차피 필요 없나."

"아니, 그렇게 하자."

바라던 바였기에 우주는 모휘의 제안을 넙죽 받아들였다. 대신 개선 방안을 부리나케 모색했다. 획획 돌아가는 생각들 사이로 불길한 감각이 앞코를 들이밀었다.

"있잖아, 모휘야. 다 거짓말이면 어떡해?"

"여기?"

"응, 학교도 세팅이고…… 안내 방송도 그 일부라면?"

우주가 전부터 맴돌던 추측을 내놓았다. 달가운 가능성은 아니나 신빙성이 넘쳐서 문제였다. 둘은 침음을 냈다.

"근데 해독제가 가짜면 강하린은 어떻게 돌아온 거지?"

"그러게."

"뭐 짐작 가는 거 있어? 특이한 행동을 했다거나."

"특이한 행동이야 너무 많이 했지……."

자기 몸에 불 지르는 것도 봤는데. 둘은 순간 말을 잃었다. 모휘는 이성을 놓지 않으려 최선을 다했다.

"땀을 엄청 흘려야 되나? 업고 올라오느라 운동량이 평소에 비해 많았을 거야."

"땀이나 운동량이라면 다른 하트들도 만만찮아 보여. 걔넨 왜 안 돌아와."

"강하린이 그날 따로 먹은 건?"

"없는데. 해독제랑 음, 사탕밖엔. 어?"

우주가 벌떡 일어섰다. 하린이 해독제를 주사한 날, 걱정된 우주가 하린의 방으로 들어가 사탕을 쪼개서 물과 넘겨주었다. 괴물들이 쳐들어오기 직전이었다. 얘기를 듣던 모휘가 외쳤다.

"사탕! 사탕인가 봐! 그래서 사탕 어딨는데? 꺼내봐!"

부산스레 주머니를 눌러대던 우주가 얼빵하게 섰다. 아, 맞다.

"지금 없는데?"

"그럼 어딨어?"

"어…… 2층. 싸울 때 잃어버렸어. 급식실이나 당직실에 놓고 온 것 같은데, 어떡하지."

일단 분위기 봐서 대책을 강구하자는 성긴 결론이 났다. 둘은 가진 옷가지를 총동원해 몰골을 가렸다. 들여다본 교실 안 하린과 사랑의 분위기는 진지했다. 하린은 앞으로 사랑은 뒤로만 물러섰다. 둘을 빤히 지켜보던 모휘가 우주의 어깨를 잡고 기차놀이 하듯 화장실 쪽으로 밀었다. 모자를 벗고 땀에 젖은 앞머리를 털어내는 모휘의 안색이 나빴다.

"인정 못 하겠어. 나 왜 이렇게 변한 거야?"

모휘는 얼굴을 감싸며 주저앉았다. 사랑과 미움은 역시 결을 같이 하는 걸까. 아니고서야 바뀐 얼굴을 이해할 수 없다.

……천사랑의 얼굴로 변하다니. 누구보다 개가 패망하길 바라는데. 직전 상황에서 하린에게 배신감을 느끼고 사랑에게 위로를 받은 건 맞다. 그렇다고 바로 사랑에게 신경이 쏠린 제 모습이 마음이 가난하다 전시하고 다니는 꼴이라 창피했다. 감정의 소용돌이가 모휘를 엉망으로 분해했다.

"천사랑한테 죽어도 들키기 싫어."

두뇌는 의식적 정보에 반응하여 감정적 태도의 비중을 결정한다. 감정의 단계에 따라 미상핵과 전두엽 등에선 호르몬을 생성한다. 결정을 내려야만 하는 상황에서 호르몬이 가리킨 방향을 따른다. 시럽을 맞는 순간 뇌가 그 애를 중심으로 굴러갔단 뜻이다. 하린은 똑똑한 오빠에게서 들은 잡지식이 많았다. 그런 하린이 말했으니 틀림없다.

하린과의 대화를 곱씹던 모휘는 입술도 씹었다. 자신의 마음을 차지한 주인공을 받아들이기 싫었다. 솔직히 천사랑이 되고 싶었다. 인정한다. 그래서 강하린의 마음을 갖고 싶었다. 왜 난 천사랑처럼 바라봐 주지 않는 건데. 나랑 있을 땐 도망만 갔으면서 왜 천사랑은 네가 쫓아가는데. 서러웠을 뿐인데, 대가가 이런 참수라니 해도 해도 너무하지 않나. 모휘가 이마를 감싸 쥐었다.

"난 왜 버림만 받지."

묵직한 비처럼 모휘를 적신 괴로움에 우주까지 물들었다. 난 왜 폐만 끼칠까? 래오한테서 날 구하려다 모휘마저 슬퍼졌다. 자책감이 들었다. 버림만 받는 사람이 어딨어. 적어도 난 널 절대 버리지 않을게. 그것만은 모휘에게 알게 해주고 싶었다. 우주가 조용히 아래로 향한 건 당연한 수순이었다.

20

교실에 다녀온다던 우주가 오지 않자 모휘는 초조해졌다. 둘일 땐 괜찮았는데 혼자가 되니 무섭기도 했다. 결국 모휘는 눈만 내놓고 후드를 뒤집어쓴 채 화장실에서 살금살금 나왔고 정확히 2분 후 사랑에게 잡혔다.

"덥지도 않아? 이 날씨에 꽁꽁 싸매고……."

"만지지 마!"

날카로운 모휘의 반응에 사랑의 눈이 가늘어졌다. 왜 두리번거리냐, 습관적인 사랑의 시비가 우주는 어디 있냐는 질문까지 이어지는 덴 1분도 안 걸렸다. 난감하게 쥐었다 펴지는 모휘의 손을 사랑이 싸하게 훑었다. 모휘가 얼버무리기도 전에 튀어 나가 교실의 문이란 문은 다 열고 뒤졌다. 사랑은 금방이라도 울 것 같았다. 손이 덜덜 떨렸다. 휘청거려 몇 번은 넘어질 뻔했다. 이만큼 평정심 잃은 사랑의 모습은 처음이라 모휘는 당황했다.

사랑에게 우주란 뭘까. 갑자기 의문이 들었다. 돌이켜 보면 사랑은 언제나 우주에게 시선을 붙여놓고 있었다. 우주만을 향해 특수 신경이 하나 더 발달한 놈처럼.

천사랑, 원래 주변머리 좋은 놈이지만 유독 최우주한테……

위험한 순간마다 사랑은 우주를 제 뒤로 숨겼다. 분명 사랑이 우주의 손을 잡고 있는데 어쩐지 목줄 잡힌 개와 주인 같았다. 물론 우주가 주인이고 사랑 쪽이 개다. 본교에 있을 때부터 그랬다. 사랑과 우주는 껄끄러운 사이였기에 웬만해선 말 한마디 섞지 않았고 함께인 모습은 교무실이나 강당에서가 전부였지만 항상 분위기가 묘했다.

감 좋은 모휘뿐 아니라 전교생에게 앙숙이라는 소문이 난 게 방증 아닐까.

교실과 화장실을 오가는 사랑의 동선은 정확히 우주가 움직였던 그대로였다. 정말이지 냄새 맡는 정찰견이 따로 없었다. 한참 배회하던 사랑이 우뚝 섰다. 주인 잃은 개가 꼬리를 늘어뜨린 모습이었다. 모휘는 어쩐지 기가 질려 관망만 했다. 다행히도 구경꾼은 모휘 혼자가 아니었다. 자석처럼 붙는 시선이 느껴졌다.

"......."

입술을 지근지근 깨무는 하린이었다. 실토는 못 하겠고 양심엔 찔려서 이러지도 저러지도 못 할 때의 표정을 하고 있었다. 한 번 훑었을 뿐인데, 모휘는 하린의 상태를 읽어버렸다. 천사랑 깔 입장이 되냐. 나도 똑같은 처지인데. 모휘는 실소를 터뜨리다 쓸쓸해졌다. 에휴, 다들 좋겠다. 난 누가 위해주나. 고독의 독성이 모휘의 전신으로 톡 퍼져나갔다.

✦

불면, 식욕부진, 기분부전. 학교에 갇힌 뒤, 하린은 3종 세트를 실행 중이었다. 사랑이란 동아줄만 잡으면 나아질 텐데 맘처럼 되지 않았다. 어둠의 법칙이다. 실낱같은 빛만 받으면 될 텐데. 그럼 이 우울한 진창을 헤칠 수 있을 텐데. 조금 어긋나고, 살짝 미끄러지고 약간 넘어지다 보면 결국 심연이다.

죽음을 번복하는 상황은 절대 없을 줄 알았다. 하린은 나약한 제 정신머리를 익히 알았다. 1층에서 남겠다 할 때도 2층에서 불을 지를 때도 가짜 해독제를 맞을 때도 같은 마음이었다. 나란 인간과는 일생을 이어갈 수 없다고 여겼다. 100년은커녕 하루도 끔찍했다. 그래, 정말 끔찍하다. 나는……. 하린의 칠칠맞음을 탓하던 오빠가 떠올랐다. 역시 오빠 말은 틀린 게 하나도 없다. 혼자선 제대로 할 줄 아는 게 하나도 없다. 남들에게 해만 된다.

모휘의 추측대로 하린은 감추고 있었다. 우주의 소재라는 비밀을. 몇 시간 전, 소식 없는 애들이 궁금해 조는 사랑을 내버려둔 채 교실을 나섰다. 그리고 엘리베이터에 타는 우주를 봤다. 하린이 우주를 말리려던 찰나 우주가 뒤를 돌았다. 눌러쓴 바람막이 사이로 치렁치렁한 긴 머리와 얼굴이 보였다. 하린의 사지가 굳었다. 한 번도 만난 적 없지만, 누군지 바로 알아볼 수 있었다. 벙쪄 있다 보니 우주가 사라졌다. 변명이 될지 모르겠지만 전말은 그랬다.

어느새 사랑은 우주를 봤냐고 하린을 닦달하고 있었다.

"아까 나 잘 때 너 나갔잖아."

그런 걸 다 느꼈으면서 잤다 할 수 있나. 하린은 사랑의 사고방식이 희한했다. 이제 사랑은 진통제로 떡칠한 미간을 쥐어짜며 길길이 날뛰기 시작했다.

"우주한테 무슨 일 생겼으면, 난!"

하린은 볼 안쪽을 깨물었다. 네 잘못이 아니야. 우주는 사실…… 털어놓으려던 때였다.

"난 죽어버릴 거야."

사랑이 꺼지는 촛불처럼 중얼거렸고 하린은 흘러내린 촛농처럼 굳어버렸다. 네가 이렇게 나오면 나도 말이 달라지지. 내가 말해야 할까? 걔가 다치면 죽겠다는 너에게. 하린의 심보에 뾰족한 뿔이 돋았다. 혓바닥은 멋대로 움직였다.

"나도 못 봤어."

그러나 사랑을 낮은 곳으로 굴리는 데엔 하린보다 더한 의외의 복병이 있었다. 똥 마려운 개처럼 서 있던 모회가 우물쭈물 손을 들었다.

"미안해, 얘들아. 좀 더 일찍 말했어야 되는데."

"다시 말해봐."

사랑이 잔뜩 쫄아든 후드 덩어리를 닦달했다.

"그니까, 황래오가 갑자기 덤볐어. 우주랑 난 그거 막다가……."

"뭐라고? 후드에 막혀서 잘 안 들리잖아. 그것 좀 벗어."

사랑은 눈만 보이게 조인 모휘의 후드를 벗기려 들었다. 모휘가 거세게 저항했지만 푹푹 찌는 장마철에 웬 셀프 김밥말이냐며 포기하지 않았다.

"보는 내가 더워서 못 봐주겠어. 와봐, 이리로."

안 그래도 예민해진 사랑은 희한한 데 꽂혀 강박적으로 굴었다.

"씨발, 떨어져!"

모휘는 주먹을 휘둘렀다. 드센 팔꿈치에 그대로 사랑의 턱이 날아갈 뻔했다. 빗겨 맞았는데도 침을 삼키는데 얼얼했다. 이 자식. 사랑은 꼭지가 돌았다. 빡돌긴 모휘도 마찬가지였다. 상대가 밀면 밀려날 줄도 알아야지. 둘은 개새끼 쥐새끼 온갖 동물들의 소생을 호명하며 주먹다짐을 나눴다.

개판이군. 하린의 발은 180도를 돌았다. 그대로 나가려는데 교실이 잠잠해졌다. 절대 좋은 기운은 아니었다.

모휘의 모자가 벗겨지며 땀으로 젖은 뒷목이 시원해졌고 그의 속도 따라 싸늘해졌다. 모휘의 양 손목을 각각 한 손에 잡은 사랑의 입이 벌어졌다. 눈꺼풀을 덜덜 떨며 입꼬리를 쭉 내렸다가 양 볼이 진동했다 헛숨을 뱉으며 물었다.

"야…… 면상 뭐냐."

사람 표정이 이렇게도 썩는구나. 모휘는 사랑을 보며 새삼 깨달았다. 뭐긴 뭐야 네 면상이지. 받아치려다 그대로 주워 삼켰다.

"황래오한테 당한 거야?"

모휘가 끄덕이자 사랑의 눈이 흔들렸다.

"우주도?"

재차 끄덕이는 모휘를 보자 잡은 손이 죽 미끄러지며 사랑이 주저앉았다.

"근데 넌 또 왜 내 얼굴이야."

세상에서 제일 힘없는 목소리로 사랑이 물었다. 사랑을 위로하려 어깨로 가던 모휘의 손이 멈췄다.

"모휘야, 이러지 마. 너까지 왜 이래."

모휘는 솔직히 사랑이 비웃을 줄 알았다. 배꼽 잡고 끝날 소동으로 여겼다. 그런데 사랑은 진지했고 착실하게 절망했다.

"야. 천사랑. 왜 정색을 빨아."

예상치 못한 공격은 파동이 컸다.

"네가 정색 빠니까 진짜 좆같잖아."

그래서 모휘 또한, 착실하게 상처받아 버렸다.

21

"짜증 나. 개새끼."

모휘의 손이 바람을 가르며 날아갔다. 그만큼 사랑의 목이 앞으로 밀리며 빡 깨지는 소리가 났다. 뒤통수를 감싼 사랑은 아프단 소리도 못 하고 고개를 떨궜다. 하린은 말리려다 말았다. 못 했다에 가까웠다. 사랑의 얼굴을 한 모휘가 증기기관차처럼 씩씩댔다. 그대로 교실을 나서는 모휘의 앞으로 사랑이 벽을 짚었다. 자기가 막아놓고선 제 손을 비비다 뒷덜미를 주무르다 정신없게 굴었다. 보다 못 한 모휘가 먼저 말문을 텄다.

"헛물켜지 마. 나 너 안 사랑해."

제 귀를 만지작대던 사랑의 손이 멈췄다.

"근데 왜 나 됐어."

"귓구멍 막혔냐? 방송 그새 까먹었어? 키파민이라는 호르몬이 나와서 변한 거라며. 그냥 시럽 떨어지던 순간에 내 뇌가 그렇게 움직였을 뿐이야. 재수 없게."

"……."

"나는 너 존나 싫어해. 원래 존나 싫어할 때랑 사랑할 때 같은 호르몬 나온댔어. 것도 모르냐, 무식하게."

열받은 모휘는 전교 1등을 가감 없이 씹었다. 마냥 근거 없진 않기에 당당했다.

언젠가 하린이 얘기한 적 있었다. 사랑과 증오는 사실상 동일한 감정이라고. 사랑과 증오를 느낄 때 활성화되는 회로는 같다. 둘은 종이 한 장 차이라는 격언이 들어맞는 셈이다. 사랑이란 감각 안에는 혐오를 조장하고 행동하게 만드는 피각과, 고통에 반응하는 섬엽이 존재한다. 사랑하는 사람들은 자신의 연인과 마음을 지키기 위해 배타적인 공격성을 내재한다. 증오는 사랑이 실패했을 때 그 공격성에서 파생된다. 연인을 잃고 마음도 다쳐서 날카로워지는 셈이다. 사랑했기 때문에 증오도 하는 거야. 감정이 원래 그렇다. 무관해 보여도 줄기줄기 연결되어 있다. 이것도 똑똑한 하린의 오빠가 출처라 정확했다.

따라서 모휘의 케이스도 무리는 아니었다. 분비하는 호르몬이 비슷해서 널 혐오하는데 뇌가 애정으로 착각했나 보지. 남몰래 고심을 거친 통쾌한 해명에도 사랑은 불만족스레 미간을 찌푸렸다.

"존나 싫을 것까지야. 상처 주네."

이 새끼가. 모휘가 핏줄 오른 이마를 짚었다.

"내가 제일 기분 뭐 같으니까 조용히 하랬다."

"너까지 나 싫어하면 난 어떡해? 강하린도 최우주도 나 싫어하는데. 사방에 안티 천지네. 외로워."

사랑은 가볍게도 지껄였다. 모휘는 혼란스러웠다. 대체 저 인간의 진심과 거짓을 구분할 수가 없었다.

"웃음이 나와? 우주 걱정이나 해."

모휘가 벌컥 성질을 내도 사랑은 마냥 여유로웠다.

"안 그래도 하려고."

"어떻게?"

"몸으로."

"아이 씨, 극혐."

휘두른 모휘의 팔에서 한 번 더 바람 가르는 소리가 났다. 사랑은 등을 살짝 젖혀 주먹을 피했다. 모휘가 길길이 악담을 퍼부을수록 사랑은 즐거워했다. 모휘는 순간이나마 마음 약해진 자신이 바보 같았다. 어쩔 계획이냐 묻기도 전에 사랑은 도서실을 가리켰다. 아래층으로 내려갔단 선택지를 제외하곤 과연 설득력 있는 추측이었다. 우주라면 저런 데 틀어박혀 있을 가능성이 농후했다.

반면 똥촉 둘을 바라보던 하린의 심정은 암담해졌다. 성큼 다가가 사랑의 팔을 잡아 돌렸다. 사랑은 하린에게도 자연스레 어깨동무를 했다. 그러나 하린이 한 발짝 물러섰다. 모래라도 씹은 표정이던 하린이 입을 뗐다.

"나 할 말 있어."

✦

　2층으로 내려간 우주는 가까운 급식실부터 뒤졌다. 헤집어진 실내는 유쾌한 경관이 아니었다. 쉬어서 뭉친 흑미밥과 빨래처럼 널린 콩나물무침, 으깨진 불고기에 비벼진 계란말이, 페인트처럼 쏟아진 새빨간 육개장이 젤리와 뭉쳐 나뒹굴었다. 후각이 선택적으로 마비됐는지 냄새가 맡아지진 않았지만 비주얼만으로 역했다.

　우주의 다음 행선지는 당직실이었다. 구석 의자에 곱게 놓인 가방을 바로 찾았다. 하지만 기쁘지 않았다. 오도카니 선 우주는 얼굴로 흐르는 눈물을 마구 닦아냈다. 매캐한 연기 탓도 있지만 절반은 마음의 문제였다.

　아래층은 말 그대로 폐허였다. 곳곳에 시럽과 혈액이 낭자했고 배를 채우고 얼빠져 입 벌리고 걷는 하트들과 스쳤다. 사고력을 잃은 그들은 이따금 벽에 제 머리를 마구 박았다. 몸체가 치즈처럼 뭉개졌고 우욱우욱 괴로워하다 꾸물꾸물 재생됐다. 때에 맞춰 식인하지 못하면 저렇게 변한다. 보고만 있어야 하는 것도 자신이 저렇게 될까 걱정해야 하는 것도 괴로웠다. 막연히 생각만 하는 것과 직접 보는 건 천지 차이였다. 사탕이 치료제이길 바라는 희망에 묵직한 무게를 실었다.

황급하게 나가려던 우주는 자신과 덩치가 비슷한 하트와 부딪혔다. 눈에 익은 차림새였다. 우주는 시선을 올리자마자 입을 틀어막았다. 체리색 눈으로 빈집처럼 선 그는 담임 새별이었다. 죄책감에 물든 우주가 손바닥 아래서 빌었다. 진짜 새별은 아니겠지만, 그래도.

"죄송해요."

새별이 부탁했을 때 119에 신고했다면 달랐을까?

"제가 잘못했어요."

사랑이 바이크를 타고 나가자 했을 때 나갔다면?

'*이기적인 년, 지밖에 모르는 년! 보나가 불쌍해. 넌 사랑받을 자격 없어……!*'

다시 한번 보나의 얼굴이 피에 젖어 외쳤다. 이번엔 사랑이 틀렸다. 아무리 생각해도 자의식과잉이 아니라 명백한 사실이다. 비가 오기 전에 뭐든 시도했어야 했다. 무섭게 내리치는 빗속에서 우주는 의미 없는 가정만 되씹었다. 또 제자리다. 위험하니까 돌아오라고, 내 마음 따위에 사로잡혀 언니의 안전을 생각하지 못했던 나, 하늘의 손을 더 꽉 붙잡지 못했던 나. 고작 코코, 풀떼기 하나 때문에 언니를 죽게 한 이기적인 나에서 조금도 나아지지 못했다. 우주는 3층으로 올라갈 자격을 시험대로 올렸다. 내가 구조받아도 될까? 사탕 가방이 영원히 밀어 올려야 하는 시지프스의 돌처럼 무거웠다. 하늘, 보나, 새별, 이제는 모휘까지. 대체 몇 명을 망칠 셈인가. 하늘의 발끝도 못 쫓아가게 열등하다. 우주는 다 녹은 초콜릿을 주머니 속에서 쥐었다. 내가 바이러스 같다. 일대를 질병으로 물들이고 모두 죽일 것만 같다. 날 박멸하고 싶다. 구석으로 파고들어 달팽이처럼 웅크렸다. 해일 같은 우울이었다. 허우적대는 우주의 귓가로 인기척이 들려왔다.

✦

소화기를 든 사랑이 계단으로 돌진했다. 절절 매달리며 붙잡는 하린의 손에 교복 단추가 두어 개 뜯겨져 나갔지만 아랑곳 않았다.

"말하려고 했어. 아님 나 혼자라도 가려고 했는데, 갑자기 너랑 모휘랑 싸우고 있어서……."

그래서? 어쩌라고. 졸렬한 변명임을 하린도 알았다. 둘 사이로 끼어든 모휘가 사랑의 배를 잡아 뒤로 당겼다.

"내가 2층으로 갈게. 우주랑 여태 같이 있었으니까."

"내가 아니면 안 돼."

212

사랑은 설득하려 드는 모휘도 한 손으로 치웠다. 밀쳐진 모휘가 언성을 높였다.

"그럼 같이 가. 너 지금 엄청 이상하다니까? 우주가 너 보면 오다가도 도망가겠다."

사랑이 그늘진 눈매로 모휘와 하린을 쏘아보았다.

"어차피 너도 나 싫어하잖아. 니네 둘 다 나 싫어하잖아!"

사랑은 옷깃의 색이 짙어질 만큼 땀에 젖어 악다구니를 내질렀다. 누가 관자놀이에 대고 못질을 하듯 골치가 댕댕 울려서 소리치지 않곤 견딜 수 없었다. 질린 모휘가 혀를 내둘렀다.

"존나 미친 새끼 같아."

사랑은 제 주머니를 헤집기 시작했다. 남은 진통제는 겨우 아세트아미노펜. 약효가 약했다. 2층으로 가야 하는데. 우주를 찾아야 하는데. 안 좋은 일이 생길 것 같아. 중얼거리던 사랑은 젖은 목덜미를 뒤로 젖히며 한참 헐떡이다 볼을 간질이는 한 줄기 빛을 보곤 히죽 쪼갰다.

"나는 명왕성이야. 우주한테 쫓겨났어."

기어코 시작된 사랑의 헛소리에 모휘는 낄낄댔고 하린은 심각해졌다.

마음 아픈 사람들은 스트레스 조절 능력이 현저히 떨

어진다. 사랑의 나약성은 잠을 못 잘 때부터 티가 났다. 찔러도 피 한 방울 안 나올 놈이 비실대는 건 크게 다친 마음을 가졌기 때문이다. 사랑은 기를 쓰고 숨겼지만 하린은 알 수 있었다. 저런 놈들을 위해 '행복약'이 존재한 다던 오빠 재린의 말이 떠올랐다.

행복약. 최장미 팀장이 헤드로 임상시험 중인 열매제약의 트라우마 치료 약물이다. 복용하면 이해력과 적극성을 함양해 주는 키파민을 분비시키는 방식이었다.

키파민은 동기를 부여해 학습 능력을 증진시키고 태도를 개선시켰다. 행복약은 출시 전임에도 사탕 '코코'의 업그레이드 버전이다, 성적 올리는 약이다, 하는 소문이 대치동 네트워크에서 암암리에 돌고 있었다. 발 빠른 부모들은 자녀들을 행복약 임상 투여 세션에 참여시켰다. 재린도 그 세션에 참여했고, 이후로 개발에 참여하고 싶다는 꿈이 생겼고, 현재는 연구원이 되어 꿈을 이뤘다.

재린은 행복약을 사랑했다. 지금 사랑의 모습을 본다면 예의 그 말투로 '저런 놈들은 아가리에 약을 처넣어야 돼' 하겠지.

재린의 방식은 무자비했지만 결과는 대체로 정답이었다. 시험이든 실험이든 판단력을 요구하는 거라면 뭐든. 반면 하린은 어영부영 굴다 오답만을 골랐다. 오빠가 못

마땅하게 보는 시선도 신랄한 타박도 숨 막혔으나 하린이 멍청한 건 사실이었다.

지금도 그랬다. 두통과 불면증을 겪는 사랑이 염려돼 숨겼는데 결국 사랑은 하린이 회피하고 싶던 결과 그대로의 상태가 됐다. 엎친 데 덮친 격으로 우주의 실종은 사랑에게 최악의 스트레스였다. 사랑의 방향은 우주만을 향해 있기에. 인정하기 싫지만.

'여기 있는 사람이 나 말고 오빠였다면, 달라졌을까?'

그러나 사랑은 하린의 걱정을 무색하게 만들었다. 제 뺨을 세게 후려갈기곤 태양계 타령을 자력으로 멈추었기 때문이다. 대신 소화기로 문고리를 내려치기 시작했다. 두꺼운 철문까지 부술 기세였다. 찌그러진 문고리가 바닥에 떨어졌다. 뚫린 구멍으로 손을 넣은 사랑이 잠금장치를 풀었다. 손등이 죄다 긁혔지만 아픔도 느끼지 못했다.

"천사랑!"

사랑은 기어코 2층 문을 열어젖혔다. 고민 한 번 않고 내려가는 층계를 밟았다. 사냥하러 나서는 호랑이 같았다. 저런 놈은 약 없이도 살려나. 순간 하린은 저도 모르게 생각했고, 모휘의 입장은 달랐다.

"역시 우주의 개새끼야."

입은 비꼬면서도 팔다리는 사랑의 뒤로 따라 붙었다.

"야, 괜찮냐?"

"응."

"진짜 괜찮아?"

웃는 사랑의 시선이 미묘하게 빗겨 나갔다. 나를 보지 않는다. 내 얼굴 때문인가. 모휘는 뭐라 하려던 입을 다물었다. 우주의 욕지거리가 들렸기 때문이다. 사랑은 바로 옆 교실 문을 발로 찼다. 대걸레를 쥐고 경주마처럼 달려나갔다.

22

사탕을 찾던 래오와 은수 무리가 몰려온 탓에 생긴 소란이었다. 이성 없는 하트들도 끌고 와 쪽수로 우주를 밀어붙이려다 사랑에게 걸렸다. 사랑은 보이는 등짝들을 죄다 걷어찼다. 걸레를 마구 휘둘러대는 통에 대다수가 혼비백산했다. 모휘가 날뛰는 미친개를 겨우 말렸다. 사랑은 걸레를 아무데나 던지고 우주의 앞에 꿇어앉았다. 척 보기에도 아슬아슬해 보였다. 일 칠 것 같은데. 불안해진 하린이 그들에게 가까워지려던 순간, 사랑이 입을 뗐다.

"하늘아……."

사랑은 우주를 하늘이라 부르며 끌어안았다. 처음 듣는

촉촉한 목소리였다. 창문을 때리는 비보다 습윤했다. 그리고 우주의 어깨에 젖은 얼굴을 비비며 속삭였다. 소리는 아주 작아서 우주만 들을 수 있었다.

다시 3층으로 올라온 우주와 모휘는 마주 보고 사탕을 깠다. 우주는 자신을 빤히 보는 사랑의 눈을 피했다. 포장을 벗기자 동봉된 응원 문구가 보였다. 사탕을 팔기 시작한 처음 몇 달 우주는 응원 문구를 적어 사탕 포장에 끼워주었다. 반응이 좋았지만 굳이 남을 위해 그런 노동까지 해야 하나 싶어 접었는데. 또 자기만을 위하던 과거가 떠올라 우주는 무안해졌다. 모휘는 옆에서 문장을 조용히 읽었다.

"위도 아래도 필요 없다. 앞으로 도망치면 전진이다."

사탕을 꼭꼭 씹어 삼켰지만 아무 반응이 없었다. 덩달아 긴장했던 하린과 사랑도 맥빠져 보였다. 경과를 두고 보기로 싱겁게 마무리됐다. 우주는 혼자 복도에서 자신의 쪽지를 느리게 펴보았다.

－영원한 장마는 없다. 비는 언젠가 그친다.

며칠 내내 창틀이 흔들릴 정도로 비가 오고 있었다. 도무지 멎을 기미 없는 장마였다. 우주는 종이를 구겨 빗속으로 던졌다.

모휘는 2층에서 찾은 체육복을, 사랑은 교복을 입었다. 구분을 위해서였다.

"너 때문에 불편한 옷 입어야 되잖아."

사랑은 눈치 없이 투덜거렸다. 모휘는 한 대 치려다 기운이 없어 봐줬다. 끼니는 크림빵으로 때우려 했는데 사랑이 단호히 거부했다.

"나는 빵 말고 젤리."

"그래라, 그래……."

둘은 하린과 우주가 있는 교실에도 젤리와 빵을 넣어 줬다. 모휘는 쳐들어가려는 사랑의 뒷덜미를 끌었다. 우주가 하린 말고는 아무와도 함께 있고 싶지 않다 했기 때문이다. 배식원에 보모에 가드에 몸이 열 개라도 모자랐다. 사랑은 꼴에 억울해 보였다. 혼자 있기 외롭다며 모휘를 자꾸 주저앉혔다. 혹시 눈치 엿 바꿔 드셨나. 사랑과 껄끄럽긴 싫었지만, 또 너무 스스럼없기도 싫었다. 됐다. 천사랑이 이런 미묘함을 알겠냐. 바랄 걸 바라야지. 모휘는 기대를 포기했다. 떨어져 앉아 타이어 같은 빵이나 씹었다.

모휘는 코코를 여러 개 까먹었다. 나중엔 입천장이 까지고 혓바닥이 쓰렸다. 피가 돌면 흡수가 빨라지지 않을까 해서 푸시업도 했다. 사랑은 심심한지 함께했다. 하면서 모회를 자꾸 도발했다. 감히 체대 준비생에게 덤비다니. 짜증 난 모회는 휘청거리는 척 사랑의 등에 앉아버렸다. 억 소리를 낸 사랑이 무너졌다. 쌤통이었다.

사랑은 모회의 물건을 아주 제 것처럼 썼다. 빨래하느라 책상에 둔 MP3를 가져가선 이어폰 한 쪽을 내밀었다. 그럴 기분 아닌 모회가 불퉁하게 피했다. 사랑이 서운한지 투덜거렸다.

"나랑 같이 들어주면 안 돼? 이 시간만 기다렸는데."

심란한 모회는 사랑을 무시했다. 결국 사랑은 노래를 혼자 들었다. 꽂지 않은 쪽 이어폰은 늘어뜨리고 비련의 주인공마냥 스산하게 창밖을 구경했다. 저 가짜 처연함에 속지 않겠다고, 모회는 다짐했다. 바뀐 자신의 얼굴을 보던 사랑의 표정을 곱씹었다. 온갖 낙망의 색채가 담겨 있어서 직면한 순간 모회의 영혼은 바스라졌다. 사람이 그렇게 절망한 표정을 지을 수 있단 걸 처음 배웠다. 괴물이 된 기분을 되씹던 모회가 대뜸 선포했다.

"너한테 안 질 거야."

"뭐라고? 안 들려."

"내 얼굴 되찾을 거야."

사랑이 이어폰 한 쪽을 팍 뺐다.

"야, 좀 웃자. 너까지 왜 진지 빠냐고."

모휘는 그 말이 너무 싫었다. 넌 내게 뭣도 아니라는 뜻
으로 들렸다. 다시 양쪽 귀에 이어폰을 낀 사랑에게 모휘
가 있는 힘껏 막말했다.

"너랑 있으면 웃음이 안 나와. 기분만 잡치지."

사랑은 잠자코 있었다. 물방울 모양 그림자가 턱을 괸
얼굴 위로 일렁였다. 물기 한 방울 없는데 어쩐지 우는 것
같았다. 못 들었을 테고 들었대도 달라질 건 없다. 내가
뭐라고 귀하신 멘탈에 생채기 내겠어. 간지럽고 말겠지.
넘겨짚은 모휘는 교실을 나갔다.

세게 닫힌 문안에 남겨진 사랑은 쭉 0이던 볼륨을 그제
야 높였다.

✦

사랑은 잠에서 번쩍 깼다. 교실이 조용했다. 혼자일 때
만 느껴지는 적막이었다. 눈을 깜박이다 피아노 의자 너
머 늘어져 있던 다리를 움직였다. 누군가 복도로 나가려
던 사랑을 잡아당겼다. 우주인가. 반가움에 올라갔던 사
랑의 입가가 잠잠해졌다. 옷 끝을 잡은 인영을 확인하곤
다시 웃으려 애썼다.

"오랜만이야."

하늘의 환상을 보지 않기 위해 애썼던 시간만큼, 새파래진 하늘이 사랑을 노려보고 있었다. 사랑은 다리를 달달 떨었다. 뒷문을 초조하게 보다가 하늘을 업었다. 순식간에 무거워진 몸으로 교실을 나섰다. 잠결에도 사랑의 이마를 찌른 쎄한 촉은 틀리지 않았다. 우주는 의심에 걸맞게 수상한 짓을 하고 있었다. 2층과 3층 사이 문을 열고 은수와 은밀한 대화를 나누는 중이었다.

"야, 뭔 헛짓거리야."

성큼성큼 다가간 사랑이 문을 밀어 닫았다. 문고리를 부숴버린 탓에 문이 자꾸 열리자 고정할 요량으로 대걸레를 가지러 갔다. 돌아와 은수에게 욕지거리를 잔뜩 퍼부어 주려는데, 우주가 문을 다시 열었다. 사랑과 말도 섞기 싫단 표정으로 3층이 아닌 2층으로 향했다. 사랑은 상황 자체를 이해할 수 없었고 기분이 매우 나빠졌다.

"이리 와."

으르렁대듯 낮아진 목소리에도 우주는 눈 하나 깜짝 안 했다. 애초에 사랑을 보려고 하지도 않았다. 사랑이 문을 열든 잠든 돌아서는 우주를 잡아챘다.

"왜 붙잡아?"

우주가 쨍하게 물었다.

"어······?"

얼빠진 사랑을 지켜보던 우주의 입술이 비틀렸다.

"죄책감이라도 느껴?"

은수를 의식했는지 목소리를 낮춘 우주가 이죽거렸다.

"우리 언니 얼굴이라서?"

앙다문 사랑의 인중이 파르르 떨렸다. 마침 새파란 그림자가 스물스물 사랑의 얼굴을 덮었다. 하늘의 환상이 사랑의 목에 손깍지를 끼고 달랑달랑 매달렸다. 치렁치렁한 머리칼에서 흐른 물이 눈 밑까지 출렁출렁 차올랐다. 가자, 우주가 너 싫대, 가자, 우주가 너 싫대. 하늘이 속삭이며 몸을 뒤로 젖힐 때마다 사랑의 울대가 꽉 조였다.

"잘만 떠들다가 왜 말이 없어."

조여진 목으로는 말은커녕 숨도 쉴 수 없었다. 사정 모를 우주는 얼마 기다려주지 않고 사랑의 손을 뿌리쳤다. 야속했다.

"천사랑 너나 올라가."

사랑은 단호한 우주를 돌려세우려 애썼다. 헛손질까지 해가며 황황하게 굴더니 우주의 귓불을 살짝 당겼다. 손이 찼다.

"우주야, 나 먹을래?"

"미친 새끼."

다급해서 나오는 대로 지껄이긴 했지만 진심이었는데,

우주는 불쾌해하며 돌아섰다. 잡지 말라고 성을 내는 통에 뭘 할 수가 없었다. 쫓기는 우주와 쫓는 사랑 사이로 은수가 끼어들었다. 초라하게 집착하는 사랑을 가엽게 보다 혀를 끌끌 찼다.

"그르게, 우주를 딴 여자 이름으로 부르는 건 좀 아니지 않냐."

그렇게 사랑과 헤어진 우주는 어두운 2층 복도를 씩씩대며 걸었다. 몇 시간 전 이곳에서 일어난 일이 여태 생생했다.

당직실에서 맞닥뜨린 은수 무리를 보고 우주는 죽었다 싶었다. 그러나 모휘에게 사탕을 꼭 전해줘야 했고, 은수를 포함한 다른 애들에게도 가능하다면 나눠주고 싶었다. 그런 계산으로 우주는 자신이 하트로 변했음을 밝혔다. 모휘는 우주에게 쌍둥이 언니가 있었단 걸 몰랐기에 하트의 피를 먹었음에도 얼굴이 같은 우주를 나르시시스트 취급했다. 헤어스타일과 디테일 등은 미묘하게 달랐지만 이 정신없는 상황에 누가 그걸 눈치 챌까. 래오와 은수도 그럴 줄 알았는데, 그들은 모습이 변하지 않았다 여기고 우주를 경외했다. 특히 은수가 우주를 특별한 우성으로 여겼다. 지대한 동경을 내비치며 우주와 함께하길 원했다. 생존자보다 수적으로 배인 감염자들을 도와주길 바란 것이다. 은수가 구원론 연설의 정점을 찍을 때쯤 사랑이 쳐들어왔다. 우주는 격랑과도 같은 반가움을 느꼈다. 그러나 용기 내 팔 벌리는 우주에게 사랑은 최악의 패를 내밀었다.

우주는 회상을 멈추곤 울먹였다. 주먹을 쥐었다 폈다 참아봤지만 어려웠다. 서러움이 우주 위로 폭우처럼 쏟아졌다. 장마 기간은 정말 싫다. 지겨운 물비린내가 하늘에서 풍긴다. 우주의 하늘을 데려가 버린 그 물.

하늘은 모든 것에 뛰어났다. 일찌감치 영재반에 들어갔고 그림도 잘 그렸고 얌전했고 눈치가 빨랐으며 동생들도 잘 챙겼다. 우주의 언니인데 만인의 언니였다. 어른들의 예쁨도 독차지했다. 모두 우주보다 하늘을 좋아했다.

하늘은 딸기 맛을 좋아했고 우주는 초코 맛을 좋아했다. 할머니 할아버지 댁에 놀러 가면 과자 세트는 온통 딸기 맛뿐이었다. 깨끗하게 씻은 딸기가 하늘의 그릇에 놓여 있곤 했다. 무심코 집으려던 우주는 손등을 맞았다. 서러웠다. 할머니는 왜 내 딸기 꼭지를 따주지 않는 걸까. 왜 나랑 엄마는 부엌에서 밥을 먹고 언니는 아빠, 할머니 할아버지와 거실에서 먹는 걸까. 왜 벽에는 언니만 나온 경시대회 사진이 걸린 걸까. 동네 어른들에게 왜 언니만 인사시킬까. 슬펐지만 지금 생각해 보면 당연하다. 누구나 품안에 살가운 아이를 좋아한다. 평생 가보지도 못할 우주보단 매일 보는 하늘이 좋겠지. 모두가 바라던 대로 언니가 나 대신 살았다면, 여기에 있었다면, 상황이 나았겠지. 내가 무슨 쓸모가 있겠어. 아무리 생각해도 너 대신 내가 죽었어야 했어. 다 같은 생각할걸. 그러니까 천사랑도 그런 눈을 했겠지.

쉽게 가진 사람들은 모른다. 그치만 사랑받고 싶어 촉각 세워온 난 알아. 걔 눈에 뭐가 담겼는지. 익숙함, 그리움, 애정…….

천사랑, 너도 내가 밉지. 언니 대신 내가 살아서 아쉬워? 그러게 왜 우릴 계곡에 버리고 도망갔어. 비겁한 새끼. 우주는 책망 섞인 웃음을 터뜨렸다. 아니다, 내가 제일 별로지. 웬 청승이야. 토 쏠리게 자기 연민이야. 물어서 뭐해. 나라도 그래. 나 같은 애 싫어. 토사물처럼 밀려 나오는 죄책감을 억지로 소화시키는 위장이 쓰렸다. 자신에게 저주를 퍼부으며 아까 사랑과 재회했던 자리를 돌아봤다. 바로 저기서 대걸레를 쥐고 달려온 사랑이 자신을 하늘이라 부르며 껴안았다.

보고 싶었어. 그렇게 속삭였다. 눈물이 날 만큼 다정하게……

태양처럼 뜨거운 그 품 안에서 우주의 마음은 녹았고 밟혔고 부서지고 무너졌다. 사랑은 평생 모를 우주의 사정이었다.

23

6년 전—

같은 얼굴 둘, 다른 얼굴이 하나. 아이 셋이 체리를 씹는 한낮의 봄. 어깨를 훌쩍 넘기는 긴 머리를 늘어뜨린 쌍둥이 자매의 이름은 하늘과 우주, 다른 남자아이는 사랑이었다.

벚꽃이 만발한 강가는 지상낙원과 다름없었다. 언니인 하늘은 색이 가장 짙은 꽃잎을 따서 동생 우주에게 줬다. 우주도 모양이 예쁜 꽃잎을 따서 하늘에게 줬고, 형제가 없는 사랑은 쌍둥이 자매의 다정한 모습에 입술을 삐죽댔다. 사랑은 굳이 자매 사이를 비집고 들어가 앉아 꽃으로 만든 반지를 하늘에게 내밀었다. 하늘과 사랑의 다정한 모습에 이번엔 우주가 샘을 냈다. 우주가 냅다 드러눕자 하늘이 쩔쩔맸다. 사랑은 땡깡 피우지 말라며 우주의 코에 향긋한 꽃을 눌렀다.

작은 전쟁을 치르던 아이들의 눈은 얼마 안 가 동그래졌다. 푸르게 빛나는 별이 나선을 그리며 하늘에서 떨어지고 있었기 때문이다. 우주는 태양계에서 퇴출당한 명왕성이 지구에 따지러 오는 거라 우겼다. 사랑이 천문학 쪽에 약세를 보이자 기세등등해진 우주가 명왕성에 대한 장광설을 늘어놓았다. 게임 오프닝 같은 비주얼과 있어 보이는 스토리의 결합에 경탄도 잠시, 무서울 정도로 가까워지던 별이 지상으로 추락했다. 섬광이 번쩍였고 땅이 흔들리기 시작했다. 겁에 질린 아이들은 몸을 웅크렸다.

그러나 열두 살의 호기심은 굉장했다. 아이들은 무서워서 어깨를 동글게 말고도 별이 떨어진 곳에 다가섰다. 강으로 이어지는 가파른 내리막길 아래, 살짝 튀어나온 곳에 별이 떨어진 모양이었다. 셋은 조르르 무릎을 접어 앉고 연기가 피어오르는 중심을 관찰했다. 별 가루가 반짝거리는 흙 위로 새까만 꽃이 피어 있었다. 괴상적은 생김새에 소름이 돋은 우주는 팔을 쓸어내렸다. 새카만 꽃잎은 하트 모양이었는데, 봉오리를 벌려 보면 속이 새빨갰다. 그들의 식도를 타고 내려간 체리 과육처럼. 게다가 당장이라도 코를 박고 싶을 만큼 달콤한 향기가 풍겼다. 복숭아와 살구가 섞인 듯한 향이었는데 불에 그을린 잔향이 쌉쌀하게 남아 느끼하지도 않았다. 맡기만 해도 꿈결처럼 보드라운 거품 욕조에 잠긴 듯 황홀했다.

"기다려, 우주야. 내가 저걸로 더 예쁜 반지 만들어줄게."

하늘은 우주의 삐친 척하는 퍼포먼스에 속은 모양이었다. 신기한 꽃으로 더 예쁜 반지를 만들어서 우주의 마음을 풀어주려 했다.

가파른 내리막길을 아슬아슬 내려가는 하늘을 보던 우주는 점점 불안해졌다. 언니의 관심이 기뻐 말리지 않았던 게 후회되기 시작했다. 우주는 하늘을 어르려 했다. 다 장난이라고, 난 괜찮다고, 제발 그만두고 올라오라고, 말하려 했는데…… 불쾌할 만큼 불길한 예감이 들었고 과연 끔찍한 광경이 펼쳐졌다.

하늘은 고작 열두 살 애였다. 아이의 다리는 자연에 맞설 만큼 강하지 못했다. 하늘은 미끄러졌고, 물속으로 떨어졌다. 별처럼.

불행은 불운이 만든 틈을 벌리고 꾸역꾸역 끼어든다. 때마침 어른들은 펜션 안에서 식사를 준비하느라 사고를 인지하지 못했고, 열두 살 우주와 사랑만이 하늘이 물살에 휩쓸렸던 그 시간 그곳에 있었다. 급하게 하늘을 따라 물로 뛰어내린 우주는 폐가 터지게 헤엄쳤지만 하늘을 구할 수 없었다. 살려달라 백 번 천 번을 빌었지만 누구도 듣지 못했다. 아무도 그들을 구해주지 않았다.

그렇게 한참 뒤 우주만이 땅으로 끌어 올려졌다. 피부를 달구던 한낮의 햇볕은 꿈처럼 멀게 느껴졌다. 살아남은 자의 한기만이 뼛속으로 시리게 침투했다. 공기가 온통 비려서, 물과 울음을 토하며 벌벌 떨었다. 낙원은 순식간에 나락이 되었다.

열두 살의 봄, 우주는 하늘과 사랑을 잃었다.

하늘을 구하지 못했으니까.

사랑은 물에 빠진 우주를 두고 도망갔으니까.

✦

우주가 사랑에게 차갑게 통보한 후 2층으로 가버린 참이었다. 하린은 죄책감에 잠겼다. 모휘에게 우주를 설득하자 려 했으나 실패했다. 파리한 모휘가 도리어 하린에게 애원해 왔기 때문이었다.

"천사랑이 이상해."

사랑은 식물처럼 기운이 빠져 있었다. 보이지도 들리지도 않는 것처럼 굴었다. 가관이었다. 그를 내려다보던 하린은 문득 울화가 치밀었다. 천사랑 이 답답한 놈. 이렇게 곪아가는 것도 최우주 개 때문이면서. 왈칵 화를 내려다

별반 다르지 않은 제 사정을 자각하곤 입을 다물었다. 하긴 나도 내 비밀 때문에 여러 사람 힘들게 하고 있지. 그래, 사람 사는 거 다 거기서 거기지. 이해심을 쥐어짜낸 하린이 사랑에게 조언했다.

"우주한테 고백해."

사랑이 눈을 들었다.

"뭘?"

"솔직하게 말하라고. 열두 살 때 너희 언니 사고에 대해서 오해한 게 있다고!"

"못 해."

"왜."

"plutoed라는 단어는 명왕성이 태양계 행성 지위를 박탈당하고 생겼어."

또 시작이다. 하린은 이마를 짚었다. 명왕성이고 나발이고 지구의 인간 하나가 혈압 올라 졸도할 지경이었다.

"우리말로 번역하면 한순간에 좆됐다는 뜻이지."

사랑은 꿋꿋이 말을 이었다. 그래서 어쩌라고. 하린이 다그쳤다. 계속 좆된 채로 살겠다고?

"진심 주먹이 운다. 대체 언제까지 걔가 너 싫어하게 둘 거야?"

"그치, 네가 보기에도 확실히 나 싫어하지?"

하린은 어깨가 꽉 조이는 걸 느꼈다. 사랑의 손에 힘이 실렸기 때문이다. 그때 모휘가 대화에 끼어들었다.

"걔? 대체 지금 누구 얘기하는 거야?"

"최우주."

하린이 대충 뱉었다. 당연히 모휘는 이해하지 못했다. 플루토는 미키 옆에 노란 강아지 아닌가? 만화 얘기인 줄 알았더니 갑자기 최우주란다. 모휘가 갸우뚱거리든 말든 하린은 사랑을 구박하느라 바빴다.

"이 기회에 다 까발리고 점수나 따. 가오 그만 잡고."

"다시 만나자며. 내가 걔한테 점수 따도 상관없어?"

"너 버릴래. 너무 하자 있어."

홧김에 뱉었는데 그럴 수도 있겠다고 하린은 생각했다. 과거의 목줄에 매인 사랑이 거울처럼 하린을 비추었다. 중심이 남에게 있어 그의 위성으로만 공전하는. 나도 저렇게 보일까. 별로였다.

"안타깝네."

"하나도 안 안타까우면서 까고 있네."

사랑은 하린에게 욕을 바가지로 먹으면서도 웃었다. 머리를 쓸어 넘기자 복잡해 보이는 이목구비가 드러났다.

"내가 내 입으로 지난 얘기하는 것도 웃기잖아. 뭐 별거라고."

하린은 기가 막혔다. 그럼 넌 뭐야. 다 지난 얘기라 혼자 압박감 잔뜩 받고 이 난리니? 사랑은 희한한 데서 사렸다. 짜증 나. 불쌍해. 동정도 정이라고 소진된 줄 알았던 하린의 마음이 다시 우글우글 덩치를 불렸다.

"네가 해야지. 내가 대신 말해줄 수도 없잖아."

"아니, 안 해. 너도 잊어주라. 어차피 내 얘기 거의 뻥이었어."

거짓말이라 우기는 거짓말에 하린이 코웃음 쳤다.

"뻥 아니잖아."

사랑은 침묵했다. 뭐 별거냐더니 '그 사고'를 언급한 것만으로 기가 빨린 모양이었다. 모휘가 둘 사이로 몸을 넣었다.

"누구 설명해 줄 사람? 하나도 못 알아먹겠는데."

어디부터 어디까지 말해야 하나. 하린이 난처해할 때였다. 사랑이 돌연 제 얼굴을 가리더니 말했다.

"있잖아, 나 못생겼지."

폭탄 발언에 모휘가 입을 떡 벌렸다.

"못 참겠어. 갈게."

하린은 감당 불가한 스트레스에 자리를 피했다. 거침없이 문 쪽을 향해 가다 덧붙였다.

"내가 우주 챙길 거니까, 니들 둘은 서로 감시나 해. 괜히 우리 쪽으로 와서 초 치지 말고."

결국 턱이 빠지기 직전인 모휘만 사랑의 곁에 남게 되었다. 뭔지 모르겠지만 나 지금 플루토 그거 된 듯. 모휘는 생각했다.

"우리 모휘는 사랑이 옆에 있어주네."

"죽빵 날아간다. 닥치세요, 제발."

"웅, 알겠어."

사랑이 눈을 접으며 키들댔다. 모휘는 친한 척하지 말라고 툴툴거리면서도 곁에 앉아, 과연 억지로 머물렀다.

✦

은수는 갑자기 2층으로 찾아온 하린을 불편해했다. 하린을 건드리면 가만있지 않겠단 우주의 엄포에 우주가 쉬는 교실까지 하린을 데려다주긴 했지만 줄곧 문 앞에서 얼쩡거렸다.

우주는 맨바닥에 낡은 모포를 깔고 누워 있었다. 하린이 우주의 옆에 앉았다. 변한 얼굴을 맞닥뜨리니 도리어 정리가 됐다. 죽은 우주의 형제는 저런 모습이구나. 어린이가 아닌 청소년의 외형인 게 슬펐다. 하늘은 죽지 않고 우주의 마음에서 함께 자라고 있었단 뜻 같았다. 우주가 가여웠다. 가여운 이유는 그뿐이 아니었다.

"천사랑이 미워."

"······우주야."

하린은 우주에게 해줄 수 있는 게 없었다. 다만 우주와 같은 방향으로 누웠다. 우주의 호흡에 맞춰 함께 숨을 쉬었다. 우주의 슬픔이 여울처럼 밀려왔다. 그래도 넌 혼자가 아니야. 내가 같이 슬퍼해 줄게. 댐이 되어줄게. 전해지길 바라며 등에 이마를 톡 댔다. 다행히 눈빛을 되찾은 우주가 조잘조잘 떠들기 시작했다.

"나 다른 이름으로 부른 거? 아무렇지 않아. 애초에 천사랑이 날 어떻게 대하든 무슨 상관이야. 좋아하든, 싫어하든."

좋아해 주길 바라면 인간도 아니지. 우주는 뒷말을 꿀꺽 삼켰다.

"솔직히 너랑 천사랑도 네가 백배 아깝지만······."

"이제 마음 없어."

우주는 눈에 띄게 당황했다. 이유가 궁금했지만 끝내 묻지 않았다. 하린은 그 배려가 신기하고, 고마웠다.

"하린이 너는 똑똑하니까 알아서 잘 결정했겠지."

"내가 똑똑하다고?"

난생처음 들어보는 얘기에 하린이 등을 세웠다. 우주가

발굴해 주는 하린은 새로웠다. 정말 그런 사람이고 싶을 만큼. 하지만……

"절대 아냐, 나 실수 많이 해."

"네가?"

"매일이 실수투성이야. 맨날 후회만 해."

하린의 손가락이 바닥 무늬를 천천히 덧그렸다.

"실수를 너무 많이 해서……"

깨진 타일이 손톱에 걸렸다.

"실수를 그만하고 싶어서 죽고 싶었어……."

덫에 빠진 듯 호흡이 깨졌다.

너무 많이 다쳤고 죽었다. 이제는 우주와 모휘마저. 떨리는 하린의 어깨 위로 우주가 손바닥을 올렸다. 분에 넘치게 따뜻했다. 한참 침묵하던 우주가 하린의 이름을 나직이 불렀다.

"그때의 최선이었겠지."

하린의 눈이 끔벅였다. 그랬을까. 가볍게 대답하고 싶었지만 목구멍이 타는 듯이 뜨거워서 입이 벌어지지 않았다. 뱉지 못한 대답이 맺혀 눈물이 우박처럼 떨어졌다. 우주는 별말이 없었다.

"내가 너 위로해 주러 왔는데 네가 해주면 어떡해."

괜히 탓해도 풀린 눈으로 웃기만 했다.

✦

하나, 둘, 셋. 사랑은 자신을 꼭 끌어안고 숨을 내뱉었다. 공기에도 몸속에도 깊숙이 밴 물 냄새가 지독했다. 사랑은 눈만 내려 바짓단을 계곡물로 적시는 주범을 봤다. 종아리까지 늘어진 아이의 긴 머리카락 끝에서 물이 뚝뚝 떨어졌다. 하늘이 사랑의 가슴을 깔고 앉아 소곤소곤 욕설하고 있었다. *왜 약속 안 지켜. 나 데리러 온다고 했잖아.*

"미안."

사랑은 하릴없이 속죄했다. 하늘은 멈추지 않고 흠뻑 젖은 얼굴로 쏘아붙였다. *우주 하나 지키면 되는데, 그거까지 못 해. 넌 바닥이야. 지금보다 더 바닥이 있어? 너한테 더 실망할 게 남았어?*

"내가 잘못했어."

몸서리치며 비는 사랑의 주변으로 얼음장 같은 포말이 튀었다. 완벽한 사람이 되어야 하는데, 너의 희생으로 겨우 건져낸 인생에는 결점이 있으면 안 되는데. 추웠다. 머릿속이 새파랗게 물들었다. 눈을 감으면, 언제나 그 계곡으로 빨려 들어간다. 비린내 나는 물이 모든 구멍으로 들

236

이닥쳤다. 사랑은 매번 급류에 휩쓸려 허우적댔다. 간절히 잡아보지만 번번이 손끝을 놓쳤다. 악몽을 꾸는 날엔 머리가 쪼개질 듯 아팠다.

지나간 과거에 진실이 있을까. 어쨌든 하늘은 죽었고 우주와 사랑만 살았다. 결과는 달라지지 않는데 바로잡는답시고 아픈 사람을 둘로 늘려야 할까? 나만 입 다물고 있으면 우주는 맘 편한 오해 속에 잘살 텐데. 실컷 미워할 악당이 하나뿐인 세계에.

그래, 잘 생각했어. 하늘의 새파란 입술이 느리게 움직였다. *그냥 네가 죽어. 우주는 끝까지 모르게 해.* 하늘에게 사랑이 내놓을 수 있는 답은 순종뿐이다. 싫어도 좋다 해야 하고 보고 싶지 않아도 보고 싶었다 해야 한다. 이번엔 죽으란다. 그래서 사랑은 눈앞에 보이는, 체육복 차림인 자신의 울대를 꽉 쥐고 올렸다.

"······!"

사랑에게 잡힌 사랑이 발버둥 쳤다. 양심 없게도 슬퍼 보였다. 사랑은 사랑에게 있는 힘껏 빈정거렸다. 깊숙이 숨겨뒀던 말을 가감 없이 쏟았다.

"왜, 슬퍼?"

그만하자. 다 끝내자. 미움받기 싫지. 자신 없잖아. 걔는 널 안 사랑해. 도망가자. 그냥 죽어. 죽어버려. 하늘은 계

속 속삭였다. 사랑은 팔에 힘을 줬다. 손끝에서 빠른 박동이 느껴졌다.

"솔직히 명왕성은 계속 지 자리에서 돌았다고. 근데 평생 볼 일 없을 인간들이 행성이랬다 아니랬다 지랄이야. 나는 내 자리에 있었는데, 난 언제나 나였는데, 왜 내가 그 악당이야."

사랑이 사랑의 울대를 거세게 누르며 떠들 때였다. 무언가에 긁힌 팔뚝이 따가웠다. 목이 졸린 사랑의 표정이 보였다.

'슬퍼 보이기보단…… 꼭지 돈 것 같은데?'

생각하자마자 주먹이 날아왔다. 나뒹구는 사랑에게 죽다 살아난 사랑의 거센 쌍욕이 쏟아졌다.

"미친놈아, 나 배모휘야!"

사랑의 모습을 한 모휘가 고함쳤다.

"왜 갑자기 목을 조르고 지랄이야. 명왕성이 어딜 돌든 말든 너나 곱게 돌아, 미친 새끼야!"

모휘는 이마가 따끔해질 때까지 열불을 냈다. 사랑의 멱살을 잡고 바닥에 누르기도 했다. 사랑이 계속 덤벼들기에 한 대 더 쳤다. 이번엔 감정이 실려서 좀 셌다. 손아귀에 잡힌 사랑은 금세 얌전해졌다. 위에서 내려다보니 눈물과 땀으로 푹 젖어 있었다. 색 없는 입술이 창백했다.

한숨도 자지 못한 눈가는 거뭇했다. 누가 몇 날 며칠 가둬두고 뒤지게 팬 것 같았다. 목을 졸라놓고 지가 졸리기라도 한 듯 초라한 몰골이었다.

"야."

분개하는 모휘의 목소리에 울음기가 섞였다. 그러고는 사랑의 옷깃을 쥔 그대로 무너졌다.

"너 뭐 때문에 정신 나간 거야?"

사랑이 발작하듯 몸을 떨었다. 모휘가 다그쳤다.

"대체 무슨 일이 있었던 건데."

사랑은 대답이 없었다. 대신 제 귀와 머리를 반복해 때렸다. 자꾸만 스스로를 저주했다. 자기가 죽길 바라는 사람은 무슨 마음을 가졌을까. 어떻게 버텨온 걸까. 모휘는 가늠조차 안 갔다.

하린과의 대화로 상황을 유추해 보기란 어렵지 않았다. 우주와 사랑의 사이가 틀어진 원인인 열두 살 사고에 비화가 있는 모양이었다. 우주의 언니가 변을 당했단 것 같았다. 시렴을 맞은 우주의 얼굴은 그 언니로 변한 거였고 사랑은 엄청 아련하게 걔를 껴안더니 이젠 자신을 혐오하지 못해 안달이었다. 둘 다 사이코 같았지만, 멀쩡할 수 없을 상황이었다. 눈앞에서 사람이 죽었는데. 마음의 상처는 오래 남는다. 보이지 않아 모르고 넘어가기 일쑤지만, 얕보고 건드렸다간 묵은 진물을 뒤집어쓰는 법이다.

"널 미워해서 뭐가 달라지는데. 그만 좀 해."

모휘가 보기에 사랑은 산 사람 같지 않았다. 장기가 눌리는 느낌이 들 만큼 안타까웠다. 가끔은 고개를 돌려봐. 주변에 널 좋아하는 사람들도 많아. 네가 목을 졸랐던 나 같은.

"물론 난 널 좋아하는 건 아니지만. 그렇다고 싫어하진 않아. 인심 썼다. 집에 가면 일기에 써라. 엄마 아빠한테 자랑하고."

모휘가 저어낸 위안의 너울은 사랑의 가슴팍이 오르내리는 속도를 낮췄다. 호흡이 진정되자, 모휘는 전부터 맴돌던 말을 꺼냈다.

"야, 천사랑. 너 그거 아냐?"

"뭐."

"너 명왕성 얘기할 때마다 진심 등신 같아."

"알아."

근데 제어가 안 돼. 사랑이 피식 웃으며 대꾸했다. 둘은 거친 숨을 씩씩거렸다. 사육제가 간만에 경종을 울릴 때까지.

옥상

24

안녕하세요, 열매고등학교 캠프에 참가해 주신 여러분. 구관 구조팀에서 안내 말씀드립니다.

하린은 폭우가 내리는 창밖을 응시했다. 등진 천장 일각에선 빨간빛이 깜박거렸다.

정말 믿어?

그렇게 묻는 듯이.

금일 도착 예정이었던 구조기가 현재 악천후로 지연되고 있습니다.

"구조기가 지연됐다고?"

문밖에서 은수가 버럭 내지르는 소리가 들려왔다.

생존자분들께서는 안전에 각별히 주의하여…… 옥상에서 대기를 부탁드리며……

"저 새끼들 우리 다 버리는 거 아니야? 그럼 얼굴 돌아오든 말든 상관없잖아!"

후들후들 떠는 래오의 목소리도 들렸다. 둘이 숙덕이나 싶더니 곧 수상한 정적이 흘렀다. 아까와는 사뭇 달라진 분위기에 하린은 침착하게 주위를 훑었다. 방 중앙을 가로지르는 커튼을 걷어내자, 줄 지은 모니터가 보였다. 교내에 설치된 폐쇄회로 화면이었다.

"이건……."

팻말이 붙어 있지 않아서 몰랐는데 이 교실은 관제실이었다. 우두망찰 섰던 하린은 헤드 모니터에 인터넷이 연결된 걸 확인했다. 주변을 더듬어 와이파이 공유기를 찾아냈다. 무전기처럼 생긴 기계도 뜯어냈다. 부산하게 움직이던 하린은 우주의 앞으로 그걸 툭 던졌다.

"재머라고 전파를 방해하는 기계야. 이 방에서는 전화나 인터넷을 사용할 수 있어도, 이 방 외부의 사람들, 즉 우리가 사용할 순 없게 차단한 거지."

설명을 듣던 우주의 발이 위로 들리더니 그대로 재머를 내려찍었다. 밟힌 부품이 내장처럼 튀어나오며 기계가 파손됐다. 안주머니에서 핸드폰을 꺼내 신호를 잡아보자 전과 달리 와이파이를 인식했다. 우주를 흡족하게 구경하던 하린은 불길한 기척을 느꼈다. 문 쪽으로 다급히 달려갔지만 한 발 늦었다. 밖에서 문고리를 잠그는 소리가 빗소리보다 크게 들렸다. 그때 반복되던 안내 방송이 노이즈를 내기 시작했다. 접속 불량 때문인지 이어지는 잡음이 하린에겐 조롱으로 들렸다. 닫힌 문을 주먹으로 내리치던 하린이 입술을 악물었다.

"틀렸어."

모두 거짓이다. 상대는 우리를 죽일 생각이다. 인정하자 머리가 식었다. 그래도 믿고 싶었는데.

오빠, 이건 아니지.

곧 펑 터지는 소리와 함께 방송이 꺼졌다. 죽음과도 같은 고요에 잠긴 학교 속, 치뜬 하린의 눈앞만이 또렷했다.

✳

기상청은 중부지방의 경우 정체전선의 영향을 주기적으로 받아 내일과 모레 강한 장맛비가 내리겠고 정체전선이 북상하는 8월 31일 전반 잠시 소강상태를 보였다가 다시 남하하는 9월 첫 주부터 비가 또 시작돼 10일 이후 장마철에서 벗어날 것으로 예상된다고 밝혔습니다. 이번 장마철이 길어진 이유에 대해 지난 6월 말 동시베리아에서 발생한……

재린은 태블릿 PC에서 흘러나오는 날씨 뉴스와 함께

번쩍 눈을 떴다. 행복한 꿈을 꿔 기분이 좋았다. 단잠을 꾸느라 턱에 흐른 침을 훔쳐내며 학교 생중계 화면을 켰다. 존재하지 않는 구조기에 관한 안내 방송이 마지막으로 송출된 걸 확인했다. 이젠 학교에 갇혀 죽어가는 그들을 구경하면 됐다. 즐거운 일이었다. 그는 콧노래를 부르며 책상에 놓인 약통에서 알약을 꺼내어 이리저리 굴렸다. 체리색 구체가 구슬처럼 굴러갔다. 햇빛이 반쯤 투명한 알약을 통과해 비쳤다.

계곡에서 발견한 미지 식물 코코를 이용한 신약, 통칭 '행복약' 개발은 항암체나 자가면역질환에 관련된 다른 신약 프로젝트에 버금가는 비용을 투자할 정도로 중요한 열매제약의 주력 사업이었다. 약을 먹으면 불안이 가라앉고 희망이 샘솟았다. 우울하지 않고 행복해졌다. 세상이 애정 어린 기회의 땅으로 보였다. 다만 환자의 상태에 따라 약물 의존증이 오기 쉬운 게 단점이었다. 당연했다. 사회는 옥토보단 사막이고 환상은 깨질 때 극심한 고통을 수반한다. 인간은 약이든 천재든 어디든 기대어 살아가야 한다. 재린은 제 얼간이 동생을 화면으로 보며 이 모든 일의 시작을 떠올렸다.

주민등록도 안 된 아무나를 주워 실험했다. 연구소 내에선 한계가 있었기 때문이다. 그는 시키지도 않았는데 게걸스레 시럽 같은 농축액을 퍼먹더니 아이로 변했었다. 얼마나 짜릿했는지 모른다.

꾸준히 접속했던 추적 불가능한 메신저의 알람이 불타고 있었지만 한 번도 들여다보지 않았다. 애드벌룬을 띄운 것만으로 상대는 쓸모를 다했으니까. 혼란으로 외부인의 출입이 자유로워진 이후의 일은 훨씬 능숙하고 자아는 찌그러진 놈을 말로 쓰면 됐다. 재린의 돈을 받은 경비원도 학교를 지키고 있었다.

사랑하는 동생은 꺼내줄까, 말까. 신이 된 기분이 들었다. 재린이 제일 좋아하는 것이었다. 요즘엔 통 느낄 수 없어 얼마나 슬펐던가. 재린의 얼굴이 금방이라도 울 듯이 일그러졌다 체리빛깔 구체를 헐레벌떡 삼켰다. 곧 목이 젖혀진 의자가 경쾌하게 회전했다.

✦

재린은 열매고등학교 재학 내내 최상위권에 머무르다 명문대에 진학했고 졸업도 전에 취직을 했다. 짧은 일생에 걸쳐 최연소란 타이틀은 모두 달고 다녔다. 소위 엘리트 코스를 밟은 오빠는 하린의 신이자 콤플렉스였다.

재린은 들어도 이해 못 한다며 하린에게 무엇도 설명

해 주지 않았다. 다만 캠프에 가면 샅샅이 관찰하고 보고하라 명령했다. 하린은 애드벌룬이 터지고 서로를 먹는 사람들을 보고 나서야 오빠가 무슨 일을 벌인 건지 실감났다. 친구들의 울음소리를 듣다가, 재린이 건넨 핸드폰을 변기에 버렸다. 오빠가 시킨 일을 하지 않는 것. 그때의 하린에겐 최대의 반항이었다.

뭔가 사정이 있겠지. 오빠는 똑똑하니까 이만큼 잔인한데는 나름의 이유가 있겠지. 소용돌이치는 죄책감이 괴로워 상황을 합리화해 왔다. 하지만……

우주는 하린의 동요를 느낀 모양이었다. 스파크를 일으키며 망가진 스피커의 잔해를 발로 밀어버리곤 축 처진 하린의 팔에 튜브처럼 팔짱을 껴 올렸다.

"무서워? 걱정하지 마. 지켜줄게."

우주가 제 어깨를 팡팡 쳤다. 하린은 하릴없이 따라 웃어버렸다. 발밑만 내려보다 문득 우주의 이름을 불렀다.

"죽고 싶었던 나를 네가 살렸어."

"……."

"이젠 내가 너를 지킬 거야."

선의의 위력은 종종 경시된다. 그러나 나그네의 옷을 벗긴 것도 바람 아닌 햇살이다. 사랑은 분명 혐오보다 강하다. 천천히 턱을 치켜드는 하린의 눈매가 결연했다. 지금이라도 모든 걸 고쳐야 한다.

내밀어진 하린의 손은 손끝까지 떨리고 있었다. 우주는 걱정에 망설였지만 결국 핸드폰을 놓아주었다. 통화 버튼 위에서 배회하던 하린의 손가락이 화면에 일렁임이 생길 만큼 꾹 내려앉았다. 심박 같은 연결음이 이어졌고 하린은 물에 빠진 사람처럼 외쳤다.

"구해주세요."

언제나 이 말이 하고 싶었다.

"살려주세요."

오빠가 하린에게 욕설을 퍼붓고, 때릴 때마다 애써 가라앉혔던 SOS들이 지금은 높게 쌓여 하린을 수면 위로 띄웠다.

"우리 오빠가⋯⋯"

하린도 재린만큼 그를 알았다. 어쩌면 그 자신보다 더. 그에겐 마음이 없다. 그리고 그걸 자랑스레 여겼다. 거기서부터 재린의 빈틈이 생긴다. 오만한 놈은 멍청한 여동생이 제게 칼을 들 수 있다고 꿈에도 생각 못 했을 테다.

"우리를 죽이려고 해요."

스스로 방향을 정해 헤엄치기. 성장의 비법이다.

두 손들이 서로를 꽉 잡았다.

＊

잠이 오지 않는 폭우의 밤. 사랑은 도서실로 향했다. 책 몇 권을 고르기에 독서하나 싶었는데 베개로 썼다. 모휘는 어이없어 웃다가 바로 심란해졌다. 안내 방송은 끊겼고 비는 미친 듯이 퍼붓고 나는 24시간 내에 식인하지 않으면 생각을 잃게 생겼다니. 꼼짝없이 천사랑과 단둘이 남은 이 상황도 재해라면 재해였다.

"그만 봐, 뚫린다."

자는 줄 알았던 사랑이 빙글거렸다. 놀란 모휘는 얼결에 사랑의 눈꺼풀을 덮어버리곤 떠들기 시작했다.

"잠자는 비법이야. 시야 차단. 그리고 네가 제일 좋아하는 사람과 과자집을 구경한다 상상해 봐."

"······진짜 있는 방법이야?"

모휘도 몇 번 써먹었던 방법이니 마냥 거짓말은 아니라 자신 있게 끄덕였다. 잠들지 못하는 건 뇌가 각성 상태란 뜻이다. 시끄러운 머리를 잠잠하게 해주어야 좋다.

"문은 비스킷, 기둥은 와퍼, 창틀은 바게트. 며칠 전 내린 눈으로 지붕에 달라붙은 초콜릿. 초콜릿에는 멜라토닌이 들어서 널 졸리게 해. 그 초콜릿은 달콤하고, 끈적해서 천천히 흘러내려 구경꾼인 우리를 뒤덮는 거야. 강력한 수면 유도 호르몬이라 우린 잠들 수밖에 없고……"

"애드벌룬 표절했네."

사랑이 산통을 깼다. 혈압이 오른 모휘가 뒷골을 문질
렀다.

"닥쳐. 그냥 한번 해봐. 어차피 고민은 허상이야. 날씨
같은 거지. 비처럼 내렸다 그친다고."

강철 같은 사랑의 회의에 모휘는 부지런히 맞수를 뒀
다.

"그래, 너도 잘 자. 내 꿈 꿔."

사랑이 까불자,

"응, 악몽이야."

모휘가 받아쳤다. 한편으론 너나 잘 잤음 좋겠다고 몰
래 생각했다. 꿈도 꾸지 말고 푹. 연적의 숙면이나 빌어주
고 모휘는 속도 좋았다.

"모휘 너처럼 단순한 놈도 고민이 있구나. 새롭다."

"이 자식이 말 건 거 1초 만에 후회하게 하네. 나도 나
름 복잡한 사람이야. 넌 관심이 없어서 모르겠지만."

"우주가 2층 내려간 거, 너한테 사탕 주려고 그런 거야.
내가 굳이 관심 안 줘도 우주 정도면 충분하지 않아?"

우주가, 날 위해? 벙쪘던 모휘는 짐짓 태연한 척했으나
영락없이 불타는 고구마 꼴이 됐다. 사랑이 혀를 찼다.

"좋냐? 입 찢어지네, 아주. 부럽다."

"뭐, 나 때문이었겠어? 개도 하트로 변해서 그런 거지."

"하긴."

냅다 동의한 이 얄망궂은 놈은 자라는 잠은 안 자고 팔꿈치로 모휘의 옆구리나 쿡쿡 찔러댔다.

"저 나무가 그 소원 나무지?"

사랑은 빗방울이 밀집한 창문 너머를 가리켰다. 벚나무가 보였다. 원래 흰색이었던 꽃이 검붉은색으로 변해 있었다. 착시인가. 무서워진 모휘는 아무 말이나 꺼냈다.

"너는 좀 어때. 고민 있어?"

연적의 정신 케어까지 담당하는 스스로가 호구 같았지만 이미 뱉은 말이요, 나불댄 입이었다. 네가 그건 왜 묻냐 미심쩍어 할 줄 알았는데 사랑은 침묵했다. 그러다 어색할 지경이 될 때쯤 대답했다.

"어떤 말들은 뱉으면 다 상해버리는 것 같아."

"엉?"

"내가 보관한 모습 그대로 개한테 보여주고 싶은데 꺼내는 순간 변질될 것 같아."

모휘는 동문서답을 잠자코 들었다. 턱을 받친 얼굴이 제법 진지했다. 하지만 사랑은 속지 않았다.

"너 못 알아들었지?"

"음."

"솔직하게 말해."

"네 안에 있는 걸 밖에서 어떻게 봐? 걔한테 입장권이라도 주든가. 전시회인 줄."

모휘는 이어진 사랑의 파안대소에 고막이 나갈 뻔했다.

"빨리 어른 됐음 좋겠다."

한참 미친놈처럼 웃더니, 사랑은 또 뜬금없는 소리를 했다. 다행히 모휘로선 꽤 공감 가는 주제였기에 내심 설레 하며 물었다.

"왜?"

"어른은 힘이 있잖아. 강해지고 싶어서."

"뭐 얼마나 세지려고."

지금도 충분한데. 천사랑의 20대, 30대, 40대, 50대⋯⋯ 쭉 떠올리던 모휘는 아연해졌다. 얜 200살까지 살 것 같아. 천상계 먼치킨 유사 로봇의 형태로만 그려졌다. 도무지 인간 같지 않았다.

"거북이 등껍질 정도."

"뭔 닌자 거북이세요."

"근데 걔도 높은 데서 떨어지면 깨진대. 티가 안 날 뿐이지."

"애초에 강한 게 뭔데. 싸움 잘하는 거? 모호해."

"어떤 상황에서도 안 다치는 거."

"뭐?"

"그래야 지킬 수 있으니까. 물론 그렇게 되려면 엄청 훌륭한 어른이 돼야겠지. 웬만큼 완벽해선 안 될 거야."

"언놈이 그런 비인간적인 걸 알려줬어?"

"부모님."

"훌륭하신 가르침이네."

모휘는 내심 혀를 내둘렀다. 평생 닳 일 없는 등딱지가 대수냐. 말이 되는 소리를 해야. 93퍼센트가 무의식인 사람 속을 어떻게 가늠해. 로봇도 발로 차면 부서지는데 무슨 수로 마냥 튼튼해. 천사랑은 실제로 탈인간을 꿈꾸고 있었다. 뭐, 쟤라면 가능할 것 같긴 한데. 사랑은 파격 발언 이후 태평하게 누웠다. 눈을 느리게 깜박이며 모휘를 자꾸만 건드렸다. 슬슬 귀찮아진 모휘의 성의 없는 반응에도 개의치 않았다.

"과자집을 너무 크게 지었어. 지붕까지 가기 개힘들어."

"……."

"미리 말해줬음 적당히 설계했지. 치사해."

몇 번 꿍얼대던 사랑의 숨이 점점 고르게 변했다. 갑자기 잠든 사랑이 모휘는 기막히면서도 비법이 통했다니 뿌듯했다. 모휘도 한숨 자려 자리를 찾을 때였다.

굉음과 함께, 복도 창문 유리 위로 핏방울이 튀었다.

✦

사랑의 과자집이 지어지기 직전, 우주는 잠긴 문을 사이에 두고 은수와 래오를 설득 중이었다. 하지만 초조해진 그들은 철옹성이었다.

"생각해 보니까 구조기를 믿은 게 웃겨. 누가 우릴 구하러 올 리 없잖아…… 여기서 죽거나 살거나야…… 이 구린 식인종으로……."

"래오 쟤 우리 먹겠단 소리지?"

래오의 한탄을 듣던 하린이 우주에게 속삭였다. 우주는 복잡한 표정을 지었다.

"그럼 왜 내 얼굴이 그대론 걸 신기해했는데? 너도 원래대로 돌아가서 시럽을 안 먹은 척 속이고 구조받고 싶었던 거 아냐?"

우주가 정곡을 찔렀는지 상대는 대답이 없었다.

"더 좋은 방법이 있다면 어쩔래?"

래오가 한 번 더 침묵했다.

'됐다.'

우주가 승부수를 던졌다.

"인간으로 돌아가는 방법을 알아."

말을 마치기도 전에 문이 벌컥 열렸다. 여태 과묵하던 은수가 우주를 노려보며 서 있었다.

"뭔데."

"그냥 알려줄 수는 없지."

"조건은?"

"식인하지 않겠다고 약속해."

"확실한 방법이야?"

래오가 끼어들어 의문을 제기했다. 하린이 한 발 다가왔다.

"내가 증거야. 하트로 변했다가 우주가 말한 방법대로 했더니 사람으로 돌아왔어."

"그런 좋은 방법이 있으면 배모휘랑 넌 왜 안 썼는데?"

여태 약효가 없는 건 우주도 걱정하는 부분이었다. 은수의 날카로운 질문에 해줄 말이 없었다. 우주는 짧은 시간 동안 부리나케 잔머리를 굴렸다.

"그건 너희도 우리에 동참하겠다면 할 얘기고, 암튼 더 살리고, 덜 다칠 방법이 있는데 시도라도 해봐야지."

"군이 왜?"

래오가 빈정거렸지만 우주는 꿋꿋했다. 래오와 은수가 원할 정제된 답변을 내놓았다. 여긴 관제실이고, 전파를 쓸 수 있고 전화 신고도 마쳤다 말하자 하린이 범인을 안다 보냈다. 은수는 갈등하는 기색이었다. 래오만이 끝까지 훼방을 놓았다.

"류은수. 저걸 믿어? 얘네 둘에 천사랑이랑 배모휘도 먹어버리자. 그럼 구조기 와도 우리가 하트인지 뭔지 말할 놈들은 없어."

하지만 은수는 우주 쪽으로 돌아섰다. 래오는 골이 나 3층으로 올라가 버렸다. 우주는 하린을 돌아보며 마주 웃었다. 희망은 마지막의 마지막까지. 그렇게 믿고 싶은 우주와 맞은편에 선 은수를 둘러싼 빗소리가 아슬아슬하게 증폭되고 있었다.

✦

빗소리로 소란스러운 교내는 의도 짙은 발소리쯤은 쉽게 묻었다. 슈트 차림의 남자가 재킷 단추를 단정하게 채우며 계단을 올랐다. 애들끼리 다퉜는지 웬 꺼벙한 놈 하나가 층마다 문을 다 열어놔서 이득을 봤다. 방송은 전층에 나왔기에 그는 24시간 주기로 식인하며 몸을 썩지 않게 유지할 수 있었다.

그는 세면대에 코를 박고 끽끽 웃었다. 다른 이들은 다

변했는데, 나만 나로 변했다. 역시 난 난놈이다. 여기서 뒈질 리 없다. 얼굴도 그대로겠다, 구조기가 정말 온다면 절체절명의 회생 기회였다. 이성 잃은 하류들이나 돌진하는 법. 그는 고아하게 거닐었다. 벽에 달린 거울에 비춰진 제 턱을 쓸어보는 여유까지 부렸다.

도서실에서 풍기는 사람 냄새에 책장 주변을 정찰했다. 세계문학 시리즈와 청소년 필독서인 책들을 발로 툭툭 차봤다. 죄다 구태였다. 하긴 본교의 사정도 크게 다르진 않았다. 해가 가면 갈수록 도서실 이용률은 떨어졌다. 나라에서는 자료 구입비를 책정하고 책과 시청각 자료 구매를 권장했지만 지켜지지 않았다. 고이니 썩은 것이다. 밖에서도 썩은 냄새를 맡고 멀리할 만큼. 남 일이라 속 편하게 단정 지은 남자는 책등을 훑다가 손가락을 털었다. 성마른 손길에 책들이 우르르 쏟아졌다.

안쪽으로 들어서자 피를 흘리며 쓰러져 있는 인영이 보였다. 망설임 없이 다가선 그가 인영의 뒷목에 이를 박았다. 힘 빠진 몸이 꿈틀대더니 찢어져라 비명을 질렀다. 그는 제물을 찍어 누르고 씹기 시작했다. 살성이 쫄깃하고 맛있었다. 머리카락은 과하면 불쾌했지만 대체로 식감을 살려주는 편이다. 뼈는 조금 귀찮았다. 원래도 샤퀴테리를 선호했다. 인간도 나름 부위별로 맛의 장단이 뚜렷해 별미긴 했다. 종아리는 근육이 많아 질겼다. 내장은 싱싱하면 먹을 만했다. 복부는 부드럽다. 남자는 쪽쪽 빨던 제물의 손목을 뱉었다. 손톱을 잡아 뺀 손가락으로 이를 쑤셨다. 후미를 즐기려는데 아무래도 이상했다. 긴가민가 했는데 확실히 혈액 자체가 떫었다. 음식이 입은 체육복으로 입가를 닦은 그가 흘러내린 머리칼을 정돈하며 일어섰다. 발로 제물을 뒤집었다. 얼굴을 확인하자, 혈액이 떫은 이유를 알게 되었다. 학생의 외모는 아니었지만 눈에 익었다. 매일같이 면담을 요청해 자기 아들의 일거수일투족을 명령해 대던, 황래오 학생의 모친이었다. 직업상 바로 알아볼 수 있었다. 천천히 피에 젖은 고개를 드는 그는,

"입맛 버렸군."

열매고등학교의 교장이니까.

책장 뒤로 몸을 숨겼던 모휘가 비명을 지르지 않기 위해 입을 꽉 막았다. 몸을 낮춘 사랑은 근처에 있는 사서 책상에서 꺼낸 가위를 꽉 쥐었다.

학부모를 한참 내려다보던 교장이 발을 들었다. '학부모'에 대한 감정이 있는지, 분풀이를 있는 대로 하며 걷어차기 시작했다. 교장만이 알아들을 학교의 비화들을 입에 올리며 씨근덕거렸다. 말리려는 모휘를 사랑이 뒤로 잡아

당겼다. 안타까운 얼굴로 고개를 느리게 저었다. 사랑과 모휘는 말투와 행동을 보고 바로 저 괴물이 교장임을 알아챘다. 교장을 아는 사람이라면 누구나 그가 자기 자신을 제일 사랑할 거라고 짐작할 수 있었기에 그대로인 얼굴이 놀랍진 않았다.

모휘의 수면 테라피는 망했다. 1차론 래오, 2차론 교장의 침공 합작으로 지붕의 초콜릿을 뒤집어쓰긴 무슨 공사 도중 말아먹었다. 사랑은 덕분에 각성된 머리로 빠져나갈 루트를 그렸고 곧장 책을 멀리 던졌다. 교장을 유인할 심산이었는데 작전 공유 없이 냅다 저질렀더니 식겁한 모휘가 무음으로 욕을 퍼부었다. 설명할 상황이 못 됐기에 사랑은 무작정 모휘를 끌었고 모휘는 버텼다. 한참 음소거로 다투던 둘은 때아니게 평화로운 주변을 깨달았다. 나갔나? 실낱같은 희망을 가질 때였다. 달달한 호흡이 모휘의 목덜미를 어지럽혔다. 피로 뒤덮인 교장과 눈이 마주쳤다.

✦

하린은 머리를 맞고 바닥에 쓰러졌다. 배를 걷어차인 우주는 자신의 위에 올라탄 은수를 보았다. 목이 눌린 탓에 호흡도 어려웠지만 꾸역꾸역 말했다.

"왜 이러는 거야! 구조기가 오면 다 구할 수 있다고! 우리 다 같이 살아나갈 수 있단 말이야!"

"아, 진짜? 멋있다. 근데 난 그런 건 아무래도 좋거든."

우주의 머리카락을 귀 뒤로 넘기는 은수의 손길이 부드러웠다.

"애초에 나는 누구 얼굴이든, 구해지든 말든 별로 관심 없어. 난 우주를 먹고 싶을 뿐이야."

우주는 울대를 조르는 은수의 손을 떨쳐내려 애썼지만, 은수는 밀리긴커녕 힘이 더 강해졌다.

"너무 특별해. 다들 변하는데 너만 그대로라니…… 널 먹어서 완벽하게 갖고 싶어. 너처럼 유일무이한 존재가 될래. 세상에서 제일 세지는 거지. 그건 평생 쌔빠지게 노력해도 될까 말까잖아."

쓰러져 있던 하린이 주절대는 은수의 팔을 깨물었다. 은수가 비명을 지르며 우주에게서 떨어졌다. 형편없이 구른 우주가 쌕쌕 숨을 몰아쉬었다. 보나가 뱉던 소리와 비슷했다. 보나도 살고 싶어서 간절하게 숨을 내쉬었을까. 뇌리를 스친 단상에 우주의 속이 뜨거워졌다.

은수는 하린을 걷어차고 있었다. 우주가 은수를 온힘 다해 밀고 하린을 일으켰다. 떠밀린 모니터가 부서졌고

마이크와 테이프, 인터콤 등이 쏟아졌다. 하린과 문으로 달려가던 우주는 은수에게 발목이 잡혀 쭉 끌렸다. 은수가 다시 우주의 배를 가격하려 노렸다. 우주는 난장 속에서 힘겹게 은수의 멱살을 잡아챘다. 욱신거리는 배에 힘을 줘 고함쳤다.

"너 서강호지!"

"……아닌데?"

은수가 크게 동요했다.

"맞잖아! 너 류은수 짝사랑했잖아!"

은수를 향한 강호의 도착적인 시선을 우주는 여러 번 목격했다. 그 말에 발끈한 은수가 쏘아붙였다.

"짝사랑 아니야! 짝사랑은 최우주 네가 천사랑한테 하는 거고!"

듣던 하린의 발이 멈췄다.

"비밀 지켜주기로 했잖아, 이 양아치야!"

맹렬하게 따지는 우주의 얼굴이 새빨개졌다. 하필 혼자쓴 일기장을 서강호한테 들켜서. 강호가 그걸 핑계로 우주에게 뜯은 사탕의 개수만 세 자리를 넘어갈 테다.

'이렇게 된 이상 이판사판이다.'

머리끝까지 화가 나 달려드는 강호를 상대하려던 때였다. 하린이 강호를 의자로 내려친 후, 재빨리 우주의 손을 잡았다. 둘은 옥상으로 달렸다. 뒤에선 강호의 저주와도 같은 욕설이 들려왔다.

✦

면상 살벌하네. 모휘는 교장의 번득한 눈알에 잔뜩 겁을 먹고 책을 잡히는 대로 던졌다. 『고도를 기다리며』가 교장의 이마를 때렸고 『죄와 벌』이 배에 꽂혔고 『폭풍의 언덕』이 목에 튕겼다. 『롤리타』가 낭심 치기로 대미를 장식했다. 그러나 교장은 전면전에 배로 능숙했다. 손쉽게 모휘의 목덜미를 움켜잡아 흔들었다. 산소가 부족해 눈앞이 흐린 와중에도, 모휘는 교장의 뜨거운 숨이 인중에 느껴져 불쾌했다. 켁켁대는 모휘의 뒤로 벼락이 쳤다. 어두운 실내에 일순 빛이 들어왔다. 한 번, 두 번, 그리고.

"내려놔."

사랑의 차가운 목소리가 두꺼운 안개처럼 살갗을 슬금슬금 만졌다. 곧 바닥이 발에 닿았고, 호흡이 트였다. 모휘를 놓친 교장은 크게 비틀거렸다. 그제야 그의 목에 꽂혀 달랑거리는 가위가 보였다. 사랑이 교장의 뒤에서 다시 가위를 치켜들 때였다.

"학생이 어디 감히 선생님한테."

'학생'은 그가 '학부모' 다음으로 싫어하는 거였다. 교장이 바닥에 모휘의 머리를 내다꽂았다. 이어 옆 목에 꽂힌 가위를 뽑았다. 피가 솟구쳐 올랐지만 잠시 멈칫한 것 외엔 별 타격이 없어 보였다. 실제로 하트에겐 엄청난 회복력이 있었으니까. 입맛을 다신 교장이 가위를 모휘의 얼굴로 조준하는 순간 둘 사이로 불쑥 끼어든 사랑이 모휘의 위를 덮었다.

"안 돼!"

사랑은 모휘의 절규를 듣는 동시에 날갯죽지에 통증을 느꼈다. 사랑을 찌른 교장의 목에서 채 멎지 않은 향기로운 혈액이 줄줄 흘러내렸다. 침이 고였고 핥고 싶었는데 혀가 웬 말랑한 벽에 막혔다. 사랑이 가물거리는 눈꺼풀을 천천히 밀어 올렸다. 사랑의 입과 코를 꼭 누른 손의 주인이 어룽지다 뚜렷해졌다. 얼결에 제 코도 막은 채 입으로만 숨을 쉬고 있는 모휘였다.

"머그며 아 대!"

먹으면 안 돼, 라는 거지? 짧은 발음으로 날아온 경고에 정신 차린 사랑이 팔에 힘을 줬다. 플랭크하듯 버텨 교장으로부터 모휘를 지붕처럼 가리다 겨우 몸을 돌려 벗어났다.

"야, 방금 근력 레전드였다."

와중에 장난까지 치는데, 모휘는 소매로 사랑의 코와 입에 행여나 남아 있을 시럽을 닦느라 바빴다. 아직도 코를 쥐고 있어 맹맹한 목소리로 냅다 성질마저 부렸다.

"미치노마!"

"미친놈이라니. 하트도 찔리면 아프잖아. 내 얼굴 달아 준 성의가 있는데…… 수지가 안 맞으니까."

사랑은 꼽힌 가위를 빼서 멀리 던지고 교장을 걷어찼다. 등에 구멍 난 주제에 히죽대다 가볍게 덧붙였다.

"네 얼굴이었음 안 도와줬을 거니까 신경 쓰지 마."

"……."

"너무 귀여워서 꿀밤 날리고 싶으니까 코 잡은 손도 떼고."

미안해 어쩔 줄 모르던 모휘의 안면이 굳었다. 천사랑은 몸빵 다 해놓고, 입으로 천 냥 빚질 놈이었다. 방금 한 말 다 취소다. 열받은 모휘 뒤에서 교장이 가위를 다시 주웠다. 그러나 얼뜬 움직임은 사랑의 레이더망을 피할 수 없었다. 사랑이 성큼성큼 걸어가 의자로 그의 명치를 내리쳤다. 말릴 우주가 없으니 폭주했다. 급소를 맞은 교장은 고꾸라졌지만 금세 일어나서 버릇없는 학생들을 식사하려 했다. 사랑이 문으로 밀치지만 않았어도.

유리가 깨지며 조각이 교장의 몸속으로 박혀 들었다.

사랑은 숨도 쉬지 않고 주먹을 마구 휘둘렀다. 뼈와 살이
으깨지는 소리가 났다. 뒈진다. 얼씬도 하지 마. 교장을 죽
사발로 만드는 사랑의 모습은 광괴했다. 손 타던 늑대의
야만적인 사냥을 훔쳐보는 기분이 들었다. 사랑의 동공은
블랙홀처럼 검어서 모휘는 그 색에 빨려들었다가, 겨우
이성을 잡고 사랑의 팔을 포박하며 말렸다.

　"옥상으로 올라가자. 방송 듣고 우주도 올 거야."

　그제야 사랑의 눈에도 초점이 모여들었다.

✦

　이상한 가스를 마시고 잠에 들었다 깼다를 반복했다.
시간이 얼마나 흘렀는지 알 수 없었다. 새별의 몸은 물에
젖은 솜처럼 무거웠다. 문을 밀고 나오니 1층 화장실 맨
끝 칸이었다. 물어뜯긴 진우가 보였다. 정신을 잃은 채로
도 문을 막고 있었다. 새별이 나오고 나서야 버티던 힘을
놓으며 쓰러졌다. 그를 안은 새별의 어깨가 한참 떨렸다.

　진우는 시작일 뿐이었다. 교실에서 새별을 바라보던 아
이들이 꺾인 눈빛으로 학교를 배회했다. 미울 때가 없었
다면 거짓말이지만, 수없이 실망했지만, 그래도 애정했던
눈들이었다. 모든 의지를 상실한 새별은 제 피와 살을 내

어주며 계단을 올랐다.

새별은 도서실이 있는 3층에서 인기척을 감지했다. 학생들이 교장을 피해 도망가고 있었다. 만신창이 교장은 꾸룩꾸룩 몸을 재생해 대며 그들을 먹어버리겠다 부르짖었다. 왜 그만 그대로인지, 어떻게 버텨왔을지 눈에 선했다. 층계 뒤에 숨어 있던 새별은 불완전한 교장의 두 다리를 잡아 빈 도서실로 질질 끌었다.

"당신이 괜찮을 거라고 했잖아, 시키는 대로만 하면 된다고 애들한테 말했잖아……!"

얼마나 더 많은 사람들이 당해야 끝날까. 무능력한 만큼 고집 세고, 비대한 자아로 수동적인 공격만 일삼는 벽창호. 개인의 이익에만 눈이 멀어 타인을 자신의 구성품으로 여기는 비열한 종자. 이런 인간 말종들은 동류를 모아 피라미드를 세우고 그 속에서 주류를 꿰차고 있다. 사회의 이면에서 그림자를 보듬는 선의를, 서로를 지키는 호의를 노력하는 사람들을 조롱하고 짓밟으며.

그러나, 나는 가담하지 않았다 말할 수 있나?

일찍이 신고했다면 지금보다 나은 상황일 수 있었다. 부조리한 건물 구조를 눈감고 겁먹은 목소리를 무시했던 순간들의 기억이 새별을 북 긁고 지나갔다.

지금부터라도, 적어도 그만은, 내가 막겠다.

새별은 교장의 위로 올라탔다. 점퍼를 벗어 교장의 얼굴을 덮고 누르는 새별의 눈알이 시뻘겋게 젖어들었다. 하지만 햇볕이 그녀를 쓰다듬듯 스며들던 한낮은 꿈보다 짧았다. 곧 너덜너덜한 그림자가 새별의 등 뒤로 드리워졌다.

✳

옥상을 향해 오르던 모휘의 두 발이 멈춰 섰다.

"잠깐만."

속이 미식거리더니 내장이 위치를 바꾸는 듯 틀어지기 시작했다. 모휘의 얼굴도 모휘가 꽉 쥔 사랑의 소매도 열매 터지듯 구겨졌다.

"나 이상해."

모휘는 체리색 구토를 시작했다.

25

피부에 닿는 기운이 싸늘했다. 래오는 털이 쭈뼛 선 팔을 쓸며 고개를 들었다. 올린 시선의 끝엔 하린과 우주가 있었다. 래오의 아래 깔린 사람이 새별인 걸 확인한 우주의 턱에 힘이 들어갔다.

"인간이야. 레어지. 간만에 포식했어. 당분간 썩을 걱정
은 없겠어."

래오는 신이 나 자랑했다. 확실히 먹으니 히스테리가
가라앉았다. 엄마가 괜히 잘 먹어라 챙겨준 게 아니었다.
기운이 펄펄 나서 점퍼를 덮고 기절한 교장의 뺨도 찼다.
머리가 툭 빠져서 놀랐다. 래오는 자신의 힘에 놀람과 동
시에 뿌듯했다. 인간으로, 일상으로 돌아가고 싶었는데
마음이 바뀌었다. 이대로도 좋을지도. 도서실에서 교장에
게 먹힌 살이 복구될 땐 불사신이 된 기분이었다. 그래서
래오는 대놓고 불쾌해하는 우주에게도 끌끌 웃어줄 수
있었다.

"뭘 그렇게 봐, 네 미랜데. 나 아님 저거야."

교장과 자신을 번갈아 가리키며 의미심장하게 이죽거
렸다.

"구조기는 안 와."

래오는 얼어버린 하린과 우주를 두고 휘파람을 불며
사라졌다.

오도카니 섰던 우주는 새별에게로 한 발짝 다가섰다.
고인 피가 밟혔다. 묘사할 수 없을 정도로 참혹한 모습인
새별의 곁에 앉았다. 짧아진 새끼손가락이 우주의 손등을

약하게 긁었다. 새별이 힘겹게 어딘가 바라보았다. 우주는 시선의 끝을 쫓았다. 새별의 바지 주머니에 열쇠가 들어 있었다. '옥상'이라는 네임 스티커가 붙여진 채였다. 우주는 움직임을 멈춘 새별의 눈가를 덮어주었다. 아무 소리도 나지 않는 가슴에 이마를 대며 골몰했다. 왜 내게 이걸 주지. 제 안위를 위해 핸드폰 한 번을 안 빌려준 내게, 보나를 죽인 나한테. 나조차 믿지 않는 나를 대체 왜. 왜 날 믿지? 함께 잡아주지 않는 손을 잡은 채로, 우주는 한참 동안 새별의 곁을 떠나지 못했다.

✦

　행동이 한결 편해진 사랑이 까무잡잡한 모휘의 볼을 연신 꼬집고 있었다. 모휘는 얼떨떨한 상태였기에 사랑의 손길을 내버려두었다. 사람이 참 간사했다. 18년을 나로 살았는데 고작 몇 시간 남의 얼굴로 변했다고 원래 얼굴이 어색했다. 모휘는 잔여물이 남은 침을 뱉고 뻑뻑한 턱 근육을 아에이오우 풀었다. 오래 게웠는데도 깔깔한 입안을 혀로 훑으며 궁리했다. 어떻게 돌아왔을까. 사탕 효과가 느리게 돌았나. 우주도 돌아왔을까? 화장실에 들리느라 좀 늦었지만 곧 확인할 수 있을 터였다.

"우산 없는데 비 다 맞겠다. 해도 없어서 안 마를 텐데."

사랑이 불평했으나 기우였다. 문을 열자마자 태양이 보였기 때문이다.

"뭘 뻘하게 서 있어, 인마. 비타민D 충전해."

모휘가 사랑의 엉덩이를 걷어찼다. 졸지에 내몰린 사랑이 햇빛을 받으면 타 죽는 뱀파이어처럼 얼굴을 가렸다. 며칠 만이라 미미한 햇볕마저 따가울 지경이었다. 그래도 기뻤다. 히죽거리는 모휘와 사랑을 향해 하린이 달려왔다. 이보다 감동적인 재회는 없을 테다. 희망에 찬 발들이 가까워질 때였다.

"우주야!"

하린을 뒤따라오던 우주가 쓰러졌다. 튀어나간 사랑이 우주를 받쳤다. 우주의 얼굴은 새까만 하트로 뒤덮이고 있었다. 피부를 더듬는 사랑의 손끝이 떨렸다.

"배고파…… 배고파, 배고파, 배고파……."

우주는 배고프단 말을 주술처럼 반복했다. 사랑이 다급하게 캐물었다.

"우주 언제 변했어?"

"나랑 비슷하게. 어제 이 시간쯤……."

답하던 모휘의 얼굴이 하얗게 질렸다. 24시간 이내 몸에 반점이 생기고 식인하지 않을 시 사고하는 능력을 잃는다. 방송은 못 미더웠대도 이건 실제로 증명된 상황이었다. 이대로라면 우주도 괴물로 변한다는 소리였다.

"이상하다. 사탕 똑같이 먹고 나랑 하린이는 돌아왔는데 왜 우주만 이러지?"

당황한 모휘가 허둥지둥했다.

"토 억지로라도 시킬까?"

모휘와 같은 의견에 행동은 빠른 사랑이 앞섰다. 우주의 볼을 눌러 쥐고 손가락을 세워 목구멍을 쑤셨다. 그대로 손이 씹힐 수도 있는데 배 쨌다.

"우주야, 정신 차려 봐."

안타깝게도 강제 토출은 실패했다. 우주는 헛구역질만 했다. 우주의 얼룩을 마구 문지르던 하린이 벌벌 떨며 사랑의 어깨를 흔들었다. 사랑이 입매를 구겼다. 우주는 식인하지 않았으니 이성을 잃을 테고 그럼 좀비와 다를 바 없어진다. 방송의 진위가 모호한 상황이라, 최악의 경우 이대로 죽어버릴지도 몰랐다.

"일단 사람을 먹어야 돼. 정신 놓게 할 수는 없어."

사랑은 두 눈으로 본 사실에 기대기로 결정했다. 현재로선 그게 최선이었다.

"여기 사람이 어딨어? 우리 말곤, ……너 설마."

하린은 불길함을 감지했고 그대로 들어맞았다. 사랑이

우주의 입에 자기 목을 갖다 댔다. 뜸 들이면 하린이든 모휘든 말릴 걸 알고 순식간에 저지른 일이었다.

"먹어!"

사랑이 우주에게 윽박질렀다. 이 정신 나간 놈이. 북받친 하린이 팔을 뻗을 때였다. 우주의 눈동자가 까뒤집어졌다.

빙글거리는 우주의 눈앞으로 찬란한 오색의 종이우산이 돌아갔다. 무지갯빛 나선은 달팽이가 되고 선풍기가 되고 소용돌이가 되고 블랙홀이 되었다. 끝없이 확장하는 첩첩산중의 시공이 차원으로 뒤틀렸다. 하늘에도 수많은 나무들이 있다. 영원처럼 겹치고 펼쳐지고 이어졌다. 어디가 하늘이고 바다인지 알 수 없다. 앞도 뒤도 모르겠다. 징그러운 세계에 사랑만이 또렷했다. 우주는 무심코 사랑의 목덜미를 씹었다가도 조개처럼 이를 숨겼고 기어코 사랑을 뱉었다. 스스로 바다에 내리꽂는 뒤통수를 사랑이 받쳤다. 뭉개지는 우주의 시야에 사랑도 젤리처럼 일그러졌다. 거기선 옥상이 거꾸로였다. 바다이 하늘 같았고 박쥐처럼 매달린 래오가 보였다.

"구경났냐?"

모휘가 사납게 짖었다. 래오는 열린 옥상 문으로 천천히 걸어오며 웃었다. 스스로 매긴 자신의 무게만큼 묵직해진 걸음이었다. 뒤로는 이성 잃은 하트들이 쏟아졌다. 천국으로 가는 계단 같았던 옥상 입구가 지옥의 문으로 변하는 순간에, 떫은 숨을 내쉰 우주가 사랑을 거칠게 밀쳐내며 섰다.

"왜 내가 안 죽었을까."

"뭐?"

"대체 내가 왜 살아 있는지 모르겠어."

우주는 사랑을 등지고 걸었다. 반점이 번진 채 비틀거리며 다가오는 우주를 래오가 위아래로 훑었다.

"누구부터 먹을래?"

래오는 당연하게 물었다. 너무나도 확신에 찬 목소리였다. 허리를 짚고 선 우주가 하트와 싸우는 세 명을 돌아봤다. 우선 모휘가 보였다. 모휘는 래오 따위 안중에도 없이 우주만 봤다. 손에는 출처 모를 파이프를 쥔 채였다. 자꾸만 눈으로 모스 부호를 보내는 걸 흉내 내려 들었는데, 우주는 모스 부호를 몰랐을뿐더러 햇빛이 눈을 찔러 보이지도 않았다. 반면 하린은 래오만 눈으로 작살낼 듯이 째렸다. 중간중간 뭐라 험한 말을 외쳤는데 들리지 않았다. 우주는 신기했다. 쟤넨 어떻게 믿을까, 하트로 변한 내가 그들을 먹지 않을 거라고. 사랑은 뚫어져라 우주만 쳐다보고 있었다. 어쩐지 망연자실한 표정이었다. 아니다. 골통을 열나게 굴리는 것 같기도 했다. 본인 골통의 사정도 급한 우주라 금세 시선을 돌려버렸다.

"나는 이대로 왕으로 살래."

젤리같이 으깨진 살들과 푹 익은 체리색의 시럽이 휘날리는 풍경 속에서 래오가 꿈결처럼 중얼거렸다.

"날 약하다고 괴롭히던 놈들은 모두 죽었어."

래오의 눈은 구름 걷힌 하늘보다 맑았다.

"내게 이런 기회를 준 형은 나의 신이야. 이젠 내가 신이 될 차례고. 산 밖으로 나가서 내가 얼마나 강한지 다들 느끼게 해줄 거야. 그리고 다 먹어버릴 거야."

래오의 다짐을 듣던 우주는 먹먹하고 막막한 심정이 되었다. 그때였다. 아래층에서 폭발음이 나더니 먹구름 같은 연기가 솟아올랐다. 옥상에 있던 이들이 진동에 허리를 굽혔다.

겨우 중심을 잡은 하린은 코를 더 꾹 눌렀다. 모휘를 필두로 하트를 걷어차며 난간으로 다가가 건물 아래 상황을 살폈다. 연기 너머로 움직이는 뭔가가 보였다.

"어?"

비굴하게 웅크린 채 허겁지겁 달아나는, 사람이었다.

＊

　초라한 덩치에 우중충한 표정. 눈만 내놓고 꽁꽁 싸맨 그는 관리인이었다. 관리인은 1층의 죽은 몸들을 무감히 응시하며 담배를 피웠다. 지겨운 비, 지루한 장마. 그러나 습한 날에는 담배 연기가 잘 나고 잘 빨린다. 그는 정해진 시간까지 흡연을 만끽했다. 며칠 전 괴물들을 잠재우기 위해 살포한 수면 가스가 공기 중에 남아 있는 것도 같았다. 총 세 대를 태운 그는 방독면을 낀 후 레버를 돌려 가스를 누출시켰다. 사용한 방독면과 덜 끈 꽁초를 가스가 풀리고 불구덩이가 될 건물 안에 던져 넣었다.

　고용주는 생존자가 없도록 그에게 퇴로 처리까지 지시했다. 안에서 밖으로 나올 수 있는 문을 다 잠그지 못했는데 폭음이 들렸다. 거의 그친 비에 불이 계획보다 빨리 번지고 있었다. 어차피 죄다 타면 문이 잠긴지 열린지 모를 텐데. 쓸데없이 다치긴 싫었다. 화상은 아프니까. 벌레처럼 등을 둥글게 만 그는 그림자처럼 사라졌다. 그래야 천장이 없지만 바닥도 없는 자의 삶을 이어갈 수 있었다. 돈을 주는 이에게, 아니 그 돈에 충실할 뿐. 딱딱하게 굳은 그의 마음은 아무것도 느끼지 못했다.

＊

   래오는 다소 당황한 기색이었다. 이것 또한 계획의 일부라며 형이 난 꺼내준다 약속했다 떠벌댔다. 형에 대해 티 내고 싶은 눈치라서 우주는 묻지 않았다. 보나마나 마음이 죽은 똥멍청이일 게 분명했다. 내가 그랬듯이.

   "형의 말대로였어. 여긴 천국이야."

   "나도 많이 꿈꿔봤는데…… 그런 거 없더라."

   전투는 형세가 기울고 있었다. 우주는 호흡을 골랐다. 애도 같이 갈까 고민했는데, 역시 안 되겠다. 주머니에 손을 넣었다.

   "그냥 지금 여기서 졸라 노력해야 돼."

   우주는 주먹만 한 자물쇠로 래오의 머리를 내려쳤다. 울부짖는 래오를 쓰러지도록 내버려둔 채 친구들에게 달렸다.

   그러니까 그들은 허접한 수신호가 필요 없는 사이였다. 별말 없이도 우주가 달리는 방향을 따라 옥상 문에 모였고 우주가 쥔 자물쇠를 보고 건물 안으로 들어가 문을 잠그려 했다. 불은 아직 심하게 번지지 않았다. 2층에서 화단으로 뛴다면 무리 없어 보였다. 괴물들은 옥상에 가둔 채로. 그게 우주의 계획이었다. 기어코 기어 온 래오만 아니었다면 가볍게 성공했을 테다. 래오는 그들을 죽어라 붙잡았고 뒤로는 하트들이 몰려왔다. 불은 점점 번지고 있었다. 빨리 내려가야 했다. 우주는 초조해졌다.

'죽고 싶었던 나를 네가 살렸어. 이젠 내가 너를 지킬 거야.'

갑자기 하린의 그 말이 왜 생각났을까. 이유는 모르겠지만 적절했다. 우주가 돌연 사랑의 팔뚝을 물어뜯었다. 하트가 식인하던 모습과 다를 바 없었다. 다들 질겁한 틈을 타 애들을 안으로 밀고 등으론 옥상 문을 닫은 우주가 래오의 멱살을 잡고 난간으로 끌었다. 우주의 뒤집힌 태도에 당황한 래오가 얼결에 끌려갔다.

"배고파, 사람을 먹고 싶어."

우주의 입에서 튀어나온 말에 래오의 눈썹 한쪽이 올라갔다. 우주가 한 번 더 식인에 얼마나 관심 있는지 설파하려던 때였다. 래오가 옥상 일각을 해맑게 가리켰다.

"저거 먹으면 되겠네! 내가 특별히 나눠줄게."

우주는 눈이 튀어나올 뻔했다.

'저 미친놈이 안 내려가고 왜 저기 있어?'

하트들과 대치중인 사랑이 보였다. 심지어 모휘가 썼던 파이프를 휘두르며 우주 쪽으로 진격 중이었다. 래오는 제 머리를 박살낼 기세로 눈을 부릅뜬 사랑을 곁눈질하며 즐기고 있었다.

"셋 하면 천사랑 팔 다리를 잡는 거야. 자, 하나, 둘……"

건물이 한 번 더 흔들렸다. 조급해진 우주가 이를 악물었다. 몰래 래오를 붙잡아 결박하려던 때였다.

"삥이야."

앞섰던 래오가 빙글 뒤돌았다.

"사실 나 나눠 먹는 거 싫어해."

래오의 손은 몹시 빨랐다. 우주는 세게 밀렸다. 등이 난간에 부딪혔다. 붕 뜨며 나는 것 같더니 곧 강한 중력을 느꼈다.

'아…… 이거 봐. 나 믿지 말라니까.'

구름 한 점 없는 천공이 눈앞에 가득했다. 우주는 새파란 하늘을 노려보았다.

하늘이 예뻐 봤자지. 우리 언니가 훨씬 아름다웠다.

✦

애초에 코코를 발견하지 않았다면 어땠을까. 하늘은 풀을 따려다 물에 빠지지 않았을 테고 우주는 상처라곤 평생 모른 채 살았을지도 모른다. 우중충한 우울의 고리가 우주란 행성을 감싸기 전엔 세상이 찬란했다. 사고가 우주의 모든 찬란을 앗아갔다.

전문의는 전두엽과 해마를 관장하는 회로의 기능 이상으로 생긴 우울장애란 말만 반복했다. 코일 생성 자기장으로 뇌를 자극하는 치료도 약물도 상담도 안 들었는데, 사탕만 통했다. 기쁜 한편 의심스러웠던 우주의 엄마는 사탕에서 그치지 않고 '코코'라 이름 붙인 미지의 식물에서 유효 물질을 추출해 신약을 개발하는 방향으로 기존 연구를 확장시켰다. 일생을 걸고 시작한 장기 프로젝트였다. 우주를 행복하게 해주기 위해서. 엄마는 그렇게 설명했는데 과연 진실이었을까. 이젠 모르겠다.

엄마는 우주의 가슴께를 토닥이며 말했다. 우주가 어디서든 슬프지 않았으면 좋겠어. 사랑하니까 믿어. 마음의 힘이 제일 세거든. 그러나 우주를 행복하게 만들기 위해 엄마는 너무 바빠졌고 우주는 혼자 자라게 됐다. 아무도 오지 않는 참관 수업, 누구의 응원도 받지 못하는 체육대회, 도시락 없는 소풍, 혼자만의 생일마다 우주와 엄마를 잇는 마음은 헐거워졌다. 한 번 불면 날아갈 포스트잇처럼. 최후일각으로 망할 사랑이란 거, 좀 증명받고 싶었는데. 그럼 다 이해할 수 있을 것 같았는데 틀린 듯싶다.

엄마, 정말 그래? 보이지도 않는 마음이 무슨 힘이 있어? 사랑이 어떻게 강해? 결국 엄마도 나랑 멀어졌으면서. 나는 언니를 죽인 괴물에서 사람을 먹는 괴물이 되어 버렸고…… 믿으라던 엄마와의 약속이 빛바랜 과거의 편린 같았다. 치료제도 해독제도 구조도 믿을 수 없었다. 그딴 게 있을 리 없다.

난 사랑받을 자격 없으니까.

아무도 날 사랑하지 않아.

우주는 보글보글 수포를 만들며 의식의 저변으로 가라앉았다. 일순 아가미가 생긴 듯이 숨이 트였다. 천근만근인 눈꺼풀을 올렸다. 흐드러진 벚꽃 아래 맑게 웃는 진짜 하늘이 우주를 내려다보고 있었다.

"언니?"

"뭐 하냐?"

넋 나간 우주를 건드리는 심술 난 사랑도 서 있었다.

너무나 작아진 손으로 우주는 이마를 짚었다. 안 쓰던 뇌를 억지로 쓰는 느낌이었다. 속 빈 과일이 된 듯 멍했다. 초점을 맞추자, 이질적일 만큼 청명한 정경이 보였다. 시냇물 소리와 하늘과 사랑의 담소가 평화로웠다. 우주는 거듭 눈을 비볐다. 그러자 뭔가 툭 풀려 손바닥으로 떨어졌다. 꽃잎으로 엮은 반지였다.

"내가 만든 거 왜 망가뜨려!"

사랑은 자기가 박살이라도 난 듯 요란을 떨었다. 우주

는 둘을 생경하게 번갈아 봤다. 초딩이냐는 타박이 쏙 들어갔다. 초딩이 맞았다. 이곳은 열두 살 때의 계곡이니까.

분명 새까만 풍경이었다. 구정물이 흐르는 계곡과 목맨 시체의 머리카락처럼 늘어진 벚나무가 우주의 머릿속에선 선명했었다. 그런데 실제 그날의 풍경에는 푸릇한 녹음과 손발이 다 비치게 맑은 냇물이 졸졸 흐르고 있었다. 어깨를 기분 좋게 달구는 봄 날씨였다.

"우주야, 빨리 와서 놀자!"

하늘이 우주의 팔을 잡았다. 작은 손의 온기에 끌려 뛰어다니다보니 이미 굵어져 버린 우주의 머리도 점점 말랑해졌다. 별거 아닌 일에도 아이들은 크게 웃었다. 구름마저 웃는 듯했다. 우주와 하늘, 사랑은 책에서 읽은 거머리의 무서움에 대해 토론하며 펜션 근처 계곡으로 이동해 튜브에 바람을 채웠다. 햇빛 머금은 돌을 밟으면 발바닥이 따스했다.

발가락에 따가운 모래가 붙으면 아빠가 조심하라며 털어줬다. 엄마가 말썽쟁이라며 놀렸다. 어른들은 대나무밭 평평한 바닥에 텐트를 쳤고, 아이들은 씨를 뱉으며 새콤달콤한 체리를 삼켰다.

우주는 캐릭터가 그려진 슬리퍼를 신고 뛰쳐나갔다. 폭포까진 가지 말라는 주의를 들었다. 여름철 물놀이 사고는 매년 단골 뉴스였다. 계곡의 지형은 예고 없이 깊어져서 위험했다. 그러나 셋은 어린이 수영단이었다. 물 따위 무섭지 않았다.

"뭐가 덤벼도 내가 다 이겨."

실패를 몰랐기에 오만했던 꼬맹이들의 눈은 곧 동그래지고 말았다. 푸르게 빛나는 별이 나선으로 하늘을 가로지르며 떨어지고 있었기 때문이다. 우주는 태양계에서 퇴출당한 명왕성이 지구에 따지러 오는 거라 우겼다. 사랑이 천문학 쪽에 약세를 보이자 기세등등해진 우주가 명왕성에 대한 장광설을 늘어놓았다. 게임 오프닝 같은 비주얼과 있어 보이는 스토리의 결합으로 경탄도 잠시, 무서울 정도로 가까워지던 별이 지상으로 추락했다. 섬광이 번쩍였고 땅이 흔들리기 시작했다. 겁에 질린 아이들은 몸을 웅크렸다.

그러나 열두 살의 호기심은 굉장했다. 그들은 무서워서 어깨를 둥글게 말고도 별이 떨어진 곳에 다가섰다. 절벽같이 가파른 곳 아래, 살짝 튀어나온 곳에 별이 떨어진 모양이었다. 셋은 조르르 무릎을 접어 앉고 연기가 피어오르는 중심을 관찰했다. 별 가루가 반짝거리는 흙 위로 새까만 꽃이 피어 있었다.

'이상하게 생겼다.'

하트 모양 까만 꽃잎인데, 봉오리를 벌려 보면 속이 새빨갰다. 그들의 식도를 타고 내려간 체리 과육처럼. 게다가 당장이라도 코를 박고 싶을 만큼 달콤한 향기가 풍겼다. 복숭아와 살구를 섞은 듯 달았는데 불에 그을린 잔향이 쌉쌀하게 남아 느끼하지도 않았다. 맡기만 해도 꿈결처럼 보드라운 거품 욕조에 잠긴 듯 황홀했다. 하늘은 이상한 꽃으로 반지를 만들어서 우주에게 선물하려 했다. 가파른 내리막길을 위험하게 내려갔고, 하늘은 고작 열두 살 애였고, 부모들은 식사 준비를 하러 펜션에 들어가 있었으며, 우주는, 우주는……

"그만해."

그만, 제발. 제발 가지 마, 하늘아. 그딴 꽃 따위 필요 없어. 나한텐 네가……

절절한 애걸은 우주만 들을 수 있었다. 사지가 뻣뻣해져 손가락 하나 까딱할 수 없었다. 박제된 듯 가만히 바라볼 수밖에 없었다. 괴로운 구간은 성실히 다가왔다. 아직 자유형도 못 뗀 열두 살의 수영 실력으로 계곡 물살 속에서 살아남기란 무리였다. 폐가 터지게 헤엄쳤지만 우주는 하늘을 구하지 못했다.

이상하다. 간절하면 간절할수록 더 깊게 빠진다. 하늘을 구하는 걸 머릿속으로 수도 없이 연습했는데 전혀 되지 않았다. 과거는 반복됐다. 코와 입에 들이차는 물을 뱉으며 살려달라 백 번 천 번을 빌었지만 누구도 듣지 못했다. 아무도 그들을 구해주지 않았다. 낙원은 순식간에 나락이 되었다. 지독한 비린내가 풍겼다. 열두 살의 봄, 우주는 하늘과 사랑을 잃었다. 하늘을 구하지 못했으니까. 사랑은 물에 빠진 우주를 두고 도망갔으니까.

하지만 기억이란 주관적인 기록일 뿐. 수많은 오류를 범하고 정정되지 못했다.

물살을 가르며 헤엄치는 남자아이가 있었다. 비상시에 대비해 비치된 구명 튜브를 가지고 뛰어든 남자아이는 필사적으로 팔다리를 휘저었지만 두 명을 끌기엔 역부족이었다. 사랑은 한 팔로 우주를 업고 다른 팔로 튜브에 올라탄 하늘을 끌었다. 지금이라면 어렵지 않을 텐데 그들은 고작 열두 살이었다. 사랑은 자꾸만 가라앉았고 앞으로 나아가지 못했다. 눈을 꾹 감았다 뜬 하늘이 얼굴에 맺힌 물기를 닦으며 잠시 생각했다. 그리고 버둥대는 사랑을 진정시켰다.

"일단 우주 먼저 데리고 가. 너 우주 좋아하잖아."

"그치만……."

"생존수영 기억나지? 힘 다 빼고 물에 떠 있는 거. 나 그거 잘해. 1등 했어. 지금 튜브도 있고."

설파하던 하늘은 붉어진 남자아이, 즉 사랑의 귀를 움켜잡았다.

"잘 들어."

강해 보이기 위해 하늘은 책에서 본 멋진 단어를 짜냈다.

"우주를 지켜줘, 최후까지. 잘할 수 있지?"

최후가 뭔데. 언제까진데. 어디에 있는 건데. 사랑은 묻고 싶었지만 위험했고 긴박했고 하늘은 완고했다.

"알겠어, 내가 우주를 최후까지 지킬게."

"고마워."

"꼭 데리러 올게, 하늘아, 내가 다시 올게. 여기서 조금만 기다리고 있어. 포기하면 안 돼. 너도 약속해."

하늘과 거듭 약속하고 나서야 사랑은 우주와 물에서 나왔다. 하늘은 과연 태평하게 물에 동동 떠 있었다. 사랑은 학교에서 배운 인공호흡을 우주에게 시도했다. 잘 모르겠어서 냅다 입을 맞췄다. 다행히 우주는 정신을 차렸다. 엎드려 물을 토하는 우주를 보자마자 사랑은 입수했다. 우주도 가만히 있지 않았다. 둘이 앞다투어 물속으로 뛰어드는 그때 급류가 덮쳤다. 갑자기 불어난 물이 빠른 유속으로 튜브를 놓친 하늘을 끌고 갔다.

안 돼. 언니를 놔줘.

우주의 애걸은 튜브가 아니었고 하늘을 구할 수 없었다. 재난은 예고 없었고 상실은 순간이었다. 물살은 아귀처럼 하늘을 삼켰다. 눈 깜짝할 새였다. 찰나였고, 영원이었다.

수면은 곧바로 잠잠해졌다. 구할 대상을 잃은 튜브만이 둥둥 떠 있었다. 파랗게 질린 사랑이 어른들을 부르러 갔다. 우주에게 여기 있으라 신신당부했다. 남겨진 우주는 하늘의 이름을 울부짖었다. 당장 물에 뛰어들고 싶었다. 하지만 몸이 움직이지 않았다. 깊은 물은 두려웠다. 한 번 빠져봤기에, 알아서 더 공포스러웠다. 곧 불순물처럼 떠오르는 인영이 있었다. 몇 분 전까지 살아 있던 하늘이었다.

어떻게 그렇게 순식간에 꺼질 수 있을까, 생명이란 건……

질겁한 어른들이 하늘을 꺼냈다. 부모는 실신할 듯 절규하며 하늘의 물기를 닦았다. 우주는 발버둥 쳤다. 제 머리를 때렸다. 왜 망설였어. 왜 무서워했어. 빠졌어야지. 구했어야지. 살렸어야지. 네가 무슨 자격으로 살았어. 목 놓아 오열했다. 기억대로 울적한 계곡이 되었다.

다른 건 하나.

사랑은 도망가지 않고 거듭 물에 처박히려는 우주의

허리를 잡아 뒤로 당겼다. 끝까지 처절하게 붙잡았고 울지 말라면서 자기가 더 크게 울었다. 세상에서 제일 망가진 사람처럼, 바보같이.

무너진 우주는 사랑의 멱살을 잡고 속죄했다. 다 내 잘못이야. 내가 언니를 망쳤어. 사랑이 우주를 끌어안았다. 이런 온기를 받을 주제가 못 될 텐데 과분하게 따뜻했다. 사랑은 아니라고 말했다. 네 잘못이 아니라고 했다. 우주의 젖은 눈이 깜박였다. 그럼 누구 잘못이야? 왜 이런 일이 일어났어? 내장이 녹는 것 같아. 이만큼 아프려면 이유가 있어야 하잖아.

"다 나 때문이야."

사랑이 울먹였다.

어린 우주는 이유 없는 불행을 감당할 수 없었고 한계를 넘어서자 골치가 부서졌다. 죄책감의 러시안룰렛은 삐걱삐걱 돌아갔다. 사랑이가 나 때문이 아니래. 맞아, 나 때문이 아니야…… 사실을 왜곡하고 재조립해 악당을 만들고 무릎 꿇리고 단죄했다. 그래, 다 너 때문이야. 네가 나를 버렸어. 너, 사랑아. 천사랑.

……왜 그랬어.

＊

하늘만이 가득하던 우주의 동공에 사랑이 비쳤다.

"왜?"

우주는 오직 그 한마디밖엔 할 수 없었다.

하린이 난간을 향해 필사적으로 달려갔지만 손을 뻗었을 땐 이미 늦었다. 하린은 둘의 옷자락조차 붙잡지 못했다. 안 돼, 이런 일은 일어나선 안 돼. 순식간에 하린의 눈앞이 새하얘졌다. 숨 쉬는 법을 잊고 무작정 뻐끔거렸다. 그쳐가는 비가 얼굴에 가득 맺혔다.

"사랑아."

넌 장마 같아.

네 멋대로 전부 적시고 해처럼 숨어서 달처럼 빛나고 구름처럼 잡히지 않아.

"천사랑!"

사랑은 옥상에서 추락하는 우주를 껴안았다.

함께 낙하했다.

우주
최후의
사랑

최후. 삶의 마지막 순간을 뜻한다. 후에 사전을 뒤져보고 나서야 뜻을 알았다.

나는 하늘이 남긴 우주 최후의 무게를 졌다. 약속이니 지키는 수밖엔 없었다. 어기는 법은 몰랐다. 할 줄 몰라서 안 했다.

학교로 가는 마을버스는 신기했다. 표지판이 없어도 정해진 장소와 시간에 멈췄다. 빵 냄새가 나는 카페 앞이 정류장이다. 나는 일부러 우주 옆에 좀 떨어져 서곤 했다. 오늘은 버스가 누구한테 가까이 설까 기대하면서. 부디 내 앞이길 바랐다. 그럼 네가 내 쪽으로 오니까. 내가 네쪽으로 가는 것보단 그게 좋았다. 나한테 오는 네가 좋았다. 미묘하게 구겨지는 네 표정이 귀여웠다. 더 보고 싶었다. 관심을 독차지하고 싶었다. 너에겐 쭉 그랬다.

어릴 적 내가 타인에게 애정을 갈구하는 방법은 공작새와 같았다. 쓸데없이 부풀리고 가진 것들을 뽐냈다. 나는 당시 성공 가도를 달리던 유아용 애니메이션의 왕자 캐릭터를 닮았고, 단어 카드 따위 진작 뗐으며 집에는 간식거리가 발에 채이게 많다고 소문을 흘렸다. 애들은 내게 초콜릿을 얻어먹거나 수행 과제를 함께해 점수를 잘받거나 다니는 학원 정보를 알고 싶어 다가왔다. 짝꿍을

정하는 날이면 여자애들은 내 옆자리에 길게 줄을 섰다. 우주만이 그러지 않았다. 4년째 같은 반이었는데 단 한 번도 내게 관심을 보이지 않았다. 줄곧 회장 부회장을 같이 해 친해질 기회가 무수했음에도.

나는 날 이렇게 대하는 여자는 네가 처음이라며 호기심을 품는 아량 넓은 로맨스의 남자주인공이 아니었다. 개의 무심이 도량 좁게 거슬리는 쪽이었다. 그런 우주가 처음으로 달리 보인 날은 4학년 운동회였다.

집 밖에서 인정을 갈구한다는 건 가정환경이 제대로 기능하지 않는단 방증이다. 나의 부모님은 꼬맹이들의 마당 싸움에서도 내가 1등 하길 바라는 피곤한 인사였다. 4학년 운동회, 그날 운동회의 꽃인 혼성 계주에서 난 3번 주자의 실책으로 바통을 놓쳤다. 마지막 4번 주자로 6등에서 2등까지 따라잡았지만 부모님은 중간에 나가버렸고 친구들도 내가 1등을 하지 못해 낙담했다.

그날 트랙 위에서의 경험은 내게 충격을 선사했다. 결정적인 순간 손에서 미끄러지던 바통의 감촉. 최선을 다해 달려도 1등과의 간격을 좁힐 수 없다는 무력감. 누군가의 등을 집요하게 쫓으며 느끼는 동경과 증오. 혼자 스탠드에 앉아 있는 내게 우주가 다가왔을 때, 나는 부모님을 실망시켰다는 죄책감과 친구들을 향한 수치심과 난생

처음 겪은 생소한 감정으로 박살 나 있었다. 그래도 멋있었다, 잘 달렸다는 섣부른 위로 정도야 넘치게 받았기에 필요 없었다.

그러나 우주는 예의상 하는 말도 안 했다. 옆에 가만히 앉아 있기만 했다. 오히려 내가 초조해져 묻지도 않은 말을 나불거렸다. 난 어린이 스포츠클럽에서 주최한 체육대회에서 1등을 했고 농구 스카우트도 받았지만 내 재능을 알아본 수학학원에서 부모님을 뜯어말려 그 길을 가지 않았다. 우리 집엔 애들이 갈망하는 축구화와 브랜드 맨투맨이 깔별로 있고 작년에는 영국으로 경기 직관까지 다녀왔다, 유니폼과 사인볼도 있다. 전전긍긍 지껄이는 날 빤히 보던 우주가 물었다.

"젤리 좋아해?"

얼결에 고개를 끄덕였다.

"젤리 있어?"

고개를 젓자 우주는 내 손에 젤리를 가득 쏟아줬다. 손에 쥔 한 봉지 몽땅. 탈탈 털기까지 했다. 젤리가 양손 가득 생긴 내가 "너는?" 묻자 우주는 씩 웃었다. 그리고 구령대 쪽으로 뛰어갔다. 달려간 끝엔 우주와 똑같이 생겼지만 머리가 긴 여자애가 있었다. 소문으로 익히 들었다. 우주보다 잘났다고 다들 말하는 우주의 쌍둥이 언니, 하늘이었다. 우주는 처음 보는 표정으로 하늘에게 웃으며 팔짱을 꼈고 뭐라 조잘거렸다. 따라 웃은 하늘이 주머니에서 젤리를 꺼내더니 우주의 손에 한가득 부어줬다.

그때부터였다. 걔를 견딜 수 없어진 건.

내가 위, 너는 아래. 열한 살의 우린 정글짐에 올랐다. 이 악문 우주가 뒤따라와 봉을 척척 잡으며 날 앞섰다. 그럼 나는 우주를 밀어버렸다. 우주는 모래밭에 등을 박고 엉엉 울었다. 언니, 하고 하늘을 찾았다. 그럼 나는 우주를 일으켜줬다. 하늘이 뒤늦게 달려와 다치지 않았냐 물으면 우주는 냉큼 하늘에게 안겼다. 쥐어박고 싶을 만큼 얄미웠다.

나는 하늘의 환심을 사려 했다. 하지만 하늘은 쉽지 않았다. 어린애 주제에 본질을 꿰뚫어 봤다. 화려한 껍질을 쓰고 사실 허름한 내 속을. 그런 하늘과 있으면 우주는 기세등등해졌다. 언니 뒤에 숨어선 나를 노려봤다. 일침도 놓았다.

"그만 괴롭혀. 나한테 잘해줘."

느리고 다정한 어투, 말끝을 뭉개는 부드러운 발음은 울화가 앞서 한껏 불분명해졌다. 쟤 바보다. 저게 웃겨서 더 놀리는 건데.

"나 되게 잘해주잖아."

뻔뻔스레 답하면 턱을 팩 돌렸다. 또 저렇게 나오면 서운했다. 왜 내 마음 몰라줘. 말 안 했으니 모르는 게 당연한데 말이다.

난 쭉 그따위로 살아갔다. 가끔 답답하면 무작정 페달을 밟았다. 울퉁불퉁한 보도블록과 냄새나는 풀을 헤치고 우주네 집 앞으로 갔다. 놀이터 벤치에 드러누워 정글짐이 철거된 자리를 봤다. 고개를 젖히면 우주의 방이 보였다. 새벽까지 켜진 불을 구경했다. 우주는 공부를 열심히 했다. 우주도 나랑 비슷한 생각을 할까 궁금했다. 우린 살아남은 아이라 생명에 대가가 있고 생존 가치를 증명해야 하는 의무가 있다고. 그러고 나면 속이 간지러워 괜히 볼캡을 고쳐 썼다.

나는 내 결말을 안다. 이미 조졌다. 우주에게 사랑받긴 망했다. 걘 평생 날 사랑할 일 없다. 그것만은 확실하고 영원하다. 희망을 품기에 나는 너무 많이 안다.

그럼에도 사랑받고 싶은 마음은 블랙홀이라 어쩌다 보니 칠흑임을 알면서도 운명을 걸어버렸다. 그게 새벽에도 자전거 페달을 밟게 만들었다. 닿을 수 없는 방의 불빛만 보게 만들었다. 별을 봐도 슬프게 만들었다. 끼워줄 이 없는 꽃반지를 엮게 만들었다. 어떻게든 우주의 성적을 제쳤다. 말했다시피 난 쪼잔해서 쏘아보는 눈빛이라도 받고 싶었다. 따지고 보면 같은 상처잖아. 우리 함께 낫자. 나 좀 봐줘. 정류장에서 떨어져 속삭이게 만들었다. 그 시간 만을 손꼽아 기다리게 만들었다.

사랑의 궤도는 우주를 맴돌았다. 우주에게 사랑의 중력 이 존재했다. 그게 사랑을 어렵게 만들었다. 사람을 비참 하게 만들었다. 이유 없는 불행이 열어버린 허구의 재판 장에서 사랑은 영원히 우주의 죄인이 되었다. 미움이라는 룰렛의 총구가 사랑을 향해서 비극이었다. 운명은 죽어도 변명 안 할 놈을 잘 골랐다.

✳

우주가 일부러 떨어트린 자물쇠와 열쇠를 낚아챈 모휘 가 씩씩거렸다. 오열하는 래오를 옥상에 두고 문을 잠갔 다. 불길이 번져 오는 계단을 하린과 미친 듯이 내려가기 시작했다. 화염은 끝을 모르고 치솟았다. 전부 연소하며 시뻘겋게 타올랐다.

옥상에서 모휘가 마지막으로 본 건 쏟아질 듯 커진 우 주의 눈과 미소 짓던 사랑이었다. 하늘을 등지고 곤두박 질치는 사랑은 자유로워 보였다. 어떤 두려움 없이 가뿐

해 보였다. 지랄하네. 모휘는 조소했다. 그건 불가능하다. 사람이면 모름지기 말이다. 다치면 아파야 한다. 아프면 울어야 한다. 자길 쓰레기처럼 버리며 행복한 게 훌륭한 어른이라면 되기 싫었다. 구려. 그딴 건 천사랑 너나 돼라. 화단으로 떨어지는 두 사람을 보며, 모휘는 하린의 손을 잡았다. 땅으로 내달리며 마음을 바꿨다.

아니다. 너도 되지 마. 우리 그냥 아무거나 되자.

두 사람은 온힘을 다해 쪽문을 부수고 무너지는 건물을 탈출했다. 올라가긴 죽을 만큼 힘들었는데 내려오긴 엄청 쉬웠다. 저 안에서 왜 간절했지. 뭘 원했지. 모르겠다. 나와 보니 다 별거 아니었다. 바보 같다. 죄다 천치 같아. 자유로워진 그들의 발치에선 구겨진 쪽지만 굴러다닐 뿐이었다.

– *영원한 장마란 없다. 비는 결국엔 그친다.*

젖어 흐릿해진 글씨는 햇볕에 말라가며 또렷해지고 있었다. 쪽지를 무심코 밟고 선 채 고민하던 모휘는 잠기다 만 문을 내버려두었다. 하트들이 내려오는 발소리가 들렸다. 불에 탈까 겁에 질려 울부짖고 있었다. 하린이 뒤늦은 질문을 던졌다.

"힘들지 않겠어? 안 먹히려면 계속 싸워야 되잖아."

"어…… 구조기 오면 괜찮지 않을까?"

"언제 올 줄 알고."

"그러게."

모휘가 열없이 대꾸했다. 마주 본 둘이 실소하던 순간이었다. 그들의 머리 위로 요란한 사이렌이 울렸다. 바람 빠진 애드벌룬에 옮겨붙은 홍염을 커다란 그림자가 덮었다. 빨간색 헬기였다.

26

우선 비극적인 참사에 깊은 애도를 표합니다.

대한민국의 자살률은 OECD 1위이고, 실제로 정신질환은 현대사회에서 많은 사람들을 사지로 몰아넣는 병이기 때문에 책임을 통감하며 저희 열매제약은 신약 개발 중에 있었습니다. 적정량 복용 시 쾌락 중추를 무너뜨려 우울 삽화를 느끼는 현상은 임상 결과 실제로 97.7퍼센트 급감되었고요. 기존의 선택적 세로토닌 흡수제 약물 대비 항우울제로서 두각 또한 나타냈습니다. 저희끼리는 이 치료제를 '행복약'이라고 부릅니다.

각각의 일상으로 분주한 오후의 거리. 사람들은 잠시 멈춰 구조 현장 생방송과 우주의 엄마, 최장미 팀장의 인터뷰가 교차되는 뉴스 화면을 응시했다. 최 팀장은 마음

고생으로 수척해진 낯으로도 덤덤하게 말을 잇고 있었다. 피범벅인 하린과 모휘의 모습 또한 송출 중인 대형 스크린 앞에서 사람들은 함께 아파했다. 일각에 마련된 빈소에는 하얀 국화가 겹겹이 쌓였다.

　우리는 모두 마음을 가지고 있습니다. 마음의 힘을 좋게도 나쁘게도 쓸 수 있죠. 연구원 강 씨는 행복약을 만들 때 쓰이는 추출물을 절도해 시럽으로 농축시켰고, 현재 '하트'라고 통칭되는 이상 현상은 이 추출물을 인위적으로 과다 섭취 시 키파민이라는 쾌락 호르몬이 정상 역치를 넘어서게 돼 일어나는 현상으로 추정하고 있습니다. 과도한 키파민은 럽시톡신이라는 호르몬으로 억제되는데, 럽시톡신은 따로 섭취할 필요가 없습니다. 유대관계가 있는 상대와 강력한 감정적 교류가 있을 때 뇌하수체 후엽에서 분비되기 때문입니다. 낭만적으로 설명해 보자면 사랑하는 사람의 얼굴로 변하는 병은, 누군가를 진정으로 사랑할 때 자신으로 돌아오며 자연 치유된다, 이렇게 설명 드릴 수 있겠습니다. ……

　최대한 많은 생명을 구할 수 있도록 노력할 것을 약속하며 거듭 고개 숙이는 최장미에 이어 악을 쓰며 연행되는 강재린이 등장했다. 개발 과정에서 행복약을 남용해

중독되었고, 더 큰 배후가 있는지 조사 중이란 문장이 발악하는 범죄자의 아래로 지나갔다. 행인들은 흥미를 잃고 외면했다. 누군가의 세계일 가족을, 연인을, 친구를, 이웃을 죽이는 선택을 저지른 악인의 말로 따위 재미도 감동도 없으니 관심 가지 않았다. 에이, 썩을 놈. 천벌이나 받아라. 가래침과 욕설만을 뱉으며 초록불에 길을 건넜다.

✦

낭랑한 한낮이 한밤처럼 어둡다. 구조기의 커다란 그림자가 체리나무를 덮은 탓이다.

나무의 푹신한 꽃과 이파리에 감싸여 있던 우주가 눈을 떴다. 찬찬히 주변을 살피던 두 눈은 곧 젖어들기 시작했다. 사랑의 팔엔 아직도 힘이 들어가 떨리고 있었다. 필사적으로 끌어안았단 증거였다.

돌연 우주가 입을 막았다. 상체가 몇 번 울렁이더니, 손틈새로 빨갛고 끈적끈적한 게 질질 새기 시작했다. 꽃잎이 체리색으로 물들어 갔다. 등을 토닥이는 손길이 느껴졌다. 우주는 내장을 쏟을 듯이 구토했다.

"미안해."

토사물 같은 속죄도 뱉었다.

언제나 누구에게나 그랬다. 1등이던 언니만큼 공부를 잘하지 못해서, 언니만큼 친구가 없어서, 언니만큼 사람들에게 사랑받지 못해서, 엄마가 아빠랑 헤어지고, 밤에 숨죽여 우는 게 다 나 때문인 것 같아서 엄마에게 늘 미안했다. 하늘만큼 특별하지 못한 우주가 살아남아서 모두에게 항상 미안했다.

"그 말 진짜 별로다."

먼저 일어선 사랑이 나뭇가지를 잡고 땅으로 뛰었다. 귓불을 뜯듯이 만지더니 손을 내밀었다.

"사과 들으려고 한 짓은 아냐."

그림자가 걷히며 햇볕이 내리쬐었다. 사랑의 손바닥에 태양이 고였다. 우주가 머뭇거리자 사랑이 재촉하듯 팔을 흔들었다.

"그럼?"

우주는 그 손끝을 조심히 잡고 지상으로 내려왔다. 차가울 줄 알았는데 부드럽고 따뜻해서 용기가 났다.

"끈 없이 번지점프가 버킷리스트였어."

"헛소리."

"진짠데."

사랑은 우주의 발이 땅을 딛자 손에 힘을 풀었다. 언제든 놓아질 준비를 하듯이. 우주는 축 처진 손등을 물끄러미 내려다보았다.

"우주는 역시 짧은 머리지."

사랑은 속도 없이 웃었다. 평소처럼 가벼운 말투 뒤로 손이 빠져나가려 했다. 자칫하면 놓칠 만큼 자연스러웠다. 그러나 우주는 그 손을 놓치지 않았다. 깍지를 끼며 꽉 붙잡자 사랑이 바짝 굳었다. 붉게 열이 오르기 시작하는 귓가 멀리로 하늘이 보였다. 빛이 번져 나가고 있었다. 그의 머리 위로 해가 뜬 것처럼. 그래서 우주는 뚜렷하게 볼 수 있었다. 어디로 가야 하는지를.

"사랑아."

솔직히 너 미워하기 너무 힘들었어. 매일 네가 싫은 점을 하나 떠올리면 좋은 이유는 백 가지 생각났어. 나는 실패자였어. 맹세코 단 한 번도 성공한 적 없었어. 사실은 네가 아니라 내가 싫었어. 누구도 구하지 못한 내가, 겁먹고 도망친 내가 견딜 수 없었어. 알고 있었지. 다 알면서도 너는 물이든 불이든 낙원에서 나락이라도 뛰어들어 나를 구했다. 언제나.

잠겼던 사랑의 눈이 물결처럼 일렁여 왔다. 심장이 너무 빨리 뛰어서, 우주는 말하다 말고 숨을 깊게 쉬었다.

그러니까 이번엔 내 차례야. 자신은 없지만 최선을 다해볼게.

"우리……"

아주 오랜만에, 공기가 달콤했다.

  우주에서 사랑이 제일 강하면 좋겠다.

  그 바람에 실어 정지혜 편집자님, 권정은 PD님, 내 곁에 있는 사람들, 읽어주신 분들께 마음을 보냅니다.

2025년, 아인

러브 체인 카니발

초판 1쇄 인쇄 2025년 3월 19일
초판 1쇄 발행 2025년 4월 10일

지은이 아인
펴낸이 김선식

부사장 김은영
콘텐츠사업2본부장 박현미
책임편집 정지혜 **책임마케터** 권오권
콘텐츠사업6팀장 임경섭 **콘텐츠사업6팀** 정지혜, 곽수빈, 조용우, 이한민, 이현진
마케팅1팀 박태준, 권오권, 오서영, 문서희
미디어홍보본부장 정명찬 **브랜드홍보팀** 오수미, 서가을, 김은지, 이소영, 박장미, 박주현
채널홍보팀 김민정, 정세림, 고나연, 변승주, 홍수경
영상홍보팀 이수인, 염아라, 석찬미, 김혜원, 이지연
편집관리팀 조세현, 김호주, 백설희 **저작권팀** 성민경, 이슬, 윤제희
재무관리팀 하미선, 임혜정, 이슬기, 김주영, 오지수
인사총무팀 강미숙, 이정환, 김혜진, 황종원
제작관리팀 이소현, 김소영, 김진경, 이지우, 황인우
물류관리팀 김형기, 김선진, 주정훈, 양문현, 채원석, 박재연, 이준희, 이민운
외부스태프(디자인) 강지구

펴낸곳 다산북스 **출판등록** 2005년 12월 23일 제313-2005-00277호
주소 경기도 파주시 회동길 490
전화 02-704-1724 **팩스** 02-703-2219
이메일 dasanbooks@dasanbooks.com
홈페이지 www.dasan.group **블로그** blog.naver.com/dasan_books
용지 스마일몬스터피엔앰 **인쇄 및 제본** 한영문화사 **코팅 및 후가공** 평창피엔지

ISBN 979-11-306-6492-7 (03810)